U0959692

小丑之花

[日本] 太宰治 著
だざいおさむ
韩钊 译

译林出版社

图书在版编目（CIP）数据

小丑之花 /（日）太宰治著 ；韩钊译. -- 南京 ：译林出版社，2025. 5. --（太宰治精选集）. -- ISBN 978-7-5753-0578-5

Ⅰ. I313.45

中国国家版本馆CIP数据核字第20257ZM910号

小丑之花 ［日本］太宰治／著 韩 钊／译

责任编辑 张紫毫
装帧设计 侯海屏
校　　对 王 敏
责任印制 颜 亮

出版发行 译林出版社
地　　址 南京市湖南路 1 号 A 楼
邮　　箱 yilin@yilin.com
网　　址 www.yilin.com
市场热线 025-86633278
排　　版 南京展望文化发展有限公司
印　　刷 南京新世纪联盟印务有限公司
开　　本 787 毫米 ×1092 毫米 1/32
印　　张 9
插　　页 2
版　　次 2025 年 5 月第 1 版
印　　次 2025 年 5 月第 1 次印刷
书　　号 ISBN 978-7-5753-0578-5
定　　价 39.80 元

版权所有 · 侵权必究

译林版图书若有印装错误可向出版社调换。质量热线：025-83658316

目录

追忆

第一章

黄昏时分，我与小姨[1]并立在门口。小姨的身后好像还背了谁，因为她穿的是背孩子用的短衣。我永远忘不了那个时候昏暗街道上的寂静。小姨告诉我说，天子陛下御隐[2]了，接着又补了一句："他可是活人神呢。"我记得我当时好像也兴味盎然地小声重复了一句："活人参？"[3]然后似乎还说了些什么大不敬的话。小姨说，这种话不兴说的，要说"御隐"才行。我还记得，我明明知道是怎么回事，却故意问"那他隐到哪儿去啦"这种问题，来逗小姨发笑。

我出生于明治四十二年的夏天。这位大帝驾崩的时候，我

---

1 即太宰治母亲的妹妹，太宰母亲嫁入津岛家之后，她随之一起在津岛家中生活。曾与太宰父亲津岛源右卫门的弟弟友三郎结婚并育有二女，因友三郎酗酒及品行不端离婚。她改嫁后的第二任丈夫丰田常吉早亡，她便带着孩子搬回津岛家生活。适逢太宰的乳母改嫁，照顾太宰的任务遂由她接手。

2 对天皇或皇室成员逝世的敬称。

3 原文此处用平假名书写，年幼的小孩子并不知道"活人神"的含义，只是单纯重复了一遍发音。

按虚岁算是四岁多一点。我也忘不了，大概也是在这个时候，我和小姨两个人去一个离我们村二里外的某村的亲戚家里时看到的瀑布。瀑布在离村子不远的山中，宽阔的水流，顺着生满青苔的崖壁落成了白花花的一大片，我就骑在一个不认识的男人的肩膀上看。那旁边还有个什么神社，那个男人带着我在那里面看各式各样的绘马的时候，我开始觉得无聊了，便喊着“姨娘、姨娘”，哭了起来，我管小姨叫姨娘。小姨跟其他亲戚们在远处的洼地里铺了毛毡，正热闹着呢，听到我的哭声，赶紧站了起来，好像是被毛毡绊住了脚，打了个活像鞠躬一样的大趔趄。其他人看到了，就对小姨起哄说，喝醉啦，喝醉啦。我远远地看着，觉得十分懊恼，哭得更大声了。还有一天晚上，我梦见小姨丢下我离开家了。梦见她的胸把玄关的侧门堵得严严实实，通红肿胀的丰满乳房上沁出整颗整颗的汗珠。她很凶地说：“我不喜欢你了。”我把脸颊贴在小姨的胸前，一边说着求你不要离开我，一边哗哗地流眼泪。小姨把我摇醒的时候，我把脸埋在她的胸口大哭了一场，第二天醒来时仍觉得伤心，抽泣了很久。不过，这个梦我一直守口如瓶，对小姨和别人都没提起过。

关于小姨的回忆我有很多，但对那时候的父母的记忆，很可惜，一点也没留下。按理说，我家是个大家族，有曾祖母、祖母、父亲、母亲、三个哥哥、四个姐姐、一个弟弟，再加上小姨和她四个女儿，但除了小姨之外，我直到五六岁之前好像都对其他人的事一无所知。宽阔的后院里，好像从很早以前就种了五六棵很大的苹果树，我还依稀记得我在某个天色阴沉的时候和几个女孩子一起爬那些树的样子，还有，同一个后院的角落里栽了一片菊花，我在某个下雨的时候和一大群女孩子撑着同一把伞观赏菊花盛开的样子。那些女孩子，应该就是我的姐姐和表姐们吧。

到六七岁时，我的记忆就清晰起来。一个叫阿竹的女仆负责教我读书，我跟她两人一起读了各种各样的书。阿竹对我的教育十分热衷，我因为身体不好，卧床的时候就读了很多书。没书可看的时候，她就从村里的周日学校里，把给孩子看的书一本又一本地借来给我看。我学会了默读的本事，不管看多少书都不觉得累。阿竹还教导我的道德，带着我到寺里去看了好几次地狱极乐的画卷[1]，还给我讲解。放火的人要在背上背一个正在熊熊燃烧的背篓，养小老婆的人要被双头的青蛇缠住全身备受煎熬。血海、刀山，还有被称为“无间奈落”的、冒着白烟、不知道有多深的大洞，到处都是面色青白、瘦骨嶙峋的人，正在半张着嘴哭号。当听到说谎的人要像这样下地狱，被鬼拔掉舌头的时候，我因为害怕哭了起来。

那座寺庙的后面是一片地形稍高的墓地，沿着棣棠或是别

1 此处的“寺”指青森县金木地区的云祥寺，所藏“地狱极乐画卷”正式名称为《十王曼荼罗》，共有七卷，描绘的全部是地狱景象，系江户时代初期的古物，只在新年和盂兰盆节时才对外展示。

的什么灌木的树篱那边有很多卒塔婆[1]，树林般耸立着。有的卒塔婆上装着黑色的、车轮般的铁环，大如满月。阿竹说，如果哗啦啦地转一下那个轮子，之后它就那样停下来不动的话，这个人就能前往极乐世界；但如果停下来之后又哗啦一下往回倒着转的话，这人就要下地狱了。阿竹每次转，铁环准是悦耳地响上一阵后，就停住不动，但换我来转的话，就时不时会倒转。好像是秋天里的记忆，我记得有一天我一个人去那寺里，不管转哪个铁轮，它们都跟商量好了一样哗啦哗啦倒着转回来。我忍着快要发作的火气，执拗地转了好几十次，一直转到太阳西斜，我才绝望地离开了墓地。

那时候我父母好像住在东京，我也被小姨带着上东京去过。我应该在东京住过挺长时间，但基本没留下什么记忆。只记得有个老太太总到那座宅子中来，我顶讨厌这个老太太，她一来，我就哭。老太太还送过我一个红色的邮政汽车玩具，一点也不好玩。

后来我进了老家的小学，我的追忆也随之一变。阿竹不知从什么时候起不在了，说是嫁到了某个渔村去，或许是因为怕我追着她去吧，她什么都没对我说，突然就消失了。大概是第二年的盂兰盆节时，阿竹来我家里玩了一趟，可我总觉得她跟我颇为生分。她问我学校的成绩，我没答话，是别的什么人替

1 原指佛塔，此处指日本佛教墓地中供奉给死者的、代替佛塔的细长木柱。

我答的。阿竹好像只说了句“不要粗心大意”，也没怎么特别夸奖我。

同一个时期，也发生了让我不得不和小姨离别的事情。在那之前，小姨的次女出嫁，三女夭亡，长女和做牙医的养子结了婚[1]。小姨跟着长女夫妻两人，带着幺女，分家搬到很远的镇上去了，我也跟着一起去。那是冬天里的事，我跟小姨一起蹲坐在雪橇的角落上，雪橇出发前，最小的哥哥骂我“倒插门，倒插门”，还在雪橇的帘子外面捅我的屁股，我咬紧牙关忍着这份屈辱。我本以为我会被过继给小姨，不过到入学的时候，我又被送回老家来了。

上了学的我，就已经不再是小孩子了。屋后的空地茂盛地长了各色的杂草，在夏天某个天气晴好的日子里，我就在那片草地上被弟弟的保姆教会了一些令人窒息的事情。那时候我大概八岁，那个保姆最大也不超过十四五。我们老家管苜蓿叫“牧草”，保姆让比我小三岁的弟弟去找四片叶子的“牧草”[2]，把他给支开，然后就开始抱着我在地上滚来滚去。在那之后，也经常把我带到仓库或者壁柜里玩。弟弟非常碍事，被一个人留在壁柜外面时，很快就抽抽搭搭地哭起来，所以很多

1 养子即津岛季四郎。原为青森五所川原的望族平山家，平山雄太郎的幼子，1915年过继给津岛家当养子。此系日本独特的“婿养子”制度。季四郎分家后在五所川原经营“津岛齿科医院”，这家医院至今仍然存在。

2 苜蓿通常为三片叶子，偶有四片的变种。欧洲和日本都有四叶苜蓿带来好运的传说。

时候我们的事立刻就会被我小哥哥撞破。哥哥问了弟弟之后，就打开壁柜的门。那保姆则一脸若无其事地说是钱掉在壁柜里了。

我自己也是谎话连篇。小学二年级还是三年级的女儿节，我跟学校的老师撒谎说，我们家里今天要装饰女儿节人偶所以要早回，于是一节课都没上就回家了；跟家里人则是说，今天是桃花节，学校放假，然后帮了点把人偶从箱子里拿出来之类无所谓的忙了事。另外，我还特别喜欢小鸟的蛋。麻雀蛋的话，掀开家里仓库的瓦片总是能找到很多，但灰椋鸟和乌鸦的蛋我家房顶上就没有。我从学校的同学那搞来了那些碧绿得有如在燃烧一般的蛋，还有长着奇怪斑点的蛋。作为交换，我就把我的藏书五本、十本一起送给他们。收集到的鸟蛋用棉花包着，藏在书桌里装了满满一抽屉。后来，小哥哥好像发现了我的秘密交易，某天晚上来找我，说要借《西洋童话集》和另一本不记得是什么的书。我对哥哥这种故意刁难十分恼火。这两本书，都被我拿去作为鸟蛋的投资了，哥哥就等着我说没有，然后再来追问那书到底去了哪里。我说，肯定有，我找找。于是，我自己的房间自不必说，全家每个角落我都提着灯翻了个遍。哥哥跟在我后面，笑着说："没有吧？"我则是咬死了说一定有。最后甚至爬到厨房的置物架顶上去找。最后，哥哥总算说，算了吧。

我在学校写的作文，也可以说全都是胡编乱造。我努力把自己写成一个乖巧的好孩子，这样就会获得大家的喝彩。我还剽窃，当时一篇被老师们评为杰作的《弟弟的剪影》的文章，就是我从哪本少年杂志的一等奖作品里原封不动地抄来的。老师让我用毛笔把那篇文章誊抄出来，送到了展览会去。后来有个喜欢读书的同学发现了这件事，我于是就很盼着他死。还有那篇被所有老师交口称赞的《秋夜》，那是一篇小品文，我在里面写我学习学到头痛，于是来到走廊里环视整个院子，月色皎洁的夜里，许多鲤鱼和金鱼在池塘里嬉戏，我沉醉于院子里恬静的景色，凝望了很久，直到听到隔壁房间里突然爆发出母亲他们的笑声，我才一下子如梦初醒，头痛也好了。这里面可以说一句实话都没有，对院子的描写，我大抵是从姐姐们的作文本里抄来的，而且，首先我根本就不会有学习学到头痛的时候。我讨厌上学，所以拿学校的书来学习的事一次都没干过，看的全都是闲书。反正家里人只要看到我在看书，就觉得是在学习了。

然而，我只要在作文里写真实的事情，就准会发生不好的结果。当我愤愤不平地在作文里写父母不爱我的时候，立刻就被班主任叫到办公室去训斥了一通。当老师出了“如果发生战争……”这样的题目的时候，我说，要是爆发了比地震打雷着火亲爹[1]还吓人的战争，那我首先要逃到山里去，顺便把老师

1 日本俗语，谓世间最恐怖的四件事是地震、打雷、火灾和老爷子。

也带上一起逃，老师也是人，我也是人，怕打仗这一点上应该是一样的。这时候，校长和副校长两人一齐来讯问我了，问我写这种东西脑子里到底是怎么想的。我说我写着玩，打算这样差不多糊弄过去。于是副校长在他的笔记本上写了“好奇心”三个字。后来，我就跟副校长之间发生了一点争论。他问，你作文里写老师也是人，我也是人，那你觉得人跟人都是一样的吗？我挺扭捏地说是。我大体上是个话比较少的人。然后他问，那我跟这里的校长都是同样的人，为什么拿的工资不一样呢？我想了片刻回答说，难道不是因为工作内容不同吗？戴着钢丝边眼镜，长了一张细长脸的副校长马上把我的话写进笔记里。我一直以来对这位老师都颇有好感，然后他对我提了这样一个问题：“那你爸爸跟我们也是一样的人吗？”我被他问住了，无言以对。

我父亲[1]工作很忙，几乎没有在家的时候，即便在家也不和孩子们一起。我非常害怕这位父亲，我想要父亲的钢笔，但怎么也不敢开口，自己苦思冥想，最后某天晚上在床上闭着眼睛假装说梦话，对着隔壁房间正跟客人说话的父亲低声说“钢笔钢笔钢笔”，不消说，这话既没进到他的耳朵，也没进到他心里。我还记得我正跟弟弟在堆满装大米的草包的广大的仓库

1 即太宰治之父津岛源右卫门，原名松木永三郎，生于西津轻望族松木家，后成为津岛家养子并继承家业。是青森本地屈指可数的大地主、实业家和政治家，曾担任众议院和贵族院议员。1923年（太宰治14岁时）病故。

里玩得正开心时，父亲站在入口骂“臭小子，滚出来，滚出来”的样子。光从背后照进来，父亲巨大的身影看起来是一片漆黑，当时的那种恐怖，到现在想起来都令人十分不快。

对母亲，我是一点也不亲。我是吃着奶妈的奶，在小姨怀里长大的，直到小学二三年级之前都不知道所谓母亲到底是怎么回事。一天晚上，我在被子里做两个男用人教我的“那件事”，睡在旁边的母亲觉得我动得古怪，就问我在干什么，我不知所措，就答说腰有点痛，正在按摩呢。然后母亲一脸睡意地说，如果是那样的话，揉一揉比较好吧，光敲能管什么用。于是我便默默地揉了一阵自己的腰。关于母亲的记忆，多数是令人深感寂寞的。有一次我从仓库里把哥哥的西服翻出来，穿着它在后院的花坛间摇头晃脑地走来走去，边走还边唱着我即兴作曲的哀愁的小调，唱得自己泫然欲泣。我本想穿着这身衣服去跟账房的工读生[1]一起玩，让女佣去喊了，但那位工读生却迟迟不来。我用鞋尖哗啦哗啦地拨弄后院的竹篱等他，终于还是等得不耐烦了，两手插在裤兜里就哭了起来。看到我哭的母亲，也不知道是出于什么原因，立刻扒掉我身上的西服，在我屁股上啪啪啪地打了一顿。当时我真是切身感受到了奇耻大辱。

我从很早开始就关心起了穿着打扮。衬衫袖口如果没有扣

---

1 近代日本家境贫困的大学生往往寄住在富裕人家里，作为勤杂工、家庭教师或会计等，以半工半读的身份完成学业。

子我是不干的，我喜欢白色法兰绒的衬衫，和服衬衣的领口也一定要洁白，并且总是特别注意着让那白色的衣襟从胸口露出个一两分来。每到旧历十五的晚上，村里的学生们都穿着盛装来到学校。我每年也一定要穿着茶色粗条纹的法兰绒和服，在学校狭窄的走廊里像女人一样身姿婀娜地小跑几步。这些赶时髦的行为，都是瞒着别人偷偷搞的。家里人都说我的相貌在兄弟中是最丑的，我想，这么丑的男孩却这么爱打扮，给人知道了岂不是要笑掉大牙。所以总是故意装出对服装毫不在意的样子，而且似乎在某种程度上取得了成功，不管在谁看来，我都无疑是个迟钝土气、不修边幅的家伙。我和兄弟们一起坐在餐桌前的时候，祖母和母亲经常会认真地谈论我长相不佳这件事，这还是让我挺不甘心的，因为我觉得自己还是可以算个美男子的。我跑到女佣的房间里，兜着圈子问兄弟里谁生得最好，女佣们大抵都会说大哥第一，其次就是阿治啦。我满脸通红，而且还多少有点不满足，我是希望他们说我比大哥更帅的。

不光是相貌，我笨手笨脚这一点也极不中祖母他们的意。我拿筷子的手法不利索，每每被祖母数落，还说我行礼时屁股撅得太高，看着就难受。我曾经被要求端坐在祖母面前，一次又一次地行礼给她看，不管我做多少次，祖母总也不说好。

对我来说，祖母也是很烦人的。村里戏园子的舞台开演，请东京的雀三郎剧团来演出的期间，我是一场不落的。戏园子是我父亲出钱修的，所以我每次去不用掏钱也有好位置坐。从学校回到家，我马上就换上柔软的和服，腰带上挂着一端拴着一支小小铅笔的银链，跑到戏园子里去。我有生以来头一次知道歌舞伎这种东西，兴奋极了，看狂言的时候，眼泪都流下来好几次。我还把弟弟和亲戚家的孩子们组织起来成立了“剧团”，自己演起戏来。从很久以前，我就喜欢这种活动，把男女用人叫到一起，让他们听我讲故事，给他们放幻灯片或者活动写真[1]。当时我们一共上演三出狂言，分别是《山中鹿之助[2]》《鸽之家》和一段“活惚”舞[3]。我从某本少年杂志里截取了一段山中鹿之助在谷河岸边某个茶馆里收服一位叫早川鲇之助的家臣的故事，写成剧本，“在下乃山中鹿之助是也”——为了把这个长句改成歌舞伎的七五调，还煞费了一番苦心。《鸽之家》[4]是一部我读了好多遍，每次都要看哭的长篇小说，我从其中选了特别悲伤的地方改编成了两幕剧。“活惚”则是雀三郎剧团在谢幕时全员出来跳的，所以我也要跳那种舞。排练了五六天，总算到了开演日，我把家里书库前宽阔的走廊当成舞

1 明治、大正时期对原始电影的称呼，内容多为简陋粗糙的滑稽剧、时代剧、惩恶劝善的故事或风光短片，没有声音，需要由讲解员来讲解。

2 即山中鹿介，名幸盛，战国时代尼子家武将，通常是忠臣、猛将和美男子的形象，在历史故事、时代剧中颇受欢迎。

3 原本是丰收或祭祀时由农民唱跳的一种低俗滑稽的民间歌舞，后来逐渐发展成街头曲艺，19世纪七八十年代开始被引入歌舞伎表演中。

4 少年小说，佐藤红绿著，1917—1918年在《读卖新闻》连载，后出版单行本。太宰治在弘前高中的同人志《蜃气楼》上发表的小说《佝偻》（署名X.Y.Z）中也曾提到自己“三年级时读红绿的《鸽之家》读到放声大哭”。

台，甚至还弄了个小小的幕布。我们从中午就开始一直做这些筹备，结果拉幕布的铁丝挂到了祖母的下巴。祖母对我们破口大骂说，你们弄根铁丝在这是想勒死我吗？不许再学这套倡优戏子的狗屁东西。不过当天晚上我还是聚集了十来个男女用人，把我们的剧演给他们看了。不过，一想到祖母说的话，我心里就堵得难受。我演了山中鹿之助和《鸽之家》里的男孩，"活惚"也跳了，但一点也不来劲，反而感觉寂寞得难以忍受。在那之后我还时不时演些《盗牛人》、《皿屋敷》或《俊德丸》[1]之类的戏码，每次演的时候，祖母都老大不高兴。

我不喜欢祖母，但在睡不着的夜里，倒也有不少感谢她的时候。我从小学三四年级的时候就开始患上失眠症，直到夜里两三点都很难睡着，总是在被窝里哭。家里人教了很多帮助入睡的方法，有说睡觉前舔点白糖就会好的，有说跟着时钟嘀嘀嗒嗒数秒的，有说用冷水泡脚的，有说在枕头下面垫上合欢的叶子的，但都没什么效果。我有一点焦虑倾向，各种事情都放在心里翻来覆去地琢磨，于是就更睡不着了。有一次我偷偷玩父亲的夹鼻眼镜，结果咔吧一声把玻璃镜片弄碎了的时候，我连着几天都难以入睡。家旁边隔一栋房子的杂货店里也卖一点书，某天我在里面看妇女杂志的卷首图之类的东西，其中有一幅黄色美人鱼的水彩画，我实在是很想要，于是决定偷走，正

1　这几出都是现成的歌舞伎狂言剧目。

要把它从杂志上撕下来的时候，被那家店的少掌柜[1]喊着“治少爷，治少爷[2]”地盘问起来，我就把那本杂志很大声地摔在杂货店的草席地面上，然后飞奔着逃回家中。发生这种搞砸锅了的事情之后的夜里，我就更加辗转反侧睡不着。我还总在被窝里因为毫无来由地害怕着火而痛苦万分，心想万一这个家烧掉了可怎么办，哪还有心情睡觉呢？某天夜里，我临睡前去上厕所，看到跟厕所隔了一间屋的、漆黑一片的账房里，工读生正一个人给自己放活动写真看，白熊从冰山上飞身跳进海里的场面，在房间的纸拉门上闪烁不定地映出火柴盒大小的一块。我偷偷看了一阵，觉得那位工读生的心境悲凉极了，回到床上之后，想到那活动写真就心跳不止。有时候想的是工读生的悲惨身世，还有时候是担心万一那放映机的胶片着火了[3]可就麻烦大了，于是担心个没完，直到天快亮，一整夜都没合上眼。我感谢祖母的时候，正是这样的夜晚。

先是晚上八点时女佣们伺候我上床，按说女佣要在我旁边

---

1 这位“少掌柜”是津岛家的上门女婿、太宰治的姐夫津岛市太郎，1916年与太宰的二姐结婚，两人的长子津岛逸朗是太宰作品中多次出现的好友，按辈分算是他的外甥。逸朗在25岁时自杀身亡，对太宰治造成了相当大的影响。

2 太宰治的小名并非“治”，津岛家的几个儿子都以“某治”为名（文治、英治、圭治、修治、礼治），因此他小时候多被称为“修”。尽管本篇是基于真实经历所写，但保持了若干虚构性，与自传仍有一点距离。

3 早期电影使用的硝化纤维（赛璐珞）胶片极易因摩擦生热或灯光炙烤而起火，“放电影着火”是很常见的事故。根据作者在散文《五所川原》中的回忆，大约正是在他三四年级时，幼年常去游玩的五所川原“旭座”剧院因电影胶片起火烧毁，十余名小学生在事故中丧生，给他留下了相当大的阴影。

躺着陪到我睡着才行，但我总觉得女佣可怜，所以一沾床就开始装睡。然后一边感觉到女佣悄悄离开了我的床，一边祈祷着自己能快点入睡。就这样在床上辗转到十点，我就开始呜呜地哭，然后爬起来。到这个时间，家里人全都睡了，只有祖母还醒着。她跟一个打更的老头隔着厨房里一个很大的地炉坐着说话，我就穿着个棉罩袍走进那个房间里，一言不发地听他们聊天。他们聊的一定是村里人的家长里短。我唯一还记得的是在某个秋天的夜里，我听着他们絮絮叨叨的闲聊，又听见远处送虫祭[1]的太鼓在咚咚地响着，我当时听了心想，啊，原来这个点还醒着的人还有很多，那种快慰安心的感觉至今还记得。

还有一个关于声音的记忆。我的大哥，那时候在东京上大学，每次暑假回家的时候，就把音乐和文学之类新鲜玩意在这个乡下推广起来。大哥那时候是学戏剧的，曾经在某个乡土杂志上发表过一篇题为《争抢》的独幕剧，颇受村里年轻人的好评。修改那一篇的时候，大哥曾经把一大群弟弟妹妹叫到一起来读给我们听。大家都边听边说，听不懂听不懂，但我全都懂。甚至连落幕时那句“今天的夜真黑啊”中暗含的诗意也能领会。不过我觉得那篇不应该叫《争抢》，而应该叫《蓟草》，后来就在大哥写坏了的稿纸一隅小小地写上了自己的意见，大

1　津轻地方旧俗，在秋收后的农闲时期举行的一种祭典，村里青年会敲锣打鼓把一条草扎的大蛇（“虫”）送出村外，挂在村神社的大树上，祈祷驱除害虫和来年丰收。现为日本非物质文化遗产。

哥或许是根本就没注意到吧，并没有更改标题就那样发表出来了。他还收集了很多唱片。我父亲，只要家里有什么宴席，就一定会从远方的大城市里请艺妓来，我五六岁的时候就有被那些艺妓抱着的记忆了，还记住了不少“从前从前的再从前”或“那就是纪伊国的蜜柑船”之类的小曲和舞蹈。因此，比起从大哥唱片里听来的西洋音乐，我对传统音乐熟悉得更早。某天晚上，我正准备睡觉，却从哥哥的房间里传来悦耳的声音，我从枕头上抬起头来凝神细听了很久。第二天，我一大早就起来跑到大哥的房间里，把各种各样的唱片一张张播放过去，终于找到前一天晚上让我兴奋得睡不着觉的那张，是《兰蝶》[1]。

不过，比起大哥，我还是跟二哥更亲近些。二哥以优异的成绩毕业于东京的商业学校，然后直接回老家在家里的银行上班了。二哥跟我一样，也受家人的冷遇。我听我母亲和祖母议论，长得最丑的是我，其次就是二哥，我想二哥不受宠爱，也是因为他的容貌吧。我还记得二哥跟我半开玩笑地说，我什么都不想要，就想被生得一表人才，是吧，阿治？不过我倒是打心眼里从来没觉得二哥长得不好看过，而且他头脑在兄弟中也算是最好的。二哥每天都喝酒，喝了酒就跟祖母吵架，每当这种时候，我就默默地对祖母心生厌憎。

小哥哥和我是势不两立的。我各种各样的秘密都被这个哥

1　净琉璃“新内节”曲目，正式名为《若木仇名草》，初世鹤贺若狭掾作。讲述艺人市川屋兰蝶与两名女子的三角恋和殉情故事。

哥抓着把柄，总觉得他让我很不自在。而且，小哥哥和我的弟弟长得像，大家都说他们生得很好。我觉得自己被这两个人上下夹在中间，着实难受。这位哥哥去东京上中学之后，我总算松了一口气。弟弟是幼子，又长了张漂亮的脸，深受父母宠爱。我一直都很嫉妒弟弟，时不时就因为揍他挨母亲的骂。记得我十岁还是十一岁时，衬衫还是和服衬衣的缝线处生了虱子，像撒满了芝麻一样。弟弟因为这个稍微嘲笑了我一下，我当时就结结实实地把他揍翻在地。不过我到底还是担心弟弟的，给他头上被打出的包涂了一种叫作“不可饮”[1]的药。

我很受姐姐们宠爱。最大的姐姐死得早，二姐出嫁了，其余两个姐姐各自去了不同镇上的女子学校。我们村里是不通火车的，所以要去三里外有火车的镇上，夏天坐马车，冬天坐雪橇，而春天融雪和秋天下起冻雨的时候，除了走路就没别的办法通行了。姐姐们因为坐雪橇晕得厉害，所以寒假的时候也是走路回来。每一次我都到村口堆放木材的地方去迎她们。就算天已经全黑，路上也因为有雪是亮的。当姐姐们的提灯从邻村树林的影子里摇摇晃晃地出现时，我就一边大喊“噢！”，一边挥动双手。

大姐姐的学校所在的镇子，比小姐姐的要小很多，带给我的礼物也总是比小姐姐的寒酸。有一次大姐姐红着脸对我说，

1　福井县的“对关堂药店”生产的一种外用跌打药，特征是蓝色透明的方形玻璃瓶上写着很大的“不可饮”三字。

什么也没给你带，然后从篮子里掏出五六把“仙女棒”烟花递给我。我听了，觉得十分揪心。这个姐姐也动不动就被家里人说相貌不佳。

大姐姐在进女子学校之前，是跟曾祖母两个人一起住在主屋边上的厢房里的，我很长时间甚至一直以为她是曾祖母的女儿。我小学毕业的时候，曾祖母去世了。亲眼看着曾祖母瘦小、僵硬的身体穿着白色和服入殓的我一直很担心，心想如果这个身影一直萦绕在我眼前，那可如何是好。

没过多久，我从小学毕业了，但家里人说我身体弱，只让我上了一年高等小学[1]，说等身体好些了直接送我去上中学。不过，因为像哥哥们那样去读东京的学校对健康不利，所以要让我去更乡下的中学读。我其实也没那么想上中学，但还是在作文里写因为身体病弱不能上学而深感遗憾，刻意要老师们来同情我。

当时，我们村已经施行町制[2]了，那所高等小学是我们町和附近五六个村共同出资合办的，在一处离镇上有半里路的松林里。我虽然因为生病总是缺席，但仍然是那所小学的学生代表，不得不在云集了其他村里的优等生的高等小学里努力争取

1　日本旧学制分为“寻常小学校”和“高等小学校”，太宰治上学这一时期通常的学制是寻常小学校6年，高等小学校2年。

2　日本实行两级地方自治制度，都道府县以下的基层自治团体分为市、町、村三类。根据《地方自治法》，对于发展程度较高，已经具备一定程度的公共街道和工商业人口的“村”，可以申请改为“町”。太宰治生长的金木村改为金木町是在1920年，大约在太宰小学毕业前两年。

第一。不过，我还是照样不爱学习。我的一种“我早晚会成为中学生”的自矜，让我对那所高等小学感到一种污浊的不愉快。上课的时候，我主要是在画连环漫画，等到休息的时候，就绘声绘色地给其他同学讲。这样的漫画，我足足画了四五本。还有一些时候是单手托腮，盯着教室外面的景色迷迷瞪瞪地看上一整节课。我在玻璃窗边拥有一个座位，那窗户的玻璃板上有只被打死的苍蝇在那里粘了很久。它在我的余光中模糊地变得很巨大，我总觉得那是只雉鸡或者山斑鸠，好几次都吃了一惊。我跟和我要好的五六个同学一起逃课，躺在松林后面的池塘岸边，聊聊女生们的闲话，或者各自掀起和服下摆，互相比较那些刚生出不久的、稀疏的毛来玩。

那所学校是男女同校的，但我倒从没主动接近过女生。我情欲旺盛，所以拼命压制，对女孩更是怕得要命。即便是这样，倒也有两三个女孩喜欢过我，不过我总是假装不知道怎么回事。我从父亲的书架上拿“帝展”[1]的入选画册出来，双颊滚烫地偷看里面藏着的那些白花花的画作，再不就是频频让我养的一对兔子交尾，然后盯着雄兔浑圆地隆起脊背的姿态心如鹿撞，就靠干这些事来忍耐情欲。我是很要面子的，所以那个“按摩”的事情也从来没跟任何人说过。从书上读到它的危害，花了各种各样的心思想要戒掉，却总也不行。那段时间，我托

1　即日本美术展览会，1879年创立，起初由文部科学省主办，官方简称为“文展”，1919年主办方改为“帝国美术院”后称“帝展”，战后又更名为“日展”并延续至今。

了每天都步行去很远的学校上学的福，身体壮实起来了。额角边也开始长小米粒大的粉刺，我对此感觉非常羞耻，用一种叫“宝丹膏”的药把脸上涂成红红的一片。那一年，大哥结婚了，婚礼当天晚上我和弟弟悄悄溜进新嫂子的房间偷看，嫂子正背对着屋门口结发，我一眼瞥见镜子里映出的新娘那张柔和白皙的笑脸，赶紧拉着弟弟掉头就跑，还逞强地说了一句：“我就说没什么大不了的吧！”因为额头涂了药通红一片，觉得格外没面子，所以我才表现得这么逆反。

靠近冬天，我不得不开始准备中学入学考试了。我看着杂志的广告，订购了各种各样东京的参考书，然而只是把它们堆在书箱里，一眼也没好好看过。我考的中学在县里最大的城市，报考者想必要有录取名额的两三倍之多，我时不时就怀疑自己会考不上。那种时候我倒是用功学习的，连续学了一周后，我很快就有了能考上的确信感。我用功起来的时候，夜里直到快十二点都不上床，早晨四点就起来。学习的时候，一位叫阿民的女佣在旁边陪我，帮我做些生火煮茶之类的事。阿民不管前一天熬夜到多晚，第二天四点一定来叫我起床。我算不明白“老鼠下崽”的应用题[1]时，阿民就在旁边安静地读小说。后来，阿民的伴读工作被一个上岁数的肥胖女佣顶替了，心知这是出于母亲授意的我，想到母亲此举背后的深意，不免大皱

1 日本传统算数问题（和算）的一种，用来学习等比数列。

眉头。

第二年春天，雪积得还很深的时候，我的父亲在东京的医院里吐血去世。家附近的报社为我父亲的讣闻出了号外，比起丧父之痛，我首先感觉到的竟是一种发生了轰动事件的兴奋感。我的名字也出现在遗属名单中上了报纸。父亲的遗体横卧在一具很大的寝棺中，乘着雪橇回到了故乡，我和镇里的一大群人一起去邻村迎接。不久，雪橇一架接一架地从森林的树荫中滑出，我看着月光照在雪橇的篷上，觉得那很美。

接下来的一天，我家里人全都聚集在停放父亲灵柩的佛堂里。打开棺盖，所有人都放声大哭。父亲好像睡着了，高挺的鼻梁变得青白。我听着别人的哭声，也跟着流下眼泪来。

我家在那一个月的时间里就像遭了火灾一样不得安宁，我也卷入那团混乱当中，考试的复习全都荒废了，高等小学学年考试时，交的全都是胡乱写的答案。我的成绩最后大概是全班第三左右，但那明显是班主任对我手下留情了。我从那个时候开始，就已经感觉到记忆力在减退，不预先准备，考试的时候就什么都写不出来。对我来说，那种经验还是第一次。

第二章

虽然成绩不怎么样，我在那年春天还是通过了中学入学考试。我穿着崭新的和服裙裤，脚踩黑色的袜子和系带的高帮靴。之前围的毛毯是不用了，而是像个潇洒的人该有的样子，将呢绒披风不系扣子敞着怀披在身上，来到那个海边的小都会，然后在我家一个算是远房亲戚的人开在那座城里的和服店解下了行装。这个入口处挂着古旧不堪、已经被扯碎了的门帘的家，一直以来给了我很多的照顾。

我有着很容易得意忘形的性格，刚入学的时候连去澡堂子时都一定要顶上学校的制服帽子，穿上和服裙裤，每当在路过的窗玻璃中看到自己这样的身影，便对它微笑着轻轻颔首。

话说回来，学校实在是无聊透顶。校舍在城市的一端，涂着白漆，后面紧跟着就是面向海峡的平坦的公园，海浪声和松涛声在课堂上也声声入耳，无论走廊还是教室的天花板都很高，我对这些感觉都挺不错，但那里的教师却对我施加了相当严重的迫害。

我在入学仪式的当天，就被某个教体操的老师打了，说是因为我太狂了。这个老师是我入学考试时负责口试的，当时还很同情地对我说，你父亲过世了你是不是都没法好好学习了？正因为是这个人打的，所以令我觉得更加受伤。在那之后我也被其他形形色色的老师打过，有时候是因为偷笑，有时候是因为打哈欠，因为五花八门的理由都有可能受罚。据说，我的哈欠之大，在教职员办公室里是已经挂了号的，而我则觉得会互相传这种愚蠢话题的办公室才比较可笑。

有一天，有位和我来自同一个町的同学把我叫到假山中的沙子堆后面，忠告我说："你的态度确实看起来挺狂妄的，要总是这么被打，以后肯定要蹲班了。"我无比愕然。那天放学后，我沿着海岸一个人往家赶，鞋底不时被海浪打着，边走边喘，用衣服袖子不住地擦额角的汗。一面巨大得令人震惊的鼠灰色船帆，几乎是贴着脸从我眼前飘过。

我是已经凋零的花瓣，一点微风也足以让我震颤不止，受了别人一点点的轻蔑，就会万分痛苦甚至想去死。我一直觉得我将来总会成为了不起的人，所以要保卫自己身为英雄的名誉，所以就算是来自大人的侮蔑也不能容忍。蹲班！单是这种屈辱就足以致命了。从那以后，我上课时开始兢兢业业起来。每当坐到课堂上，就觉得这教室里充满了成百上千看不见的敌人，不敢稍有疏失。早晨去上学时，我在桌上排开扑克牌占卜当天的运气，红桃是大吉，方块是半吉，梅花是半凶，黑桃是大凶。那一阵我一天天的，净抽到黑桃。

没多久，到了考试的时候。我无论博物、地理还是修身[1]课，都努力把教科书一字一句从头到尾背诵下来。这来自我那种孤注一掷的洁癖，但这种学习方法却给我带来了很不好的结果。我觉得学习这件事极其乏味，考试的时候也不知变通，有时候能写出近乎完美的答案，可有时候却因为无关紧要的一字一句卡住乱了阵脚，最后只好毫无意义地把答题纸画满了事。

1 旧制日本学校中教授"臣民道德""忠君爱国"的课程。

然而我第一学期的成绩是全班第三，操行也得了甲等。一直被“蹲班”的疑虑困扰的我，一手抓着成绩册，一手拎着鞋，光着脚跑到校园后的海岸上去，心情好极了。

一学期过完，到了第一次返乡的时候，我为了跟老家的弟弟尽可能光辉灿烂地讲述我短暂的中学生活经历，把那三四个月里身边的所有物品，甚至包括坐垫都塞进了回家的行李里。

马车摇摇晃晃地穿过了邻村的树林，就是绵延几里绿油油的稻田，稻田的终点立着我家宅子红色的大屋顶。我看到它，感觉已经有十年没见了。

我生平从来没有像那次放假的一个月里那般得意过。我给弟弟他们把中学里的事情夸张得像做梦一般，把那个小都会的样子尽力吹得光怪陆离。

我画风景的素描，采集昆虫，在田野和河谷里奔跑，画了五张水彩画，收集了十种珍稀的昆虫标本，这是老师布置的暑假作业。我肩上扛着捕虫网，让弟弟背着装了镊子和毒壶之类的标本采集包，在夏日田野里度过了追逐白粉蝶和蚱蜢的一天。到了夜里，就在庭院里点起篝火，把逐光飞来的大群的小虫用网子或扫帚成片地打下来。小哥哥上的是美术学校的雕塑专业，每天在中庭里那棵大栗树的下面摆弄黏土，还给已经从女子学校毕业了的小姐姐做了个胸像，我也在那旁边画了几张她的素描头像，然后跟哥哥互相贬低对方的作品。姐姐认真地给我们当模特，碰到这种时候总是更给我的水彩画捧场。我的这位哥哥，在小时候总被大家说是天才啦之类的，对我的所有才能他都不屑一顾。就连我写的文章，他也嘲笑说是小学生作文。我当时也是毫不留情地蔑视他艺术方面的才能。

一天晚上，这个哥哥跑到我卧室来，压低声音对我说："阿治，有珍稀动物。"然后蹲下来，从蚊帐下面给我递进来一个用面巾纸包着的东西。哥哥知道我在收集珍稀昆虫，纸包里还能听见虫子的脚搔动的沙沙声。从那微小的响动中，我一下就听见了所谓的骨肉亲情。我粗手粗脚地打开那个小纸包，哥哥屏住呼吸说："要逃啦，你看，你看！"我一看，就只是普通的锹形虫罢了。后来，我把这只鞘翅目昆虫跟我收集到的十种珍稀昆虫一起交给了老师。

假期结束，我不禁悲从中来。把故乡甩在身后来到那个小都会，一个人背着行李爬上和服店二楼时，我几乎要哭出来了。在这种寂寞的时候，我就会去书店，那一次，我也跑到离家近的书店去了。光是看到那里排成一排的各式各样的出版物，我的忧愁就奇妙地一扫而空。那家书店角落的书架里有五六本我就算想要也不敢买的书，我时常假装若无其事地站在那里，两腿颤抖着偷偷翻看那些书里的内容。不过我去书店倒不光是为了看那些医学性质的文章的，对当时的我而言，任何书都是一种休息和慰藉。

学校的功课是越来越无趣了。最可恨的当属在空白地图上用水彩填上山川港湾的那种作业，我是很容易沉溺在事情当中的人，所以光是给这地图上色，就得花三四个小时。历史课也是一样讨厌，老师还特地叮嘱我们要做笔记，记下讲义中的要点，结果讲起课来根本就是在逐字朗读教科书，记下的笔记自然也不过是把教科书里的文章原封不动地再抄一遍。即便如此，我还是很在意成绩，每天都殚精竭虑地做着这种作业。到了秋天，这座城市里的中学之间各种各样的运动会开始了。从乡下来的我，根本没看过棒球比赛，只在小说里见过诸如“满垒”“攻击型游击手”“中外野手”之类的术语，没过多久我倒是学会了看球赛，但对此并不热衷。不光是棒球，网球也是，柔道也是，只要和其他学校有比赛，我就得去当啦啦队，给选手们加油，这件事让我越发讨厌中学生活了。有个当啦啦队长的人，喜欢故意把自己弄成脏兮兮的，拿着画了太阳旗的扇子在校园一角的小土包上演讲，同学们看到那个团长的样子，纷纷兴高采烈地喊:“牛逼！牛逼！”[1]比赛的时候，每当一局打完，团长就挥舞着扇子，高呼 :“All stand up（全体起立）！”我们就站起来，摇摇晃晃地挥着紫色的小三角旗，唱一首“好劲敌，好劲敌，纵使你年少刚毅”的歌。这种事对我来说极其羞耻，我找空子就会逃掉，跑回家去。

不过，我也不是说完全没有体育运动的经历。我的脸色黑

1 原文指脏乱、难看的。但此处指一种体育生格外推崇的豪爽朴素的气质，在当时的男学生之间是最高褒奖。

而发青，我一直深信这是因为那个“按摩”的缘故，别人说起我的脸色，我就像被拆穿了秘密一样慌张。想做点什么让脸上血色稍微好一点，于是也参加了一些体育运动。

我从很早以前就为血色的问题感到苦恼了。小学四五年级的时候，我从小哥哥那听说了一种叫“德谟克拉西”[1]的思想，甚至听到母亲也在跟客人们议论，因为这个“德谟克拉西”的关系，税金一下子提高了很多，种出来的米全被当税收走了，我于是就很害怕这种思想。夏天我帮男用人们割院子里的草，冬天就帮他们扫屋顶上的雪，顺便给他们讲“德谟克拉西”。这样一来，我才知道，男佣们对于我的帮助并不怎么感激，因为我割过的草，他们之后好像还得返工再割一遍。我躲在帮助男佣的名义下面，其实是悄悄算计着能改善我的脸色，不过就算做了那样的体力劳动，我的脸色也没能好起来。

上中学之后，我开始想通过体育运动来让脸色变好一点。天气热的时候，从学校回家的路上一定要跳进海里游上一趟。我喜欢胸泳，就是像雨蛙一样两脚分开的游泳方法。因为这种游法头是直挺挺地从水里伸出来的，所以游着泳顺带就能把波浪起伏的纤细纹路、岸边的绿叶，还有天上的流云尽收眼底。我像只乌龟一样一直使劲儿伸着脖子游，让脸尽可能靠近太

1　指“大正民主”。日本20世纪一二十年代（大致在大正年间）政治经济文化各方面都呈现出提倡民主民权的自由主义思潮，“民主”的音译词“德谟克拉西”一度相当流行。

阳，希望能早日晒黑一点。

还有，我住的地方后面有一片很大的墓地，我在那里面画了个笔直的百米跑道，一个人认真地跑。那片墓地被高大的白杨树丛围着，跑累了我就边溜达边读卒塔婆上的字。那些“月潭穿底”“三界唯一心”的句子，至今我还记忆犹新。有一天我在一块生满了地钱的、又黑又潮湿的墓碑上看见一个叫“寂静清寥居士”的名字，心情一下子激动起来，于是在那墓前新供奉的纸莲花洁白的花叶上，写下了“我正在泥土之下与蛆虫嬉戏”这样受某个法国诗人[1]启发的句子。我是用食指沾泥写的，故意涂得细细的，好像是幽灵的手笔一样。第二天我运动前再去看望那座墓碑，发现那句亡魂的文字还没来得及让逝者的近亲哭泣，就被清晨的骤雨冲走了。莲花的白叶子也被雨打得破破烂烂。

我虽然老干这种事情来玩，但跑步确实也变得很利索了，两腿上的肌肉也结结实实地隆起。就是脸色一点也没变好，黝黑的表皮下面沉淀着一层浑浊的青，看起来实在有点恶心。

我对脸始终保持着兴趣。读书读累了，就拿出个小镜子来，对着它微笑、蹙眉或者托腮思考，不厌其烦地观察这些表情。我掌握了一种肯定能逗人发笑的表情，把眼睛眯得细细

1 指波德莱尔。《恶之花》中有不止一首使用了“蛆虫”的意象。

的，皱起鼻子，嘴巴小小地噘起来，看起来像小熊一样可爱。我有不满或者困惑的时候，就会是这个表情。当时我的小姐姐在城里的县立医院内科住院，我去医院探视，给她做这个表情，姐姐笑得在病床上打滚。姐姐和她带来的一个中年女佣一起住在医院里，实在很寂寞，听到我的脚步声在医院长长的走廊中响起就已经情绪高涨起来。我的脚步声响得非同一般。假如我一周时间没去姐姐那里，她就会叫女佣来找我，我要说不去，那女佣就会一本正经地告诉我，你姐姐体温高得不太对劲，病情不太好了。

那时我已经十五六岁，手背上开始淡淡地透出青色的静脉血管，身体也感觉变得壮实。我跟同班一个黑皮肤、小个子的同学偷偷地互相爱慕，放学回家的时候，必定是两人并肩一起走。即使只是互相小指相碰，也会满脸通红。有一次，我们两人顺着学校后面的小路步行回家，那个同学看到青葱茂盛地生满水芹和繁缕的田沟里漂着一只蝾螈，就默默地把它捧起来送给了我。我其实很讨厌蝾螈，但还是装出高兴的样子欢呼着把它用手巾包起来。后来带回家，放在了中庭的一个小池塘里。蝾螈摇晃着短短的脖子在池塘里游泳，第二天早晨再看，已经逃得无影无踪了。

我是个自矜意识很高的人，对爱慕的人表白心迹之类，属于想都不要想的事情，跟那个同学，平常也是不怎么说话的。另外，在同一个时期我还很在意邻家一个清瘦的女学生。可就算我在路上遇到她，也要装出一副把这个人当空气一样的架势骨碌一下转过脸去。秋天的夜里，起火了，我也爬起来到外面来看热闹，离家很近的一处神社的背阴处正在火星飞舞地燃烧。神社周围的杉林，就像把那团火包围了一样，漆黑笔直地立着。在那上面，无数的小鸟像落叶一般狂乱地飞舞。我清楚地知道，邻家的门口有一个穿着白色睡衣的女孩正在看向我这边，然而我却只是把侧脸对着她那一边，紧紧地盯着火场看着。我想，被火焰的红光照亮的我的侧脸应该看起来很美吧。就这样，我跟前面那个同学也好，这个女学生也好，都没能发生过什么更进一步的交往。不过自己独处的时候，我就会变得大胆起来了。我在镜子里闭起一只眼睛笑，还在书桌上用小刀刻了个薄薄的嘴唇，把自己的嘴唇贴在上面。后来我试着在这个嘴唇上涂上红墨水，结果不知怎的变成了一种污浊的紫黑色，看上去很恶心，于是我又用小刀把它削得干干净净。

升入三年级后，春天的某个早晨，在上学的途中，我靠在一座漆成朱红色的桥圆柱形的栏杆上，发了一阵呆。桥下是一条像隅田川一样宽阔的河在缓缓流动。在那之前我从来也没有过“发呆”这样的经验。我总觉得背后有人在看我，所以我也总是随时保持着某种姿态。我的每一个小小的动作，都在旁边加着诸如“他困惑地望着自己的手掌”“他搔了搔耳朵背后小声嘀咕”这样的注脚，所以对我来说，什么“突然”啦，“忘我”啦，这一类的动作根本就是不存在的。在桥上从放空状态醒过来之后，我因这种突如其来的孤寂感而心跳加速。在产生了那种心情的时候，我便开始思考起自己从哪来、到哪去的问题了。我咚咚咚地过着桥，一边回忆起各种旧事，或者梦想起了未来。最后一定是以这样的念头外加叹气来收尾的：“我应该还是能成为了不起的人物的吧。”我心中的焦躁，就从那时而起。我对所有事情都不能满足，永远在空虚地挣扎。又因为我总戴着十层二十层的面具，所以究竟是哪里悲伤、有多么悲伤，是看不出来的。后来我终于找到了某个堪称寂寞的出口，这就是创作。这里有很多我的同类，每个人似乎都和我一样，凝视着这种原因不明的战栗。当个作家吧！当个作家吧！我悄悄地许愿。弟弟那时候也上中学了，跟我住在同一个房间，我跟弟弟商量了一番之后，在初夏时分聚集了五六个朋友一起制作了同人杂志[1]。我住处的斜对面就有一个很大的印刷厂，印制的工作就拜托给了那里，封面也是让他们用石板印刷[2]，整得漂漂亮亮的。我们把那杂志分发给班里的同学们，我每月都在上面发表一篇创作。最初是写那种哲学家风味的道德主题的小

1 太宰治中学三年级时参与了两本同人杂志的创作。《星座》1925年8月创刊，太宰在其上发表了剧本《虚势》，但只出了一期创刊号；《蜃气楼》同年11月开始发行，太宰担任编辑兼发行负责人，也在其上发表了多篇作品，共出12期，后因准备高中入学考试停刊。此处“初夏时分”制作的当指《星座》，后文“持续了差不多一年”的是《蜃气楼》，但本篇未对二者做出区分。

2 用石灰岩板或者铝板制作的一种平版画技术，比普通的版画印刷更费时费工，能够印出笔触清晰、色泽丰富的画面，是当时比较高级的封面、插画印刷工艺。

说，一两行长度的片段式随笔也是我擅长的，这杂志后来持续了差不多一年，为这事，我跟大哥之间发生了一些不愉快。

大哥对于我对文学的狂热状态相当担心，从家里寄来了老长的一封信。信上用一种耿直的语调写道，他认为，化学有方程式，几何有定理，完全解开它们的钥匙就在那里，但文学中却没有这种东西，所以没有达到一定的年龄和足够的阅历，就不可能正当地把握文学。这话倒没错，我也是这么想的，而且我还觉得我就是那个有足够阅历的人。于是我立即动笔给大哥回信，在信中还把我夸张的感情东一处西一处地掺杂在里面："长兄所言甚是，有您这般杰出之兄长不啻为人生之幸事。但是，小弟从未为文学荒怠学业，反而正是为了文学，才更加勤奋治学。"

别的姑且不论，就靠着这种"你若不出类拔萃就完蛋了"的、胁迫一般的想法，我是真的有在努力学习了。升入三年级以来，我一直都是班里第一。要当全班第一又不被嘲讽成"分儿迷"是不太容易的，但我不仅没受到这种嘲笑，还深谙驯服同窗之道。就连一个外号叫"章鱼"的柔道主将都对我言听计从。教室的角落里有个装纸屑的坛子，我有一次指着那个坛子说，章鱼不钻坛子[1]吗？"章鱼"就把头伸进那坛子里去哈哈大笑，笑声笼在坛子里变成一种奇怪的响声。班里的美少年

1　章鱼喜欢钻进沉入水底的瓶瓶罐罐，日本渔民自古以来利用这种习性，用系了缆绳的窄口坛子来捕捞章鱼，因此章鱼钻坛子的习性人尽皆知。

们也大抵都是我的跟班，甚至到了就算我脸上长痘，横七竖八地贴着三角形、六角形、花瓣形的胶布也没人敢觉得好笑的程度。

我为这些青春痘大伤脑筋。那时候它们长得越来越多，我每天早晨一睁眼，就用手掌摸索，想看看它们又长成什么样了。买过很多药，有效的却一个也没有。我去药店买药的时候，就把药的名字写在纸条上，问有没有这种药，假装是别人托我帮买的。想到那些痘痘是某种情欲的象征，我简直羞愧得两眼发黑，心想不如什么时候去死算了。这个时候，家里人对我相貌的恶评达到了登峰造极的程度，就连已经嫁到别人家的大姐姐都说："应该没人要嫁给阿治的吧。"我只能加倍奋力涂药。

弟弟也操心我的长痘问题，光是帮我买药就不知道跑了多少回。我跟弟弟从孩提时代起关系就不是很好，他考中学的时候我甚至盼过他落榜。然而像这样两人一起背井离乡后再看，我也渐渐明白了他性情中好的地方。弟弟长大之后就沉默寡言，十分内向，给我们的同人杂志时不时投点小品文的稿子，但都是些软塌塌的文章。跟我比起来，他在学校的成绩不佳，这件事一直都让他很痛苦，我要是安慰几句，他反而更不高兴。此外，他尤其不中意的是自己额头上的发际线长成了富士山似的三角形，觉得这样像女人，并且坚信他是因为额头太窄脑子才这么不好使的。只有对这个弟弟，我愿意百般忍让。那个时候，我面对别人的时候，不是装傻充愣，就是故意装出心直口快的样子，唯独跟弟弟两人是无话不谈的。

刚入秋，某个无月的夜里，我和弟弟来到海港的栈桥上，吹着从海峡彼岸渡来的凉风，说起了红线的传说。那是某次学校里的国语老师在课上讲给学生听的，说是我们右脚的小趾上系着一条看不见的红线，红线的另一端无限延伸，最后一定是系在某个女孩同样位置的脚趾上，那红线无论两人距离多远也不会断开，无论两人靠得多近也不会乱成一团，这样我们娶那女孩子为妻就是天注定的。我刚听说这个故事的时候相当兴奋，回家立刻就讲给弟弟听了。那天晚上我们听着海浪和海鸥的啼声一直在聊那个。我问弟弟："你说，你的wife（妻子）现在在干啥呢？"弟弟用手摇晃了两三下栏杆，很难为情地说："应该是在院子里散步吧。"在宽敞的院子里，脚穿木屐，手拿团扇，正看着一株待宵草，这和弟弟倒是很般配。轮到我说了，我把眼光死死盯在漆黑一片的海上，只说了一句"系了红色的腰带"，就住口不说了。渡海而来的联络船[1]大如一间旅馆，各个房间里点着黄色的灯火，摇摇晃晃地从海平线彼端浮现。

只有这一件事，我对弟弟也有所隐瞒。那年夏天我回老家时，有个新来的小个子女佣，她的浴衣外面系了红色的腰带。她用粗暴的动作帮我脱西服。她叫美代。

1　指青函渡轮。在本州岛最北端的青森市和北海道最南端的函馆市之间运送火车车厢的渡轮，备有豪华客舱，其巨大的船体自投入运营以来一直是津轻海峡上的著名景观。

我有在就寝前偷偷吸一根香烟，然后构思小说开头之类的习惯，这件事不知何时叫美代知道了，有一天晚上我铺床的时候发现枕头边上端端正正地摆了个烟草盆[1]。我对第二天来打扫房间的美代说，烟我是偷着抽的，这样招摇地搁个烟草盆哪行啊。美代说好吧。说的时候好像有点噘嘴。同一个假期里，镇上有浪花节[2]的表演，我家让全体用人都上戏园子里去听。我和弟弟也被叫去听了，但我们看不上这种乡下人的娱乐活动，在开演的时候特地跑到田里捉萤火虫去了。一直走到邻村附近的森林里，后来因为夜里露水实在太重，只捉了二十来只放在笼子里就回家了。这时看浪花节的人也差不多陆续都回来了，让美代铺好床，挂上蚊帐后，我们把灯关掉，把萤火虫放在蚊帐里。萤火虫在蚊帐中此起彼伏地嗖嗖乱飞，美代也站在蚊帐外看了一会。我和弟弟并排躺着，比起萤火虫青色的冷光，我净去看美代白皙美丽的容姿了。我有点生硬地问了一句，浪花节好看吗？迄今为止我对女佣除了吩咐事情之外都是绝不开口的。美代用很平静的口气说了句，不好看。我噗地一下笑出声来。这时弟弟正在沉默地用团扇啪啪驱赶一只爬在蚊帐脚上的萤火虫。我没来由地感觉到一阵窘迫。

1　日本传统的吸烟用具套装，通常是装有烟丝、烟管和相关小工具的精美木盒，是旧时极其考究的吸烟方式。

2　一种说唱类曲艺，内容通常俚俗而煽情，明治至昭和初年在日本大众阶层中极为流行，但在知识精英阶层中则受到普遍的厌恶，特别是文学家，很多都对浪花节持严厉的批判态度。太宰治当时作为倾心文学的少年，鄙视浪花节可谓顺理成章。

从那时候起我就开始在意起美代来。说到红线时，我心里浮现的是她的影子。

第三章

上了四年级之后，我的房间里几乎每天都有两个同学来玩，我拿葡萄酒和鱿鱼干招待他们，然后跟他们说了很多瞎编乱造的话。比如跟他们说有一本书的内容光是讲怎么生炭火的；某新晋作家出了一本叫《野兽机械》的书，我把那本书上黏黏糊糊地涂上了机油，然后告诉他们这书就是这么上市发售的，真是奇妙的装帧；有本翻译过来的书叫《美貌之友》[1]，我把这本书的很多地方裁掉，在空出的地方填上我胡乱写的拙劣句子，然后秘密地拜托熟悉的印刷厂帮我印出来，再跟他们说这可真是奇书啊，来吓朋友们一跳。

对美代的思念日渐淡薄，而且我也觉得跟同住一个屋檐下的用人产生爱慕也好被爱慕也好的感情，到底是有种奇怪的内疚感。而且我平时老说女人的坏话，产生那种感情面子上挂不住。对于美代，哪怕她只是微微引起我的心烦意乱，我也觉得很恼火。所以，弟弟就不用说了，对这些朋友，我也一直把美代的事情搁下没有提。

1　即莫泊桑的《漂亮朋友》。太宰治读的当为1921年天佑社出版的广津和郎译本。

好死不死，那阵子我正好读了某个俄国作家一本有名的长篇小说[1]，又开始思量起来。故事从一名女囚犯的经历开始写起。这个女人的堕落，就是从被主人家的侄子、一名贵族大学生所诱惑开始的。我全然忘了那部小说更深刻的意义，却单把我折下的一片枯叶夹在两人在怒放的白丁香花下初吻的那两页[2]间。我这个人，向来不能置身事外地阅读一部优秀的小说。我强烈地觉得，书中这两个人跟美代与我何其相似。我想，如果我比现在再厚脸皮一点，就能跟这位贵族一模一样了。这么想着，我便虚妄地感受到了自己的胆怯，又觉得这种小家子气的性格让我过往的人生太过平淡，我开始想要成为一个有着耀眼人生的受难者了。

我首先把这件事对弟弟坦白，是晚上躺下之后说的。我本来想以很严肃的态度来讲，结果越是刻意做姿态就越是碍事，最后讲得十分轻浮。我一会摩挲摩挲脖子，一会搓着两只手，用了一种很不高雅的讲述方式，同时觉得自己这种不这样做就无地自容的习性实在可悲。弟弟听了，轻轻舔了舔薄薄的下唇，连身都没转过来，就用一种似乎很为难的口吻问我："你要跟她结婚吗？"我不知为何对这句询问感到很是震惊，于是故作委顿状地回答："也不知道能不能行呢。"弟弟意外地用了一

1　即托尔斯泰的《复活》，故事情节始于主角聂赫留朵夫诱惑了姑姑家的女佣卡秋莎·玛丝洛娃。太宰治中学时代恰逢日本的托尔斯泰热，《复活》已有多种译本出版。

2　在《复活》的第一部第十二章。

种很老成的、旁敲侧击似的口吻说："恐怕是不太可能吧。"我听了这话，倒是清楚地知道了自己真正的态度。我一下子发起脾气来，胡乱咆哮了一通，从被子里伸出半个身子，压低了声音强硬地坚持道："所以要斗争！斗争！"弟弟在花洋布面的被子下面扭了扭身体，好像要说些什么，然而偷偷看了我这边一眼后，却只是轻轻地报以微笑，我也笑了，然后说"总要踏上新的人生道路嘛"，便把手伸向弟弟那边。弟弟也有点害羞地从被子里伸出右手，我一边低声笑着，一边握住弟弟有气无力的手指摇了两三下。

不过所幸，让朋友们认可我的决心倒没怎么费力气。朋友们听着我的事，摆出一副苦思冥想的样子，我知道那不过是听完我的话之后增强一下同意的效果而已，实际上也正是这么回事。

四年级的暑假，我带着朋友们回老家了。表面上说是想要三个人一起开始复习高等学校[1]的入学考试，实际上我心里是想让他们见见美代，硬把朋友们给拉来的。我很希望我的朋友们不要遭到我家人的恶评。哥哥们的朋友净是些地方上名震一方的家庭中的青年，没人像我的朋友这样，穿着只有两颗金属纽扣的上衣。

那时候屋后的空地上建了很大的鸡舍，我们只有上午在那

1　日本旧学制中的"高等学校"相当于大学预科。

旁边养鸡人的小屋里学习。养鸡人小屋外侧涂了白色和绿色的油漆，里面是两坪大的木板房间，整齐地摆着用清漆新刷过的桌椅。东侧和北侧有两扇很宽敞的门，南侧开了西洋式的窗户，把门窗都打开的时候，穿堂风就会不断地吹进来，把书页翻得哗哗响。旁边还是像以前一样生满杂草，几十只黄黄的小鸡在草间时隐时现地玩耍。

我们三个人最盼着的就是午饭时间，主要是关心由哪个女佣来喊我们吃饭。如果来的是美代之外的人，我们就又是咚咚咚地敲桌子，又是咂吧嘴，使劲地起哄。如果美代来，我们就全都鸦雀无声，然后等她走了又哄堂大笑。一个晴朗的日子里，弟弟和我们一起在那小屋里学习，到了中午，大家开始像往常一样交头接耳，猜今天是谁来喊吃饭，只有弟弟一个人完全置身事外，在窗边踱着步子背英语单词。我们讲着乱七八糟的笑话，拿书互相扔，把地板踩得咚咚响，我都觉得闹得稍微有点过了。我想让弟弟也加入到我们一伙中，就轻轻咬着嘴唇盯着弟弟说："你从刚才起就一直不说话，要不要……" 可听我这么一说，弟弟却只是很短促地喊了一声："不要！" 并且用力摆动着右手，连手里的单词卡片都飞出去两三张。我很意外，将视线转向了别处。转瞬之间，我做出了一个令人尴尬的判断：关于美代的事情今天就只能到此为止。不过，很快又若无其事地开始笑得前仰后合了。

那天来喊吃饭的，所幸，并不是美代。我们在通往主屋的、大豆田间的一条窄道上笔直地排成一列，我跟在大家末尾，很有精神地欢闹着，顺手摘下几片圆圆的大豆叶子。

我从一开始就没想过要牺牲自己，只觉得讨厌。我的白丁香花丛上被泼上了泥巴，而且实施这件恶作剧的还是骨肉亲人，想到这便更觉得讨厌了。

之后的两三天，我思绪万千，十分苦恼。美代是不是也曾经“在院子里散步”呢？弟弟跟我握手的时候看起来几乎是困惑的。最重要的是，我到底是不是自作多情了呢？对于我来说，没有比自作多情更可耻的事了。

与此同时，不好的状况还在继续发生。某天中午，我、弟弟还有朋友们正一起对着餐桌吃饭，美代在旁边伺候，用一把画着红色猴儿脸的团扇沙沙地帮我们扇风。我暗暗地根据那团扇的风量计算着美代的心意。美代给弟弟那边扇得比我要多！我深感绝望，把叉子哐当一声扔在了盛炸猪排的盘子里。

我深信所有人都串通好了来欺负我。就连我的朋友们也准是早就知道的。我这样胡乱揣测着别人，独自做出了决定：美代的事已经可以翻篇了！

又过了两三天的一个早晨，我把头天晚上抽得还剩五六根的香烟盒子落在枕头边上，就上那个养鸡人的小屋学习去了。发现这件事后，我惊慌失措地跑回房间一看，已经收拾得干干净净的了。我万念俱灰，叫美代过来，以一种几乎可以算是训斥的口气问，我烟呢，是不是被人发现啦？美代认认真真地摇了摇头，轻巧地站起身来，伸直脊背在纸拉门上方的横梁上摸索了一阵，摸出了一个上面飞着两只金色蝙蝠的小绿纸盒[1]。

我因为这件事又成百倍地恢复了勇气。之前的决心又一次苏醒了。可是一想到弟弟，总还是觉得如鲠在喉，我不仅不再跟朋友们因为美代的事而起哄，而且还对弟弟莫名其妙地客气了起来。主动引诱美代的行为我也暂且搁置，而是决定等着美代向我表白。我要给美代这种机会，那真是要多少有多少。我时不时就把她叫到我的房间来，交代她做一些无关紧要的事。当她进来的时候，我就摆出一副轻松惬意甚至粗心大意的样子来。为了打动美代的心，我还特别在意自己的脸。那时候我的青春痘总算已经好了，可我还是有种惯性，老是弄自己的脸。我有一个银化妆盒，盖子上满满当当地雕着弯弯曲曲的常春藤，十分漂亮。我当时会时常用那个化妆盒给自己补妆，那几天就更加上心了。

事已至此，全看美代的决心了。可是机会好像总也不来。我在小屋里学习的时候，时不时就溜出来，回到主屋去看她。我轻轻咬着嘴唇，盯着美代几乎是粗暴地在扫地的身影出神。

不久，暑假结束了，我和弟弟、朋友们都不得不离开老家回学校去。我想在美代心里留下哪怕一点至少能让她直到下个假期也不要忘了我的回忆，却怎么都没有成功。

1 即“金蝙蝠”牌香烟的包装。日本历史最悠久的卷烟品牌，价格低廉味道强劲，深受太宰治、芥川龙之介、中原中也等作家的喜爱。

出发的日子到了，我们坐上家里那辆黑色的厢式马车，家里的人们都来大门口送，美代也来了。可她既没看我，也没看弟弟，只是低垂着眼睛看着地面，像数念珠一样捻着一根松开了的、葱绿色的和服袖口挂带。直到马车开动，她也一直保持着这个姿势。我带着巨大的遗憾离开了家乡。

到了秋天，我带着弟弟来到一处离城市要坐三十分钟火车的海岸温泉地。我母亲和病后初愈的小姐姐在那里租了房子疗养。我一直住在那里，努力进行高等学校入学考试的复习。我为了“优等生”这个碍手碍脚的名誉，无论如何也得在中学四年级的时候考进高等学校[1]给人看看才行。这个时期，我对学校的厌恶变得更严重了，可又好像是被什么东西追赶着一样，还是一门心思地努力学习。我从那温泉地乘火车上学，一到周日，朋友们就来我这里玩。我们好像已经忘记了美代的事情，朋友一来，我们一定是去野餐。在海岸平坦的大石头上吃猪肉火锅，喝葡萄酒。弟弟嗓子很好，又知道很多新歌，我们就让弟弟教会了我们，然后一起放声唱。玩累了，就直接在那块大石头上睡觉，睡醒一看，涨潮了，原本挨着陆地的大石头不知什么时候变成了离岛，而我们还没从梦里醒过来呢。

我一天不见朋友就会觉得寂寞。某个寒风刺骨的日子里，我在学校被老师狠狠打了几个耳光。由于是因为我偶然的一桩

1　日本旧制中学的学生四年级、五年级各有一次机会报考高等学校，四年级考进高等学校是优等生的表现。

哥们义气行为所受的处罚，朋友们都很愤怒。那天放学后，四年级学生全体集合在博物教室里，商量驱逐那个老师的事，其中还有同学高喊着："罢课！罢课！"我十分尴尬，对同学们恳求说，如果因为我一个人的关系罢课的话那还是算了吧，我也不恨那个老师，事情很简单，没那么复杂。结果朋友们纷纷说我胆小，说我只顾自己。我觉得非常窒息，就离开了教室，跑回了温泉地的住处。两三片芭蕉叶被秋风打得残破不堪，将青绿色的影子投在庭院角落的浴池里。我坐在那浴池里，了无生趣地陷入沉思。

我有这么个习惯，每当被耻辱的记忆侵袭时，为了甩掉那种感觉，就一个人小声地自言自语道："那么……"我想着自己到处走来走去，跟人不停地念叨说"事情很简单，没那么复杂"时的那副嘴脸，把温泉水用掌心捧起来漏掉，又捧起来又漏掉，口中说了不知多少遍"那么……"。

第二天，那个老师向我们道了歉，结果不仅没有发生罢课，我跟朋友们的关系也莫名其妙就恢复了。不过这场劫难让我心情低落，并且频频记起美代的事。后来甚至觉得，如果不能见到美代，自己可能就要这么堕落下去了。

恰好，母亲和姐姐温泉疗养结束，她们上路回家正好是星期六，我拿送母亲回家作为名目，总算是能回老家一趟。我对朋友们一概保密，就这么偷偷地出发了。对弟弟也没提回家的理由，我想：反正我不说他也知道。

大家一起离开温泉地，先到一直照顾我们的那家和服店歇了歇脚，然后我就和母亲、姐姐三个人一起踏上了回老家的路。来送我的弟弟从火车的窗户里露出了他富士山形发际线的额头，只对我说了一个词："加油！" 我糊里糊涂地就坦然接受了这句话，还一边说好的好的，一边愉快地点了点头。

马车行过邻村，逐渐离家近了时，我彻底坐立不安起来。太阳已经落山，天空和山都是暗的，稻田被秋风吹拂发出沙沙的响声，我听在耳中，心潮澎湃。不断地将视线投向窗外的黑暗中，路旁枯萎的芒草猛然从我鼻尖拂过，惊得我直向后仰。

门口昏暗的灯下，家里的用人们出来迎接了。马车停下的时候，美代也啪嗒啪嗒地从大门小跑出来，好像很怕冷似的，缩紧着肩膀。

那天晚上，我住在二层的一间屋里，想到了一些非常惆怅的事情。我感觉到我被所谓凡俗的观念所苦。自从美代的事发生之后，我不是越来越像个傻子了吗？爱慕女人这种事，谁都可以做，然而我是不一样的，虽然一言难尽，但总之就是不一样的。我的爱慕，从各种意义上说都不可能是低劣的，然而，难道不是每一个爱慕女人的人都是这么想的吗？然而！我一边被自己正在抽的烟呛得难受，一边顽固地想，我的爱慕中是有思想的！

当天晚上，我想到如果说到要跟美代结婚，那一定会跟家里人展开一场无可逃避的争执，竟得到了一种冷峻的勇气。我确信我的一切行为都非同于凡俗，我必定是这世界至关重要的一个组成单位，这一点是绝不会错的。可即便如此还是孤独，我不知孤独从何而来，但就是怎么也睡不着。最后到底是做了那个“按摩”，把美代的事情从脑子中暂且赶了出去。我不想亵渎她。

第二天早晨一睁眼，秋高气爽，我早早起床来到对面的旱田里摘葡萄，让美代拿了个大竹筐也来了。我尽量说得云淡风轻，所以谁也没觉得奇怪。葡萄架在旱田的东南角，约有十坪大小，葡萄成熟的时候，就用芦苇做的帘子把四面密密实实地围起来。我们打开角落里一处小门进到葡萄园里，里面暖烘烘的，几只黄色的马蜂在嗡嗡嗡地飞。朝阳明亮地透过屋顶、葡萄叶和芦苇帘子照进来，把美代的身影也照成了淡绿色。我们一起来的路上，我构思了各种各样的计划，还排练了像个坏蛋那样的歪嘴一笑，可到了两人独处的时候，我紧张得不高兴起来。连那扇木板做的小门都故意留着没关。

我个子比较高，不需要踩东西就能咔嚓咔嚓地用园艺剪把葡萄串摘下来，然后一串一串地递到美代手里。美代用白色的围裙利索地擦干每一串葡萄上的朝露再放进筐里。我们谁都一言不发，时间好像凝固了一样，我渐渐有点赌起气来了。等到葡萄终于快装满一筐的时候，美代突然猛地缩回了要接我递过去的葡萄的手。我兀自捧着那串葡萄推向她，还咂着嘴对她说：“哎！”

美代用左手紧紧地握着右手手腕，我问，扎到你了吗？她像感到刺眼一样，眯起眼睛说，嗯。我没头没脑地骂了一句，你咋这么笨呢。美代没说话，笑了。我觉得自己已经无法在这里再这么待下去，于是说，我给你涂药，然后飞奔着跑回了主屋。我从账房的药架子上给她翻出阿摩尼亚水[1]的紫色玻璃瓶，尽可能用粗暴的动作把那个瓶子塞到美代的手里，并没有敢亲手给她涂。

那天下午，我跟人合乘了一辆隔壁镇上刚开始运营的、蒙着灰色顶篷的破汽车，摇摇晃晃地离开了老家。家人说让我乘马车走，但那辆油光锃亮、带着家纹的黑色厢式马车太像个大老爷，实在讨厌得很。我把我和美代两个人一起摘的那一筐葡萄抱在膝盖上面，眼睛毫无意义地注视着窗外的乡间道路。我满足了。心想：我为了给美代留下这样一点点记忆，已经用尽了我的全部精力，美代一定是我的了。

那年的寒假是我作为中学生的最后一个假期。到了快该回家的时候，我和弟弟彼此都感觉到了一丝尴尬。

终于一起回到了家，我和弟弟先是面对面坐在厨房的石制地炉旁，然后眼睛转来转去地环顾家里。美代不在。我和弟弟再三交换了几次不安的眼神。那天晚饭后，二哥请我们去他房

---

1 即氨水，此处当指大正时代畅销的“金冠”牌阿摩尼亚水，系日本家庭常备外用药之一。但氨水制剂有一定刺激性和腐蚀性，并不适合用于开放性伤口，当年“金冠”的包装也是棕色而非紫色，此处疑似太宰治的误记。

间，三人坐在暖桌里打扑克，可我无论看哪一张牌都是一片漆黑。后来我找到个能接下去的话茬，就用手里剩的五六张牌遮着自己的表情，装出一种“没别的意思就随便问问”的口气，横下一条心向二哥问道，女佣里好像少了个人呀？心想，如果二哥追问起来，反正弟弟也在，我就豁出去跟他摊牌。

二哥看着自己手里的牌，不知道出哪张好，口中念叨说：“美代吗？美代跟奶奶吵了一架，回老家去了，她脾气可是不小呢。”然后飘飘悠悠地打出一张牌。我跟着扔下一张，弟弟也一言不发地出了一张。

四五天之后，我去养鸡小屋那边，负责照看鸡舍的仆人是个喜欢读小说的青年，我从他那里听到了一个更详细的版本。美代被某个男用人侵犯过一次，后来这事被其他女佣知道了，她就没办法再在家里待下去。那男人除了这件事之外还干过很多别的坏事，也早就被逐出家门了。不过这个青年有点话太多了，还把那男人吹牛皮的话也学来了几句，说美代事后一直说“不要，不要”。

新年过完，寒假也快结束的时候，我和弟弟两个人在书库里翻出各种藏书和书画来赏玩。从高而明亮的窗户，可以看见雪花正在簌簌飘落。从父亲那代进入大哥这代，我的这个家，从屋内的装饰到这些藏书和书画，都在发生着急剧的变化。我每次回家，都兴味盎然地观察它们。我展开我大哥最近才收来的一幅挂轴来看，画的是棣棠花谢落在水中。弟弟在我旁边，翻出来了一个很大的装照片的盒子。一边不时用口中呵出的白气暖着冻僵的指尖，一边不停地翻看那几百张照片。弟弟朝着我这边递过来一张手札尺寸[1]的照片，照片的衬纸尚新。我一看，好像是美代前不久陪着我母亲去了小姨家，她们三个人在那时候拍的。母亲一个人坐在低矮的沙发上，美代和小姨个头相当，并排站在后面，背景是月季正在盛开的花园。我和弟弟的两颗头稍微靠近，对着那照片注视了很久。我在心里早已跟弟弟和解，而美代的那件事情，我又一直拖拖拉拉地没告诉弟弟，所以能装出一副淡定的样子来看这照片。照片上，美代好像动了，从脸到胸以上的轮廓都有一点朦胧。小姨在和服腰带上方插着两手，仿佛阳光刺眼的样子。我觉得她们很像。

1　日本常用的相纸尺寸中较小的一种，长11.5厘米，宽8.5厘米。

他已非昔日之他

我来告诉您这样一种生活。如果您想知道的话，可以来我家的晾衣台。我在那里悄悄地告诉您。

我家的晾衣台远眺的视野难道不是很好吗？郊外的空气，是深邃而轻盈的吧？住家也稀疏。请小心，您脚下踩的那块板子已经糟了，请往这边再站一点点。这是春天的风，它就像这个样子，搔着痒痒从您的耳边拂过。这正是南风的特点。

您看的时候，一定会觉得郊外那些人家的屋顶乱七八糟吧？您一定有在银座或者新宿百货商场楼顶的花园上倚着栏杆，单手托腮，茫然地鸟瞰大街小巷中百万个屋顶的经历吧？那大街小巷中的百万个屋顶，个个都是同样大小、同样形状、同样色调，彼此互相拥挤和倾轧着，最后沉没在被霉菌和车尘污染成微红色的街巷雾霭之中。您一定会觉得那百万个屋顶下有着百万家千篇一律的生活，然后闭上眼睛吐出一口深深的叹息吧？如您所见，郊外的屋顶与其意趣迥异，它们之中的每一个，岂非都正在从容不迫地主张着自己存在的理由吗？那根细长的烟囱，属于一家叫“桃之汤”的澡堂，青色的烟随着风的流淌，宁静地飘向北方；烟囱正下面那家红色的西洋式瓦顶建筑属于某位有名的将军，那里每夜都会传出谣曲的调子；小叶榜的行道树从红瓦顶开始，蜿蜒地向南延伸，树木的尽头，一堵白墙在发着钝重的光，那是当铺的库房，由一位刚过三十、个头不高却精明能干的女主人经营，这个人就算在路上遇见我，也会假装从没见过，这乃是顾虑到被她打招呼的人的名誉的关系；仓库后面，有五六棵看起来脏兮兮的树，叶子像鸟翼的骨架一样伸展开来，那些是棕榈，在它们的遮蔽下那个低矮的铁皮屋顶属于一个泥瓦匠，泥瓦匠现在正在坐牢，因为他杀了他的妻子，原因是妻子损害了他每天早最自豪的时刻。泥瓦匠有一个每天早晨都要喝半合[1]牛奶的奢侈享乐，可有一天却因为妻子的过错把牛奶瓶打破了。说来并不是什么了不得的过错，可泥瓦匠却忽然恶向胆边生，妻子当场殒命，他本人也进了监狱，最近我还在车站的小卖店前，看到他们十岁的儿子正在买报纸看的身影。不过我要告诉您的生活，并不是这种平凡的东西。

请您到这边来，往东边眺望的风景还要更胜一筹。那片小小的黑色树林挡住了我们的视线，那是杉树林，里面是一间供奉稻荷神的神社；杉林脚下豁然开朗的地方是油菜花田，沿着

1　1合约等于180毫升。

花田看，眼前是一片百余坪的空地，有人在那里静悄悄地放起一只写着“龙”字的纸风筝，您看那纸风筝长长垂下的尾巴就好了。顺着尾巴笔直向下画一条线的话，不是刚好落在空地的东北边吗？您已经注视着那里的一口水井了吧，不，注视着的应该是那位正用水泵从井里打水的年轻女人，我一开始想让您看的，就是那个女人。

她系着雪白的围裙，那是夫人[1]。她打完了水，用右手拎着水桶晃晃悠悠地开始走起来。她会进哪一家的门呢？空地东侧生着二三十棵粗壮的毛竹，在能看到她进门之前，那女人就钻进了毛竹林中，然后一下子就消失了。您看，跟我说的一模一样吧？不见了。不过没关系，我知道那女人要去哪里。毛竹林的后面不是有块模模糊糊的红色吗？那是两株红梅。花蕾膨起，准是已经接近开放的状态了。在那片红霞下面，能看见一片日式瓦房的屋顶。就是这个屋顶，在这个屋顶下，刚才的女人，还有她的丈夫就生活在这里。在这平平无奇的屋顶之下，有我想要告诉您的生活。请您来这边坐吧。

那间房子原本是我的，共有三间，分别有三叠[2]、四叠半和

1　此处“夫人”用了英语madam（夫人）的音译词，作者整篇都在用这个词来指代这位女人。如无特殊说明，本篇中出现的“夫人”都指代她。

2　“叠”为日式草席（榻榻米）的量词，由于草席的大小是标准化的，也用叠数来描述日式房间的面积。1叠约为1.62平方米。

六叠大小。格局良好，采光也不坏，还带个足有十三坪大小的后院。除了那两株红梅之外，还有一棵很大的紫薇和五棵左右的朱砂杜鹃。去年夏天，我又在大门旁边又种了一棵南天竹。房租一共是十八元，我可不觉得这价钱贵，实际上我想要二十四五元的，不过因为这地方离车站稍远，没办法要那么高。虽然我觉得不贵，可房租还是已经拖欠了一整年。原本这幢房子的租金是供我零花的，拜这拖欠所赐，最近一年来我在各种交际中都非常没有面子。

租给现在这个男人是去年三月份的事，后院的朱砂杜鹃刚刚长出嫩芽。在那之前的租客，是一位曾是知名游泳选手的银行职员，和他妻子两人一起住在这。银行职员是个有点软弱的男人，不喝酒也不抽烟，可多少有点沉迷女色。因为这件事，夫妻俩没少吵架，但房租每个月都付得很及时，所以我对这个人也没什么坏话要讲。银行职员差不多在我这里住了三年，然后就被降职到了名古屋的支行去。今年的贺年卡上，挨着夫妻两人的名字又写了一个叫百合的女孩名。在银行职员之前，这房子租给了一位啤酒公司的技术员，他跟母亲和妹妹三个人住，全家人都很冷淡。技术员不修边幅，永远穿着一身蓝色工作服，看起来是个操行良好的公民。他的母亲把白头发剪得极短，气质颇佳。妹妹是位二十岁左右的小个子瘦女孩，喜欢穿箭头花纹的铭仙绸和服。这样的家庭，该说是温良恭俭的一家才是。他们大约住了半年，然后搬家到品川去，之后就再没消息了。对我来说，虽然当年时不时也有些不满的地方，但那位技术员，还有游泳选手，都可以归为好房客的类型。也就是俗话说的房客运还不赖。不过，我的房客运却因为碰上了现在这个第三代房客而大幅下降了。

现在这个时间，在那个房顶下面，我的这位房客一定是躺在被窝里慢悠悠地抽“希望”[1]呢。是的，抽的是“希望”，不可能没钱。可尽管如此房租就是不交。此人从一开始就相当不成体统，某天傍晚，以“木下”的名义来到我家，也没进来坐，就站在大门口，用一种怪里怪气的、死缠烂打般的口吻对我说，他是教书法的，想请我允许他租住家里的房子云云。此人生得精瘦，是个个子很矮、脸也细长的青年，穿着从肩膀到袖口都折痕挺括的久留米棉布夹衣。他看上去的确是青年的模样，后来我才听说他已经四十二岁了，比我还大十岁。这么说来，那男人的嘴角和眼睛下面确实已经松弛，有了不少皱纹，说不像青年确实也不太像。即便如此，我还是觉得他说自己四十二岁是在说谎。嗐，这种程度的谎话对那个男人来说又有什么奇怪的呢？此人从第一次来我家的时候，就已经开始撒起弥天大谎了。对他的请求，我答复说只要您中意的话那就欢迎。我一向不喜欢对租客的身份来历刨根问

1　香烟品牌，在当时属于高级香烟。

底，觉得那是相当无礼的行为。关于押金[1]的事情，他是这么说的：

“押金是两个月房租对吗？这样啊。嗯，虽然有些失礼，但能否先只付五十元呢？啊呀，不是，我这个人呢，只要手里有钱很快就会花光。那个，存款之类的吧，哈哈。明天一早我就搬来，等搬进来过来问候时再给您拿来。这样是不是有点不太好呀？”

这种状况下，我终归是说不出“不好”来。我是一个别人说什么就信什么的轻信主义者，被人骗了，那就是骗人的人不好，而我则并不介怀。所以我回答说明天也行，后天也可以。那男人带着撒娇似的微笑，很恭敬地鞠了个躬，安静地回去了。留下的名片上没有写住址，只用稍扁的字体印了“木下青扇”四个字在上面，在那几个字的右上方用钢笔脏兮兮地添了一列“自由天才流书法教授”。我不禁哑然失笑。第二天一早，青扇夫妻两人用卡车分两趟运来了很多生活用品，算是搬了进来，而那五十元押金最终不了了之，难道指望他给你送来吗？

搬家那天的午后，青扇和他妻子一起来我家里问候。他穿着黄色的毛线开衫，脚上煞有介事地打着绑腿，穿着好像是女

1　在日本租房时，房客通常除了支付首月房租之外，还需要支付相当于一两个月房租的押金以及相当于一个月房租的“礼金”。文中“我”的房子月租金18日元，押金为两个月房租，包含礼金在内首次应该付72日元，即使除去礼金也要付54日元。

式的涂漆木屐。我一出门，他就对我说："啊，总算搬完了。我这副样子看起来不会很奇怪吧？"

说完，便笑嘻嘻地看着我，好像在对我察言观色一样。我不知为何竟然感觉有一点不好意思似的，很敷衍地答了一句"真是辛苦了"，然后也对他报以微笑。

"这是我家里女人，多关照。"

青扇很夸张地扬起下巴，把悄悄地立在他身后那个有点大块头的女人指给我看，我们互相鞠躬行礼。她穿着一件麻叶纹、蓝绿纹的铭仙绸夹衣，外面披着一件似乎也是铭仙绸的红色羽织。我瞥了一眼夫人这张下颌稍宽的、柔和的脸，稍微吃了一惊。虽然这是一张从未见过的脸，却很强烈地戳中了我。她肤色像漂过一样白，一边眉毛突兀地上挑，另一边倒是平静的。眼睛有一点细，轻轻地咬着薄薄的下唇。刚开始我还以为她在生气，不过很快就知道并不是。夫人行礼之后，像是要避开青扇的眼光一样，把一只很大的礼金袋悄悄放在门口的地板上，用很低沉但非常坚决的语调说："这是一点心意。"之后又很恭敬地鞠了一躬。鞠躬的时候也照例挑着一边眉毛并咬着下嘴唇。我想这大概就是这个人日常的习惯吧。然后青扇夫妻就这样走了，我呆立了半晌，忽然就怒上心头，开始不痛快起来了。押金的事是一方面，比起那个，更要紧的是，我总觉得我好像在哪里被人摆了一道似的，感觉到一股难耐的焦躁。我蹲在门口地板上，抓起那只大到可耻的礼金袋往里面一看，里面装的是荞麦面店的五元餐券[1]。我一时不知这到底算怎么回事，五元餐券未免也太蠢了。忽然，我感觉到一种令人憎恶的疑念：这该不会是他们拿来顶押金的吧？我这么想着，觉得如果是这样的话必须立刻把它还回去。我胸中感觉到一种难耐的不快感，把那个礼金袋揣进怀里，追在青扇夫妻的后面出了门。

青扇和夫人都还没有回到他们的新家，想来是在回家路上去买东西了之类的，我从他们因为过于粗心而没上锁的门潜进房内，准备就在这里埋伏着打他们一个措手不及。平时的话我倒也不至于生出这么粗鲁的念头，但因为怀里揣着五元荞麦面餐券的缘故，所以我也有点冲昏了头脑。我穿过门口三叠大的房间，进到六叠的起居室里面。这对夫妻看来对于搬家早已轻车熟路，生活用品差不多已经都整理好了，壁龛里还摆了个栽了一株开了两朵薄红色的花的贴梗海棠的粗陶花盆。挂轴是一幅粗略装裱过的"北斗七星"四字。文字奇怪也就罢了，字体更是滑稽得要命。像是用刷糨糊的刷子之类的东西写出来的，不仅笔画粗得夸张，而且字早就洇得一塌糊涂。尽管没有落款之类的东西，但我心里认定这准是青扇写的。也就是说，这就是那个自由天才流吧。我又走进最里面那间四叠半的房间，衣箱、镜台摆放得井然有序，一张脖子纤细而腿画得巨大的裸女

1　日本关东地区的习俗，新搬来的住客向房东和邻居赠送荞麦面表示友好。由于生荞麦面保质期不长，近代以来荞麦面店也推出了可以随时来用餐或兑换店内各种商品的礼券作为替代。

素描，被装在一个有圆形玻璃的画框中，挂在紧靠着镜台边的墙上。这就是夫人的房间了吧。一个尚新的桑木长形火盆，和似乎是跟它一套的也是桑木制成的挺雅致的碗碟柜靠墙摆开。长火盆上面吊着个铁壶，盆里生了火。我先是坐在那长火盆旁边抽了一根烟。刚搬好家的新居，似乎是种让人感伤的东西。我想着夫妻俩商量那幅画该挂在哪里，争论这个长火盆应该摆在哪个位置的样子，感觉到一种生活发生变动时那种共克时艰的干劲儿。只抽了一根烟，我就站起身来，心想等到了五月给他们换一下草席吧。我一边想着，一边走出了大门，从大门边的折枝门[1]走进院子里，坐在六叠房间外面的檐廊上，等青扇夫妻他们回来。

青扇夫妻直到院里的紫薇树干被夕阳染红时才总算是回来了。果然是去买东西了，青扇肩上扛着一支扫帚，夫人右手里沉重地提着被各种杂物塞满的桶子。他们打开折枝门走进来，一下子就看见我的身影，但并没有很吃惊的样子。

“这不是房东先生吗？欢迎光临。”

青扇仍然扛着扫帚，微笑着对我轻轻点头。

“欢迎您光临。”

夫人照例挑着眉，不过比刚刚显得要轻松些，露出了洁白的牙齿笑着对我打招呼。

1　日式民居用于出入院子的便门，多用竹片编成菱形网眼状。

我心里觉得相当困扰。押金的事情今天是没法开口了，打算单就荞麦面餐券的事说他们几句算了，然而也失败了。我反倒与青扇互相握了手，不仅如此，还很不像样地彼此为对方高呼了万岁。

我应了青扇的邀请，由檐廊进到六叠的起居室里。与青扇相对而坐，我心里想的净是“到底该怎么跟他开始对话呢”这样的问题。我刚喝了一口夫人沏来的茶，青扇忽然一下站起来，从隔壁房间里拿来了将棋的棋盘。您也知道，我将棋下得不赖，所以觉得跟他下上一盘也没关系。跟客人还没说上几句话就一言不发地端出将棋盘来，这是自封将棋高手的人的惯用伎俩，那我就先杀他个落花流水再说。于是我微笑着摆开了棋子。青扇的棋风怪异，速度极快。如果我也跟着他一起下得快起来，就会不知道什么时候被将死。他就是这样一种棋风，也就是所谓的奇袭。我连输了几盘，渐渐开始较上劲来。因为房间里有点昏暗，我们就搬到檐廊上去下。最后结果是十比六，我输了。我和青扇都下得精疲力竭。

青扇在对局时一言不发，端端正正地盘腿而坐，始终是郑重地应战。

“咱俩水平差不多嘛。”他把棋子收进盒子里，很认真地小声说了一句，“您不躺一会吗？啊啊，真是累死了。”

我用一种很失礼的姿势伸长了脚，感觉后脑勺一阵阵地刺痛。青扇也把将棋盘放在一边，在檐廊的地板上躺成很长一条，单手托腮，望向开始被夜色包裹的庭院。

“哎呀，是蜉蝣。”他低声叫道，“好神奇啊，你看，才这个季节，居然就有蜉蝣了？”

我也趴在檐廊上，看向院子里潮湿的黑土上方。忽然一下子反应过来了。反应过来自己有多蠢了：将棋也下了，蜉蝣也找了，可正经话还一句都没说呢。于是我慌慌张张地坐直：

“木下先生，我很困扰啊。”这样说着，把那个礼金袋从怀里掏出来，“这个我就不收了吧。”

青扇不知为何，一副大吃了一惊的表情，脸色都变了，站起身来。我也摆开了一个准备争吵的架势。

“什么都没准备，要不您跟我们凑合吃一口？”

夫人走到檐廊里看着我的脸，屋里昏暗地点着电灯。

“是啊，是啊。”青扇一副慌慌张张的样子，连连点头。他皱着眉，好像在眺望什么很遥远的东西。“那要不然，咱们先吃饭？您有什么话，咱们吃完慢慢再聊？”

事已至此，我实在不愿意再吃他们一顿饭，但总得把那礼金袋的事情了结掉，所以就跟着夫人走进了房内。这样一来就更不妙了，我喝起酒来了。夫人劝我喝一杯的时候，我心想这下难办了。可两杯三杯下了肚，我倒渐渐开始平静起来。

我本打算嘲讽一下青扇那个自由天才流，于是回头看着壁龛里那幅挂轴，问他：“这就是你那自由天才流吗？”青扇因酒醉而发红的眼睛四周一下就变得更红了，苦笑着说：

“自由天才流？哦，那是我扯的谎。我听说，这年头如果你没有个工作，房东就不会租房子给你，嗯，然后就干了这么件荒唐的事。您可别记我仇啊。”说着，好像被呛到了似的笑了一阵，“这东西是我在旧货店看到的。当时我想居然有这么离谱的书法家，然后就花三毛钱把它买下来了。光写了‘北斗七星’四个字，什么意义都没有，这一点我特别中意。我就喜欢这种稀奇古怪的东西。”

我认定，青扇一定是个相当傲慢的男人。越是傲慢的人，越喜欢在自己的兴趣上标新立异。

“这么问有点失礼，你是无业游民吗？”

我又开始介意起那张五元钱的餐券来，心想这其中肯定有什么陷阱。

“是啊。”他把酒杯衔在嘴里，脸上仍是笑嘻嘻的，“不过请您放心。”

“不。”我尽可能地努力摆出一副冷淡疏远的架势，“那我就有话直说了。首先你这五元钱餐券我就没办法放心。”

夫人一边给我斟酒，一边说：

“真是的。”她用丰满的小手整理了一下领口，微笑着说，“木下这人真是不像话。说这次的房东年轻又善良，说了很多失礼的话。那个，还非让我去买了这样傻里傻气的餐券来。真是太不像话了。”

“这样啊。”我不禁笑了出来，“这样啊，我也吓了一跳，还以为押金……”我脱口而出，然而立即闭上了嘴。

“这样啊。”青扇模仿着我的语气说，“我明白了。明天我给您送去吧。今天银行休息。”

这么一说，我才想起今天是周日。我们没来由地齐声笑了起来。

我从学生时代就喜欢“天才”这个词。读了龙勃罗梭[1]和叔本华[2]的天才论之后，就开始悄悄地在人群中寻找属于天才的人，但总也找不到。刚升进高等学校的时候，听说有一位留和尚头的年轻历史教授，能把全校学生的姓名和每个人出身的中学一字不差地记下来，心想莫非他就是天才，于是注意起这个人来。结果一听他讲课，满不是那么回事。后来我才知道，能记住学生的姓名和出身学校是这位教授唯一值得自豪的地方，光是为了背下这些东西他就已经为难到呕心沥血的程度了。现在我跟青扇对坐着相互交谈，我觉得他无论是骨骼，还是头的形状，又或者是眼睛的颜色和说话的声音，无不酷似龙勃罗梭和叔本华定义中的天才的特征。我当时确实是这么想的，苍白瘦削，五短身材，讲起话来带着说台词一般的鼻腔共鸣声。

---

1 切萨雷·龙勃罗梭，意大利心理学家、犯罪人类学家。信奉颅相学（即根据头骨形状判断人格的一种前近代伪科学）。他认为天才是一种特殊的先天性疾病。其著作《天才与堕落》日译标题为「天才論」。

2 阿图尔·叔本华，德国哲学家，著有《论天才》。他认为天才生而为天才，天才拥有优于其他人的直观认识能力，能够看到一个迥然有别于其他人所看到的世界。他的天才理论主要见于《作为意志与表象的世界》卷三。

酒过三巡，我开口问青扇：

“你刚才说你没有工作，那你是在做什么研究之类的吗？”

“研究？”青扇像个恶作剧的孩子一样，缩着脖子，眼睛骨碌碌转了几圈，“研究什么啊？我顶讨厌研究。不就是写点只有自己能看懂的注脚来糊弄事吗？实在是讨厌得很。我要创造。”

“创造什么？难道是搞发明？”

青扇扑哧一下笑了出来，脱掉黄色的夹克，身上只剩一件衬衫。

“这就有意思多了，搞发明啊，比如你发明出了无线电灯。如果世界上一根电线杆都没有的话，那得有多清爽啊！首先，对拍武打片外景就很有帮助。我就是当演员的。”

夫人像是两眼一齐被烟熏了一样眯缝起来，看着青扇油光锃亮的脸。

“这也太不像话了。你喝多了吧？老是满嘴跑火车，我该拿你怎么办呢？您可千万别在意。”

“哪里跑火车了，你别啰唆。房东先生，我真的是发明家。我发明的是‘人怎样才能出名’的方法。您看，您果然感兴趣了吧？就是这个。现在的年轻人，所有人都得了一种想要出名的病。又自暴自弃，又无限卑微地想要出名的病。你，不是，您，您可以当个飞行家，创下以最快速度环游世界一周的纪录，怎么样？以赴死的觉悟紧闭着双眼，一路向西飞。当您睁开眼睛的时候，看到的就是人山人海啦，就成为整个地球的宠儿啦。只消受个三天的苦，这样是不是很划算呢？您提不起劲来？真是没魄力的混账啊。哈哈哈，不是，不好意思。要是不当飞行家，要不然去犯罪吧。怎么了？肯定能成功的，只要你自己谨慎行事，能有什么问题呢？杀人也可以，偷东西也可以，不过要犯罪还是要干大一点。没关系的，怎么会被发现呢，等诉讼时效一过，又可以大摇大摆出门了。您肯定会引起轰动的。比起开三天飞机，这个需要等上十年，有点不适合像您这样的现代人呀。好吧，要不然这样，我教您一个特别适合您的、安全慎重的方法。对于你这种色胚、胆小鬼和意志薄弱之辈，最合适的方法就是搞丑闻。首先在这个街区里就出名了，拐带别人老婆私奔之类的？嗯？”

我对这些话倒是无所谓，甚至觉得青扇醉酒的样子颇有美感。这张脸并不寻常，我甚至忽然想到了普希金。我总觉得我好像在哪见过这张脸，仔细想想，这不正是在店里的明信片上见过的普希金的脸吗？英气逼人的眉毛上方，刻着几道疲惫而早衰的深纹的，是普希金的遗容。

我也已经喝得酩酊大醉了。到头来，终于是从怀里掏出了那张餐券，用它兑换了酒让荞麦面店送来。然后我们就喝得更多了。与人刚刚熟络起来时那种兴奋感与出轨偷情类似，两人都憋足力气，彼此都感觉到了那种试图通过愚蠢的雄辩来让对方更加了解自己的焦躁。我们交换了许多虚伪的感激，无数次地彼此推杯换盏。等反应过来的时候，夫人已经不在了，应该是去睡觉了吧。我想，这下不回家不行了，于是做了回家前最后的握手。

“我很中意你。”我这么说。

“我也很中意你呀。”青扇也同样地回答。

“好了。万岁！”

“万岁！”

事情的经过大概就是这样。我有一喝多了就高呼万岁的坏毛病。

都是酒不好。不，果然还是因为我太容易得意忘形了吧。就在这样的拖延不决中，我们奇怪的来往开始了。在那次大醉后的第二天，我都像是被狐狸或狸猫给魇住了一样，一整天恍恍惚惚的。青扇绝非等闲之辈。我虽然也因为到了这个岁数还是单身，每天晃晃悠悠地游戏人生，早已被亲朋好友当成怪人来轻蔑了，可再怎么说我的头脑还是正常的、能够妥协的、遵从正常的道德生活长大的。也就是说，至少算是健康的。相比之下青扇那可就相当离谱了，他绝不能算是个好公民。我作为青扇的房东，难道不是应该至少在搞清楚他的本来面目之前跟他疏远一点吗？我这么想着，之后的四五天里，都当作不认识他。

然而，在青扇搬来后差不多过了一周，我又碰上他了。是在公共澡堂的浴池里碰上的。我刚踏入浴池的冲洗处，就有个人放开喉咙大叫了一声："呀！"刚过中午，澡堂里一个人也没有，浴池只有青扇一个人在用。我尴尬极了，蹲在泡完澡后洗净身体用的水龙头前，用肥皂在手心里搓出了无数的泡沫，看起来实在是慌得厉害。虽然吓了一跳，但尽管如此我还是尽量慢悠悠地冲净了手上的泡沫，从水龙头走到浴池，坐了进去。

"之前那天晚上多谢了。"我果然还是觉得很不好意思。

"哪里。"青扇装腔作势地说，"你看，这是木曾川[1]的上游。"

我顺着青扇眼睛的方向望去，知道他说的是浴池上方的油漆画。

"比起真的木曾川来，还是油漆画好啊。不，不如说正因为是油漆画所以才好。"他一边这么说，一边回头看向我。

"嗯。"我也报以微笑，因为我其实不知道他到底是什么意思。

"这也是辛勤劳动的产物，是一幅相当有良心的画作啊。画这幅画的油漆师傅肯定不会来这个澡堂吧？"

"还是会来的吧。一边望着自己的画，一边静静地泡澡，这不是挺不错的吗？"

我这个说法不知为什么遭到了青扇的蔑视，他只说了一句"谁知道呢"，然后就把自己两只手的手背并拢，看着自己的十

1　日本主要河流之一，其上游在长野县、岐阜县的山区。

片指甲。

青扇先从浴池里出来。我一个人泡在浴池里，暗中观察更衣室里的青扇，他今天穿了一件鼠灰色的茧绸夹衫，我被他揽镜自照的时间之长所震惊了。过了一会，我也从浴池里出来，青扇静悄悄地坐在更衣室一角的椅子上一边抽烟一边等我，我简直觉得有点喘不上气来。两人一起出了澡堂，走在半路上，他忽然小声说了这样的话：

"没见过对方赤裸的身体之前是决不能放松警惕的。不，我说的是男人与男人之间的关系。"

那天，我顺从青扇的邀请，又一次拜访了他家。途中我暂且跟他分开回到自己家里，稍微整理了一下头发，然后就如约出门往青扇家去，可青扇却不在，只有夫人独自在家，正在夕阳的光能照到的檐廊下看晚报。我打开大门侧面的折枝门，穿过小院，站在檐廊前，问了一句："不在吗？"

"嗯。"她眼睛压根没离开报纸，这样答道。咬下唇非常用力，心情不佳。

"还没从澡堂回来？"

"对。"

"哎？我跟他在澡堂的时候还在一起呢，他让我来家里玩来着。"

"您可别太把他说的话当回事。"夫人像是说到什么可耻的事似的笑了笑，翻了一页报纸。

"那我先回去了。"

"哎呀，要不然您再等一会？也请喝杯茶。"夫人把晚报叠起来，向我这边推了推。

我坐在檐廊上，院子里红梅的花苞一颗颗胀得圆鼓鼓的。

"您还是不要信任木下比较好。"

出其不意被她在耳边说了这么一句悄悄话，我大吃一惊。夫人给我上了茶。

"这是为什么？"我认真起来。

"因为他这人不行呗。"她用力扬起一边的眉毛，轻轻叹了口气。

我险些失声笑出来。我认定，这女人是在拐弯抹角地夸耀自己用心服侍这位不知有什么特异才能的丈夫的辛劳，和青扇平日里那副耽溺于莫名其妙的骄矜与怠惰的做派简直一模一样。我心中觉得好笑，居然能如此痛快地撒谎吗？不过说这种程度的瞎话我倒也不会逊色：

"有人说，喜欢胡说八道是一种属于天才的特质，他们只是说出每一个瞬间的真实。有个词叫作'豹变'[1]，说难听一点就是机会主义者嘛。"

"说什么天才之类的，怎么可能。"夫人把我喝剩下的茶泼进院子里，又给我倒上了些新的。

1 出自《易经》中的"君子豹变"，指发生急剧的变化。日语中多用该词来描述消极的变化。

我也许是因为刚泡完澡，口渴得很，一边小口啜饮着热气腾腾的粗茶，一边追问“为什么认定了他不是天才呀”之类的问题。我从一开始就打算好了，哪怕只有一点也好，总要挖出青扇这人的真面目来。

“他就会摆谱。”答复是这样的。

“是吗。”我笑了。

这女人和青扇一模一样，不是聪明得吓人，就是愚蠢得要命，总而言之，我觉得跟她没什么好说的。不过，我就姑且当成是夫人很爱青扇好了。我望着被黄昏的夕霭模糊了的庭院，对夫人表示了些许的妥协：

“木下先生那副样子，总该是在思考些什么问题吧？如果是这样的话，那他几乎可以说从没有休息的时候，并不能说是懒汉。他泡澡的时候也在思考，剪指甲的时候也在思考。”

“哟，您的意思是我还应该哄着他了？”

这话在我听来是相当动气了，于是我带着一点嘲笑的口吻，问她是不是因为什么事吵架了。

“没。”夫人好像觉得这问题很可笑。

一定是吵架了，而且，她现在一定是正在等着青扇回来呢。

“失礼了，啊，我下次有空再来。”

暮色渐沉，院子里能看见的只剩下紫薇花的枝干软绵绵地浮在空中。我手扶着院子的折枝门，回头向夫人又道了一次别。夫人白色的身影孤零零地立在檐廊里，端端正正地向我行了个礼。我心中落寞，对自己默念说，这对夫妻终究还是彼此相爱的吧。

虽然我确认了他们的彼此相爱，但青扇到底是何许人也，我仍然没有任何头绪。是最近流行的虚无主义者呢，还是那种“赤色”分子？不，或许只是个装腔作势的有钱人，没什么大不了的。总而言之，我开始后悔把房子租给这种人了。

那之后不久，我不祥的预感一一全都应验了。三月过去了，四月过去了，青扇一点音信也没有。与租房子相关的各种文件是一样也没签，押金的事不消说，当然是不了了之了。然而我与其他房东不同，我既不喜欢在文件的问题上过多纠缠，而且就算拿到押金，也不喜欢把它拿到别的地方去吃利息的，就像青扇说的那样，“存款之类的”，无所谓了，怎么都行吧。可房租一直不交，我到底是有点犯愁了。即便如此，我直到五月都假装没事人一样。这固然可以说是因为我的不拘小节和宽厚待人，但实话实说，是因为我有点怕青扇。只要一想到青扇的事，我就感到一种莫名的窘迫，并不想见到他。就算是无论如何都要见，也是躲得了一天算一天，就这么明日复明日地拖延下去。也就是说，正是我意志薄弱的缘故。

五月过完，我终于横下一条心去造访了青扇家，是一大早出门的。我总是这样，只要一决心去做某件事，那么不立刻把这件事了结就没办法安心。过去一看，大门还紧闭着，好像还在睡觉。突袭年轻夫妇的酣睡这种行为未免太过讨厌，所以我原路返回家中，心里毛毛躁躁的，修剪了一通院子里的花木。总算到了中午，我又出发了，可门还是关着。这回我绕到院子里面去了，院子里五棵朱砂杜鹃的花一朵朵盛开着，每一棵都活像一只大蜂窝。红梅的花已经谢了，碧绿的叶子伸展开来。紫薇的一条条枝丫上，从根部开始长出了毛刺似的细瘦的嫩叶。遮雨板窗也关着。我在上面轻轻敲了两三下，低声喊："木下先生，木下先生？"但里面却鸦雀无声。我透过遮雨板窗的缝隙往里面窥视，人不管多大岁数，都免不了有偷窥的欲望吧。房间里一片漆黑，什么也看不见，但能看出似乎有什么人在那间六叠的起居室里躺着。我把身体从板窗上稍微挪开了一点，想着要不要再喊他一次，结果到底是没有喊，就这样回家了。因为后悔偷窥而没有底气，我似乎就是因为这个原因，才垂头丧气地打道回府的。到家一看，正好有客人来。我跟这位客人谈妥了两三件事之后，太阳也落山了。送走了客人，我准备第三次造访，心想他总不能这会儿还在睡觉吧？

青扇家里亮着灯，大门也开着。我喊了一声之后，传来了青扇嘶哑的声音："谁啊？"

"我。"

"啊，是房东先生，请进请进。"他好像是在六叠的起居室里。

家里的气氛有种说不出的阴沉。我站在大门口，伸长脖子往六叠的起居室那边看了一眼，青扇穿着睡袍，正在匆忙地收拾床铺。昏暗的电灯下，青扇的脸看起来衰老得令人咋舌。

“已经睡了吗？”

“嗯，没事，没关系。我一整天都在睡觉。因为这样睡觉是最不花钱的。”他口中这么说着，好像总算是收拾完了房间，然后一路小跑到大门来，“不好意思，久疏问候。”

他甚至没正眼看我的脸，迅速低下了头，很突兀地说：

“房租暂时还没有办法。”

我实在很生气，故意没有接他的话。

“夫人跑啦。”他靠着大门口的纸拉门，静静地蹲在那里。灯光从后背照下来，青扇的脸看起来只有一片漆黑。

“怎么回事？”我大吃一惊。

“嫌弃我了呗。有别的男人了吧。她就是这种女人。”他一反常态地说得很直白。

“什么时候的事啊？”我也坐在大门口的地板上。

“忘了。上个月中旬左右吧。您不进来吗？”

“不了，今天还有别的事。”我觉得他看起来有点瘆得慌。

“说起来丢脸，我是靠那女人家里寄的生活费活着的，所以现在就成这样了。”

从青扇这种滔滔不绝的态度里，看得出他迫不及待地想要早一点把来客赶回去的决心。于是我故意从袖子里掏出香烟，并且问他有没有火柴。青扇一言不发，走去厨房，拿了很大一盒家庭装的火柴来。

“你为什么不去工作呢?”我抽上了烟，心里偷偷地做了打算，准备从这句话开始慢慢地跟他聊聊。

“没地方工作啊。因为没有才能。”他仍然是这种直截了当的语调。

“开什么玩笑。”

“没有，要是能工作就好了。”

我由此知道，青扇有种意想不到的坦率气质。我多少有点感动，可如果就此开始同情他的话，房租就彻底没指望了。我给自己鼓了鼓劲：

“你这样让我很难办啊。我难办是一方面，你自己也不可能一直这样混下去啊。”我把正抽了一半的烟扔在地上，烟头红色的火花因水泥地的撞击而猛地四散开来，消失了。

“嗯，关于这方面，我总会想想办法。我已经有方向了。我非常感谢您的包容，请您再稍微等我一小段时间好吗，一小段就好。”

我叼上第二根烟，又划了一根火柴。借着火柴的光，我瞥了一眼刚才就很在意的青扇的脸色，不由得打了个冷战，手一抖，烧着的火柴掉在地上。我看到了一张恶鬼的脸。

“那么，我改日再来。你没有的东西，我要也要不来。”我简直想立即从这地方逃走了。

“好的。麻烦您特地跑了一趟。”青扇老老实实地这样说着，站起身来，然后像自言自语一样小声说，“四十二岁的一白水星[1]，流年不利，实在为难。”

我几乎是连滚带爬地逃出了青扇家，昏昏沉沉地往自己家赶。不过我倒是渐渐冷静下来，并且生出了一种上当受骗的感觉。我又被他摆了一道。无论是青扇那种好像很想不开似的直白口吻，还是什么四十二岁之类的自言自语，全都带着一种令人难堪的做作，让人觉得他极其装腔作势。我心想，我还是太天真了，我这种耳根子软的性格是当不好房东的。

我在接下来的两三天里，一直在想着青扇的事。我不过也是靠着父亲的遗产，才能一天天这样无所事事地度日，实际上也并没有什么要去工作的劲头。青扇那句“要是能工作就好了”的心情，我也并非不能理解，不过假如青扇真的能这样一分钱收入都没有也过得下去，这件事本身就已经属于一种非同一般的精神了。不，说什么精神之类的未免太冠冕堂皇了，但总之可以称之为一种厚颜无耻的毅力吧。事已至此，不想点什么办法来揭露这家伙的真面目，我就更无法安心了。

五月过完，已经到六月了，青扇还是连一个招呼也没来打过。到底还是得我再一次跑到他家去。

那天，青扇穿得像个运动员一样，上身是带领子的西装衬

---

1 “九星气学”占卜术中的概念，男子42岁、女子33岁是最多灾多难的一年。九星气学是一种融合了九宫、九星、八卦、五行等要素的数术占卜，由园田真次郎于1924年发明，在近现代日本相当流行。

衫，下面穿着白色的裤子，好像有点不好意思地走了出来。我觉得他家整个都变得明亮了。我被引到六叠的起居室里，进屋一看，靠壁龛那面墙的角落里摆了一个不知什么时候买来的旧沙发，套着鼠灰色天鹅绒的沙发套，不仅如此，草席上面还铺了块绿色的地毯。房间里的装饰趣味为之一变。青扇请我在沙发上坐下。

院子里那棵紫薇已经开始绽放出猩红色的花。

“总是拖延房租，实在是对不起，这次没有问题了。我找到工作了。喂，小贞。”青扇跟我并排坐在沙发上，朝隔壁房间里喊了一声。

一个穿水兵服的小个子女孩从那间四叠半的屋里嗖地一下冒出来，是位脸圆圆的、脸颊看上去很健康的少女，眼神也像是从不知道什么是害怕一样清澈。

“这位是房东先生。打个招呼吧。这是我家女人。”

我心想“哎呦”，一下明白了青扇那从刚才开始就含着的微笑的含义。

“是什么工作啊？”

那位少女回到隔壁房间之后，我故意装作全然不解风情地问起了工作的事。心想至少今天我可不能再上你当了。

“写小说。”

“啊？”

“不是，我从以前就一直在学习文学来着，最近才终于有破土而出的迹象。我要写非虚构[1]。”

“所谓的非虚构是……？”

“就是把不存在的事像真的一样报告给读者。没什么特别的，就是别忘了写上某县某村某番地，大正某年某月某日，当时的报纸也有过报道之类的句子就可以了。接下来一定要写子虚乌有的事，这也就是小说嘛。”

青扇好像因为他这位新妻子的事情多少有点心虚，一直在回避着我的视线。他一会挠挠长头发里的头皮屑，一会变换一下跷二郎腿的方向，又开始施展起他的雄辩术来。

“房租真的没问题了？我可是已经相当困扰了。”

“没问题，没问题，嗯。”他不断地反复说着没问题，打断了我的话，然后爽朗地笑了。我相信了他。

这时，刚才的少女端着一只装了红茶的银盘来了。

“您请看。”青扇接过红茶的茶杯然后递给我，又接过他自己的茶杯时这样说，回头向后一看，壁龛里“北斗七星”的挂轴不见了，而是摆了一个一尺来高的石膏胸像。胸像的旁边，开着一朵鸡冠花。少女用生锈了的银盘半遮住自己红到耳根的脸，把茶色的大眼睛睁得更大了，瞪着他。青扇好像要用一只手拂去那视线一样，一边说：

“你看那个胸像的额头，是不是有点脏了？没办法啊。”

---

1 日本1930年代左右开始流行的一类文体，多以类似报道、自白或案件记录的形式来书写，情节往往改编自真人真事（或伪装成真人真事），恐怖、丑闻、犯罪等猎奇娱乐方向的内容居多。

少女不到一转眼的时间就跑出了房间。

“这怎么了？”我不明就里。

“没什么。这好像是贞子以前的男人的胸像。这可是她唯一的嫁妆了，她会亲吻这个胸像的。”

我觉得有点恶心。

“看来您不太中意啊。不过世界上就是会有这样的事，我也没办法。她每天还会给那旁边换些只要你一看到准会佩服的花呢。昨天是大丽花，前天是鸭跖草。不对，是朱顶红吧，也可能是大波斯菊。”

又来这套。如果由着他带我进入这个节奏的话，那这回我又要扑空了。我成心使坏，故意不接他这茬。

“不是，你工作那边，是不是已经开始了呢？”

“啊，那个嘛，”他喝了一小口红茶，“马上就要开始写了，没关系的。我真的是一个文学青年啊。”

我一边找搁红茶杯的位置，一边说了句：

“就是你这句‘真的’才是最不靠谱的。‘真的’这种字眼，一看就是要在谎话上再涂一层谎话。”

“呀，这下可被您说到痛处了。我以为您不是这种喜欢直截了当的人呢。我以前呢，森鸥外您知道吗？我是他的门生，那部叫《青年》[1]的小说，主人公就是我。”

---

1 森鸥外的长篇小说，1910年3至8月期间在文学杂志《昴》连载，讲述立志成为作家的青年的成长故事。男主角小泉纯一是一位容貌俊美、心地善良的青年。

这倒是大大地出乎了我意料。我在很早之前确实看过一遍那部小说，那种幽微的浪漫主义韵味，长久地萦绕在我心中。可我却从不知道，书中那位方方面面都尽善尽美的主人公竟然还有个原型？我还以为那一定是老头子在脑中杜撰出来的青年，故而才能那般美好善良。真实的青年，是一种好猜忌又精于算计，让人窒息得多的生物。这位甚至引发了我不满的、睡莲般纯洁无瑕的青年，照这说法莫非就是这位青扇吗？我这么想着，甚至有点兴奋，但很快心里就警铃大作，提起戒心来。

“这我还是头一次听说。不过那位，虽然这么说有点失礼，难道不应该是一位温文尔雅的少爷吗？”

“这么说就伤自尊啦。”青扇迅速地收掉了我的茶杯，和他自己的一起放进了沙发下面，“那个时代那样就挺好的。不过现在这个世道嘛，就算是那位青年本人来了，也会变成这副样子啊。我想，不止我一个人是这样的。”

我重新看着青扇的脸。

“所以其实是抽象意义上的？”

“不是。”青扇诧异地窥视着我的眼睛，“是在说我的事？”

我又一次生出了类似于怜悯的情感。

“好吧，今天我就先回去了。请您务必早日开始工作。”扔下这句话，我走出了青扇家，在归途中，我无法不去祈祷青扇能够成功。这固然是因为青扇关于青年的那一番话深深地触动了我，使我生出了一种就连我自己都觉得奇怪的颓唐感，此外当然也有青扇新婚燕尔，多少想要祈祷他能过得幸福的心情。我思量了很久，心想即使不收那笔房租也不至于让我的生计有什么困窘之处，充其量是零花钱上会稍微紧一点。这件事，就当成是我为了那位不被眷顾的老青年忍耐一下自己的不方便好啦。

我好像有一种很容易被所谓艺术家这种东西所吸引的毛病。特别是当那个人没有受到社会公正的对待时，就更有种难以抑制的激动之情。假如说青扇的文学才能此刻真的开始生根发芽了的话，因为区区房租这点小事去污染他此刻的心境就是不可饶恕的。这件事现在大概还是稍微放一阵的好，寄希望于他能够出人头地吧。这时，我口中忽然冒出了一句“He is not what he was（他已非昔日之他）”，这句话令我十分欢喜。我上中学的时候在英语语法教科书里看到的这个句子，曾令我的心狂跳不止，同时，这句话可能还是我中学五年受的教育中唯一一个至今也没有忘记的知识点。我把每次拜访都带给我某种惊异和感慨的青扇，与这作为语法例句写下的短句联想到了一起，于是我对青扇生出了某种异常的期待。

不过，对于要不要把我的这一决意告诉青扇，我却有点犯了踌躇。恐怕多少还是有点包租公的劣根性吧，万一明天青扇就凑齐了拖欠到现在的房租给我带过来了呢？因为抱着这样隐秘的期待，所以我决定不要进一步告诉青扇我不用他付房租之类的了。我还觉得，如果这反过来又能成为激励青扇的动力，岂不是一件两全其美的好事吗？

七月底的时候，我又去造访青扇家了。这次他的状况会发生怎样的好转呢？应该有了不少进步和变化吧？我带着这种期待的心情出了门。到了他家一看呆住了。岂止是变化这么简单！

那天我直接从院子里走到六叠起居室外的檐廊，却看见青扇穿着个短衬裤盘腿坐在那里，两腿中间放了个很大的茶碗，并且用一根芋头状的短棒子在里面拼命搅拌。我问他这是在干啥呢。

"呀！这是薄茶[1]，我正在点茶呢。这样的酷暑之中，就是要喝这个啊。您要不要也来用一杯呢？"

我发现青扇的说话方式好像也有哪里不太一样了[2]，不过现在并不是为这事惊讶的时候。因为我非得喝了这碗茶不可。青扇把茶碗硬塞进我手里，然后就坐在原地，迅速穿上了刚才被他脱在一边的颇为潇洒的弁庆格子[3]浴衣。我坐在檐廊边上，没有办法，只好啜饮起那碗茶来。喝了一口，苦味适中，确是一杯美味的好茶。

---

1 日式抹茶的一种，一碗用约60毫升水和2克茶粉做成，比较清淡，水量更少、茶粉量更多的糊状茶汤称为"浓茶"。

2 此处开始青扇换了一种很夸张的敬语，似是而非地模仿茶道家的讲话方式，与前面的说话风格大相径庭。

3 和服纹样之一，即方形的棋盘格。受歌舞伎演员喜爱，属于和服纹样中比较鲜艳夸张的一种。

“怎么又搞起这个了？挺风流[1]啊。”

“不是。我是因为好喝才喝的，我呢，有点厌倦写非虚构了。”

“啊？”

“还是在写的啦。”青扇一边系上兵儿带[2]，一边膝行着走向壁龛那边。

壁龛里前一段时间的那个石膏像不见了，换成了装在牡丹花纹样袋子里的一柄三味线戳在那里。青扇在壁龛角落里的竹制文具箱里翻找了一阵，最后终于找出一些叠成一小块的纸片，捏在手里拿过来：

“我想写这种东西，正在收集文献呢。”

我把薄荼的茶碗放在下面，接过那两三张纸片。是从妇女杂志上剪下来的，印着“四季的候鸟”这样的题目。

“怎么样，这张照片不错吧？这是候鸟在海上被浓雾所袭，失去了方向，只管追逐着光一味飞行的惩罚——撞上了灯塔，然后啪嗒啪嗒地死掉的情景啊。几千万的尸体啊！所谓候鸟，实在是种悲哀的鸟类，因为它们永远生活在旅途之中，背负着永远不可能在一个地方安静地停留的宿命。我打算从头到尾都

1 日语中“风流”指一种江户时代以来流行的美学观念，讲究以鲜艳的色彩、夸张的言行等要素引人注目。

2 和服腰带的一种，起源于萨摩藩少年武士的装束，用整幅布料做成，特征是宽且软，可以衍生出多种结法，同样属于“风流”打扮。

用这个视角来进行描写。写一只我这样的候鸟，只知道从东飞到西，从西飞到东，然后在这种彷徨中衰老的主题。同伴们渐渐都死去了，有的被枪打死，有的被波浪吞没，饥饿、疾病，连巢都无暇住热乎的悲哀。您看吧。不是有首‘向海鸥问潮时’[1]的歌吗？我之前什么时候跟您聊过什么想出名的病吧，什么杀人啦，开飞机啦，其实有远比那些更轻松的方法啊，而且死后也能名垂青史，那就是写出一部杰作。就是这样。”

我从他雄辩的阴影之中，又一次嗅到了某种遮遮掩掩的害羞气息。果然一眼瞥见了一位不是先前那位少女的、肤色浅黑、梳着日式发髻的、瘦小的陌生女人，正在从厨房门往这边偷看呢。

“那么，好吧，请务必写出那部杰作来。”

“您要回去了吗，要不要再来一杯薄茶呀？”

“不了。”

回去的路上，我又有得烦恼了。这件事，已经渐渐变成了一场灾难，世上竟然有如此荒唐的事？我现在早已越过了责备他的阶段，而是对他目瞪口呆起来了。我猛地想起他那些关于候鸟的话，突然感觉到自己和他的相似之处，说不清具体是哪里，而是两个人散发着某种同样的气味。仿佛在这样说着：你和我都是候鸟。这件事让我极为不安，是他影响到我了呢，还

1　即著名的北海道民歌《拉网小调》，歌词是渔民的号子。

是我影响到他了呢？我和他，到底哪一个才是吸血鬼呢？我和他，到底是谁正在吞噬着对方的心思呢？难道不是他察觉了我期待他豹变的样子而造访的心情，然后被我这种期待所束缚，觉得非改变不可而做着努力吗？我就这样左思右想，越想越觉得青扇和我的气味已经纠缠在一起，并且彼此互相反射着，于是愈发加剧了我对他的执着。青扇早晚会写出杰作来的，我开始对他那篇候鸟的小说抱有浓厚的兴趣了。我托园丁把那棵南天竹种在他门旁，就是这时候的事。

到了八月，我去房总的海岸住了差不多两个月，一直住到了九月底。回来当天的午后，我立即带着一点作为礼物的鲽鱼干去拜访青扇。如此，我感受到一种对他的非同寻常的亲密，甚至于有点用力过猛。

从院子里一进去，青扇好像很高兴一样出来迎接我。他的头发剪得很短，看起来年轻多了。可脸色却不知为什么变得十分严峻。他穿了件深蓝飞白花的棉布单衣，我没来由地感觉到一阵亲切，挨着他瘦削的肩膀走进了房间。房间的正中央摆着一张折叠桌，桌上有一打左右的啤酒瓶子和两个杯子。

“妙啊，我确实有想过您今天会来的。啊呀，这真是太神奇了。正因为这样，我从一大早就开始准备等着您来。实在是不可思议。来吧，请进。”

“怎么样？你的作品完成了吗？”

“那个已经不行了。这棵紫薇上全是油蝉，从早到晚吱吱吱地叫，吵得我都快疯了。”

我哑然失笑。

“不是，我说真的，实在受不了，所以像这样剪短了头发之类的，费了不少苦心。不过您今天能来，实在是太好了。”他暗沉的嘴唇滑稽地噘起，一口气喝光了杯中的啤酒。

“你一直待在这里吗？”我把已经送到唇边的啤酒杯放下，杯中漂着个好像是蚋子的小虫，正在啤酒的泡沫中挣扎。

“是啊。”青扇两肘撑在桌上，把杯子拿到与视线齐平的地方，茫然地盯着啤酒上涌的泡沫，好像看得很专心似的，“我也没别的地方可去啊。”

“啊，我给你带了礼物。”

“谢谢。”

他不知道在思考什么，根本没看我递过去的鱼干，仍然透过杯子出着神，两眼发直，好像已经醉了。我用小拇指尖把啤酒泡沫上面的虫子捞出来，然后一言不发地喝干。

“有句话叫‘贫生贪’。”青扇用一种絮絮叨叨的语气说开了，“我觉得说得真是太对了。所谓清贫什么的，真的存在吗？要是有钱就好了。”

“你怎么了？莫名其妙胡搅蛮缠的。”

我盘腿坐下，故意看向庭院。心想，就算一句一句搭理他也没什么用处。

“紫薇花还在开着呢吧。这花真讨厌，已经开了三个月了，觉得差不多该谢了吧它也不谢。真是一种很没眼力见的树啊。”

我假装没听见，从桌上捡起了团扇，呼啦呼啦地扇起来。

“您看，我现在又是单身一个人了。”

我回头看时，青扇自己给自己倒上了啤酒，又自己喝光。

“我早就想问了，这到底是为什么呢？难道不是因为你这人太轻浮，见异思迁吗？”

“不是，都是她们甩了我逃走的。我也没办法啊。”

“难道不是因为你压榨人家了？虽然这么说有点失礼，但你不是靠女人的钱生活的吗？”

“那是谎话来着。”他从桌子下面的镍制烟盒里捏出一支香烟，悠闲地吸了起来，“实际上是我老家会寄钱给我。不，我时不时换女人这事不假，但您看，不管是衣箱还是镜台，都是我的东西。她们只需穿着一件衣服来，然后走的时候也是原样回去。这是我的一大发明。”

“蠢透了。”我用一种悲哀的心情喝光了杯中的啤酒。

“所以说有钱就好了呀。真的很想要钱啊。我的身体已经开始腐朽了，简直想用五六丈高处流下来的水来荡涤一番。这样才能更好地和您这样的好人没有隔阂地来往。”

“这种事你倒是不必在意。”

我本打算说我已经不指望他交房租了。不过忽然注意到他抽的烟是“希望”，心想他也未必是一文不名嘛。

青扇知道我的视线正盯着他的烟，并且迅速明白了我发现这件事后的心情，自顾自地辩解一般地说："'希望'好啊，不软又不呛，没什么怪味，我很喜欢。首先这名字就很不错，不是吗？"然后忽然改变了语调，"小说我确实写了，不过只写了十页，然后就写不下去了。"他用指尖夹着烟，慢慢擦去鼻翼两侧的油。"我觉得没有某种刺激是不行的，所以连这样的尝试也做过了：拼命攒钱，攒到十二三元，然后拿着去咖啡店，用更愚蠢的方式把它挥霍掉，我指望自己能有些悔恨的心情呢。"

"这样就能写出来了吗？"

"没戏。"

我噗的一下笑出声来，青扇也笑了，把"希望"扔进院子里。

"小说这东西实在无聊。不管你写出多好的东西，都一定早就有人在一百多年前的某处写过更出色、更新奇的东西了。费老大劲写，到头来不过是模仿。"

"没有这回事。我觉得还是越后来的人写的东西越巧妙啊。"

"您是从哪来的这样的确信呢，下这种轻率的结论可不行啊，到底哪来的这种确信？好作家难道不都有着独特的个性吗？他们会创造出高尚的个性来的。而候鸟是做不到这一点的。"

太阳渐渐落山。青扇拿团扇驱赶小腿上的蚊子。离这里很近的地方有片灌木丛，所以蚊子也特别多。

“不过，也有人说无个性正是属于天才的特质呢。”

我试着这样说了一句，青扇好像有点不满似的噘起嘴，但脸上的某处似乎又确实流露出了一种不易察觉的笑意。我看到了这笑意，酒一下子就醒了。果然如此，他是在模仿我。以前我曾经在这个地方跟他最初的夫人说过什么天才的胡说八道之类的话，这话准是传到青扇耳朵里去了。这话难道成了一种对他的暗示，在他心中持续不断地起着作用，掣肘着他的行为吗？至今为止青扇那种种异于常人的态度，全都是为了不要背叛我那些无意中说出的话里表现出的对他的期待。这个人难道是在无意识地取悦于我，当了我的马屁精吗？于是我说：“你也老大不小的人了，那些蠢事也适可而止吧。即便是我，也不能把这房子拿来白白供你玩。上个月地价也涨了一些，再加上税金、保险费和维护费用哪一样都不是小钱。给人添这么多麻烦还摆出一副没事人的样子，这到底是一种世所罕有的傲慢呢，还是某种乞丐根性呢，到底是什么？你这副娇惯的样子，差不多可以到此为止了。”扔下这句话，我站起身来。

“啊啊啊，这样的夜晚让我很想吹笛子呢。”青扇一个人小声自言自语着，把我送到檐廊。

我出到院子里的时候，因为太暗找不到木屐了。

“房东先生，电灯被停了。”

总算找到了木屐，我趿着木屐偷偷窥视了一眼青扇的脸。青扇站在檐廊的边缘上，茫然地望向清澈星空的一端，那里因为新宿通明的灯火，像起了火灾一样呈现出红色。我想起来了，我第一次看到青扇就觉得他像某个人，那个时候我终于想起来了。不是普希金，而是与我以前的房客，那位啤酒公司技术员家的、白头发剪得很短的老太太的脸一模一样。

十月、十一月、十二月，我这三个月都没有去过青扇那里。青扇不消说当然也没来过我这里。只有一次在澡堂碰上了。是靠近夜里十二点，澡堂就要打烊的时候。青扇赤裸全身，瘫坐在更衣室地板的草席上剪脚趾甲。他好像刚泡完澡，枯瘦的双肩上还隐隐约约地冒着热气，看到我的脸他也不怎么吃惊。

“听说夜里剪指甲会死人的[1]，这家澡堂好像就有人死了。房东先生，我这段时间光长头发和指甲了。”

他脸上挂着冷笑，一边说着这种莫名其妙的话，一边咔嚓咔嚓剪脚趾甲。剪完之后，便急急忙忙地迅速穿上了棉袍，连原本要照很久的镜子也没照一下，就慌慌张张地回家去了。我从他这些行为中再次感觉到了某种厚颜无耻，徒然增加了对他

1　日本民俗认为夜里剪指甲不吉利，因“夜里剪指甲”的句首与“短命”同音。

的轻蔑之念。

今年过年的时候，我给附近邻居拜年，顺便也去了一趟青扇家里。当时，刚一开大门就有一只红褐毛色、身体很长的大狗冲出来对我狂吠，着实吓了我一跳。青扇穿着一件蛋黄色的女式罩衫似的衣服，头上戴着睡帽走出来，奇怪地显得很年轻。他按住狗的头，连招呼都没有打，就开始说起无聊的话，诸如这条狗是年底的时候不知从哪里迷了路跑来的，才给它喂了两三天的食，就开始用一副忠义的样子吠外人了，这段时间正准备找个地方把它扔了呢。我想他那边是不是又发生什么难为情的事了，于是断然拒绝了青扇的挽留，立刻就告辞了。然而青扇竟然追着我跑出来说：

“房东先生，大过年的说这种话有点奇怪，但我最近真的是快要疯了。我家客厅里冒出很多小蜘蛛来，十分困扰。前段时间我闲得无聊，想把弯了的火筷子弄直，所以就在火盆边上叮叮当当地敲。您猜怎么着，我老婆停下了洗衣服，眼神都变了，跑到我的房间来，说她觉得我肯定已经疯了，反而吓了我一大跳。您有钱吗？不，算了，这两三天我是一点精神都提不起来，过年了我家里也故意什么都没有准备，您特地跑来一趟，也没什么能招待您的东西……”

“你又有新老婆了？”我尽可能用刺耳的语气说。

“嗯。”他忸怩得像个孩子一样。

我心想，八成是跟个歇斯底里的女人同居了吧。

就在最近，二月初的时候，我家里深夜中来了个意想不到的女客人。出门一看，是青扇最开始的夫人。她披着一件黑色毛料披肩，穿着粗条纹飞白花的外套。原本就白的脸，看起来更加苍白，几近透明。她说有些话想跟我说，让我跟她一起去那边走一下。我连斗篷也没有披，穿着家里的衣服就跟着她走出门来。外面结了霜，天上挂着一轮轮廓俨然的冷月。我们沉默地走了很久。

“我是去年年底又回来这边的。”她用她那像在生气一样的眼光看着我这么说。

“那可真是……”我也不知道还能说些什么。

“因为我怀念这边了。”她若无其事地这样小声说道。

我又沉默了。我们慢悠悠地往杉树林那边走去。

“木下先生怎么样了呢？”

“还是老样子。真是对不起您。”她把戴着蓝色毛线手套的双手低垂到膝头，向我鞠了个很深的躬。

“真让人头疼。我前阵子跟他吵了一架，他到底在干什么呀？”

“他这人不行的，已经完全疯了。”

我微微一笑，想起他说的火筷子那件事。这样说来，他那个神经过敏的老婆就是夫人了。

“但他应该还是有在思考些什么吧。”我还是有种姑且想要反驳一下的想法。

夫人扑哧一声笑了，回答说：

"嗯，说要当华族[1]，然后还要发财。"

我感觉有一点冷，加快了脚步。每走出一步，因结霜而膨胀的土地就发出如鹌鹑或猫头鹰的低鸣般的怪声。

"不是，"我笑得很刻意，"不是那种事，是说他有没有开始做什么工作？"

"他已经是个深入骨髓的懒汉啦。"她回答得很干脆。

"这是为什么呢？虽然有点失礼，他到底多大岁数了，之前他跟我说他四十二岁。"

"谁知道呢。"这回她不笑了，"应该还没到三十吧，很年轻的。他说法总变来变去的，具体我也不知道了。"

"那他打算要怎么办呢？好像也没有在学习，那他会读书吗？"

"不，他只看报纸。报纸倒是令人钦佩地订了三种，每天都读得很仔细。政治版还要翻来覆去地读好几次。"

我们走到那片空地上，原野的霜很清净。因为月光的缘故，石块、箬竹叶、木桩子甚至扫成一堆的垃圾都泛着清冷的白光。

"他是不是也没朋友？"

"嗯，因为对大家做了不好的事，已经都绝交了。"

1　日本明治维新后新册封的、可世袭的贵族头衔。

“什么样的不好的事呢？”我想的是钱方面的问题。

“都是些鸡毛蒜皮的小事，什么都算不上。不过他还是说是坏事。那个人根本分不清事物的善恶。”

“是啊，就是这样。他眼里的善恶好像是颠倒的。”

“不。”她把下巴深深埋进披肩里，轻轻摇了摇头，“要是清清楚楚地颠倒过来那倒还好了。他那是乱七八糟。所以我才信不过他，逃跑了。不过那个人真是会讨别人喜欢啊，在我之后又来过两个女人吧？”

“嗯。”我没怎么在听她说的话。

“就像季节更替一样在换啊。他是不是模仿了？”

“什么意思？”我一时间没能理解。

“就是有样学样啊，那个人。那个人有什么自己的主见吗？都是女人的影响啊。跟文学少女在一起就搞文学，跟下町[1]的人在一起就玩风流。我可清楚得很。”

“不是吧，这么像契诃夫[2]的吗？”

这么说着，我笑了。可心里却涌起一阵难过，如果青扇现在就在这里的话，我简直想紧紧地拥抱一下他枯瘦的肩膀。

“这样说来，现在木下这种深入骨髓的懒惰，就是在模仿

1 此处指江户时代东京以工商业者为主的平民地区，中世以来形成了独特的“下町文化”，如茶道、歌舞伎、净琉璃等。

2 此处指的不是像作家契诃夫本人，而是契诃夫的小说《宝贝儿》中的女主角。女主角奥莲卡受人喜爱，但从来没有自己的主见，跟剧团经理结婚时就像个戏剧家，跟木材商结婚就精通木材生意，当兽医的情人就满口兽医的词汇，而没有人跟她在一起时，她就不会思考。

你了？”我这么说着，摇摇晃晃地趔趄了一下。

“是啊，因为我喜欢这样的男人。您要是早点知道这件事就好了，不过，已经晚啦。这就是您不相信我的惩罚。”她轻轻笑着说。

我踢开脚下的一块土坷垃，抬起眼来，忽然看到灌木丛下面静悄悄地立着一个男人。他穿着棉袍，头发像以前一样长得老长。我们同时认出了那个身影，悄悄地松开了握在一起的手，并且离开了些距离。

“我是来接你的。”

青扇用很低的声音说，或许是因为四周太过安静，在我听来那简直是一种异常尖锐的鸣响。他就像觉得月光很刺眼一样，皱着眉头望向我们。

我向他道了晚上好。

“晚上好，房东先生。”他颇为亲热地回答。

我向他走近了两三步，问：

“你最近又在干什么呢？”

“那个就先别提了，又不是没有别的话说。”他用一种与平常不太相同的严峻态度回答道，然后又忽然转回了平时那种撒娇似的口气说，“我呢，最近在研究手相。您看，太阳线已经在我的手掌上出现了。您看，是吧，是吧，这是马上就要运道大开的证据啊。”

他一边这样说，一边迎着月光高高地举起了左手，出神地望着自己那条叫作太阳线的掌纹。

运道能开才怪了。在那之后，我没有再和青扇见面。他是疯了，还是要自杀，都悉听尊便吧。我在这一年的时间里，因为青扇的关系，被大大地搅乱了内心的平静。虽然我靠着那点遗产过着某种安乐的生活，但到底也不是那么宽裕，摊上青扇这件事，让我手头相当拮据。而且到现在再看，这件事简直无聊透顶，于是便更令人憋闷。我岂非只是给一个凡夫俗子硬加上了某种意义，然后把他化为梦想，并且指望着它来生活吗？会不会是千里马呢？会不会是麒麟儿呢？对于这种期待，我实在已经是厌烦透顶了。所有这一切，都和昔日之他并无不同，只是根据当天的风向稍微改变着颜色罢了。

喂，您请看，青扇出来散步了，在那片有人放风筝的空地上。他穿着横纹的棉袍，慢悠悠地走着。您为什么笑个不停呢？是吗？因为觉得我们很像？好吧，那我倒要问您，那个慢吞吞地走着，一会抬头看天，一会摇头晃脑，时不时又去揪上一把树叶的男人，跟站在这里的我，有任何一点不同吗？

小丑之花

“由我进入愁苦之城。”[1]

朋友都离开我，用悲哀的眼望我。朋友，来对我说话、嘲笑我啊。唉唉，朋友木然地转过脸去了。朋友，来质问我啊，我言无不尽。是我用这双手把园淹死在水里。是我用恶魔的傲慢，许愿即使我活过来园也要去死。还要再说吗？唉唉，可朋友只是用悲哀的眼望我。

大庭叶藏坐在床上，看向海面。海面烟雨朦胧。

从梦中醒来，我重读这几行，因其丑陋和下作而无地自容。哎呀，夸张至极。首先，大庭叶藏是个什么东西？我被，不是酒，而是其他什么强烈的东西所陶醉着，想要为这个大庭叶藏鼓掌欢呼了。这姓名和我的主人公真是天作之合。大庭二字，明白无余地象征着主人公那非同凡响的气魄。叶藏呢，则有种莫名的新鲜感，让人感觉到一种从古韵里透出的真正的新

1 出自但丁《神曲·地狱篇》第三首开头地狱之门的铭文，此处采用田德望先生的译文。

气象。而且，单是大庭叶藏这四个字排在一起，就是一种愉悦的和谐。单从这名字来看，已经是划时代的了吧。而这位大庭叶藏可是坐在床上望向烟雨朦胧的海面啊。这岂不是更加划时代了吗？

得了。嘲讽自己是低劣的，它来自受挫的自尊心。实际上我是因为不想被人说三道四，才一开头就把钉子打在自己身上。这正是最卑劣的。我要诚实些才好，唉唉，谦虚些吧。

大庭叶藏。

被嘲笑也是没法子。扮作鸬鹚的乌鸦，碰上看得穿的人自然要被看穿。也许有更好的名字吧，但对我来说却好像有点麻烦。干脆就用“我”也不是不行，可我今年春天才刚写过用“我”当主人公的小说[1]，要再接着写一篇未免太可耻了。万一我明天咔嚓一下死了，没准就要冒出什么奇怪的人，摆出一副“此君不用‘我’当主人公就不会写小说”的表情来追述过往啦。实际上，我就是因为这点理由，才仍然坚持去用这个大庭叶藏的。好笑吗？什么？你也这么觉得啊。

一九二九年十二月底，这家名叫青松园的海滨疗养院，因为叶藏的入院稍微热闹了一点。青松园中有三十六位肺结核患者。其中两人是重症，十一人轻症，另有二十三人处于恢复

1 指发表于1935年2月的《逆行》，是太宰治首篇发表在非同人杂志上的作品，也是他第一次被选送参加芥川奖的参赛作品。

期。收容叶藏的东一住院楼属于所谓特等病房，总共分成六间。叶藏的病房两边是空房，最西侧的6号房[1]住着一位身材和鼻子都高的大学生。东侧的1号房和2号房里分别住着一位年轻女士。三人都属于恢复期的患者。前一晚，袂浦[2]发生了相约自杀案件。本来是一同投海的，但男子被返航的渔船捞了上来，捡回一条命，而女子则生不见人，死不见尸。为了寻找这女子，消防警钟剧烈地响了很久，三个人听着村里的消防员接二连三乘着一只接一只的渔船出海时的号子声，听得胆战心惊。渔船点起赤红色的灯火，在江之岛的海岸彻夜彷徨。大学生和两位年轻女士一夜无眠。拂晓时分，女子的尸体在袂浦的海岸线被发现了。剪短的头发闪闪发光，脸苍白而肿胀。

叶藏知道园死了。在渔船晃晃悠悠地把他运回来的时候就已经知道了。在星空底下苏醒过来，他首先问的就是："那女孩死了吗？"一个渔夫答说："死不了的，死不了的，你不用操心啦。"这是某种悲悯的口吻。大约是死了吧，叶藏一边清醒地这么想着，一边又昏迷过去。再睁开眼时，已经是在疗养院里了。逼仄的白木板墙的房间里挤满了人。其中的某个人在这样

---

1 日本旧设施常用伊吕波歌表示房号，略似中国使用《千字文》的"天地玄黄……"。此处的六间房房号原文依次为いろはにほへ。

2 地名，在今神奈川县镰仓市七里滨附近神户川入海口。《德川光国历览记》云："腰越至江屿之直道，南之出崎有入江滨地，其形如袂，故名。""江屿"即今日的旅游胜地江之岛，"出崎"即小动岬，"入江"即神户川。1930年11月28日深夜，太宰治与当时的恋人田部西妹子在此处相约自杀，警方档案称"小动岬心中事件"，后西妹子身亡，太宰治被送往大约300米外的惠风园疗养所（结核病疗养院）抢救后生还。

那样地询问着叶藏的身份，叶藏逐一清晰地做了回答。天快亮的时候，叶藏被转移到另一间比较宽敞的病房。知晓了变故的叶藏老家，赶忙给青松园打来了长途电话，谈他的应急处理问题。叶藏的老家离这里足有两百里[1]远。

东一住院楼里的三位患者，对于这位新患者睡在自己旁边这件事感觉到了一种奇妙的满足，一边期待着从今往后的住院生活，一边在天和海都已经完全亮起来的时候总算是睡着了。

叶藏没睡。他时不时缓慢地动一动头。脸上东一块西一块地贴着纱布。他被浪卷走，无处不在的礁石弄得他遍体鳞伤。一位姓真野的二十来岁的护士负责看护他。她左眼皮上面有道挺深的伤痕，跟另一边眼睛比起来，左眼显得略微大些。不过她并不丑。殷红的上唇微翘，面色带点浅黑。她坐在病床边的椅子上，远远眺望着阴天下的海，努力不去看叶藏的脸。实在太凄惨了，不忍多看。

靠近正午时分，警方来了两个人看望叶藏。真野从她的座位上走开。

这两个人都是穿西装的绅士模样。其中一个留着短短的小胡子，另一个戴着钢丝边的眼镜。小胡子压低声音问叶藏与园的来龙去脉，叶藏照实作答，小胡子在一本小册子上记。大略问过一通之后，小胡子以一种几乎要压在床上的姿势说："女孩

1　日本旧制单位，明治二十四年（1891年）规定1里为3.927公里。

死了。你本来也是想死的吧？”

叶藏没出声。

戴钢丝眼镜的刑警面露微笑，在厚实的额头上堆起了两三道抬头纹，拍着小胡子的肩膀说：“算了，算了，怪可怜的，回头再说吧。”

小胡子直勾勾地盯着叶藏的眼睛，有点不情愿地把册子插回上衣口袋里。

刑警走后，真野赶紧回到叶藏的病房。可刚推开门，就看见正在呜咽的叶藏。于是她轻轻地把门按原样关上，在走廊里站了一阵。

到了下午，开始下雨了。叶藏的精神也恢复到了能自己站起来走去上厕所的模样。

叶藏的朋友飞弹，穿着淋得湿漉漉的外套直接窜到病房里来。叶藏假装自己睡着了。

飞弹小声问真野：“他没事吧？”

“嗯，已经没事了。”

“够吓人的。”

他扭动肥胖的身体，把带着一股油黏土[1]味儿的外套脱下来，递给真野。

飞弹是个没名气的雕塑家，跟同样没名气的西洋画家叶藏

1　用蜡和橄榄油将氧化锌、硫黄粉末等调开制成的人造黏土，常用于雕刻造型。

从中学起就是朋友。心地淳朴的人在年轻的时候，总会把身边亲近的什么人当成偶像，飞驒也是如此。他一升入中学，就开始用心驰神往的目光盯着班里第一名的学生看了。这个第一名就是叶藏。上学时叶藏的一颦一笑，对飞驒来说都非同小可。还有他在校园里的砂堆后面看到的叶藏那副少年老成的孤独身影时暗中发出的深深的叹息。啊，还有第一天跟叶藏说上话时的欢喜。飞驒样样模仿叶藏。吸烟也是，嘲笑老师也是，连他两手叉在头后晃晃悠悠地在校园里游荡的样子也学了来，还知道了艺术家之所以最了不起的理由。叶藏去了美术学校，飞驒虽然比他晚了一年，但总算也和叶藏进了同一所美术学校。叶藏学西洋画，飞驒则故意选了雕塑专业。说是出于对罗丹的巴尔扎克像的感怀，但那纯粹属于他打算在成名成家之后给自己的经历上加一点冠冕堂皇的胡扯，实情则是他为了躲开叶藏的西洋画，是出于他的自卑。从那个时候起，两人就渐行渐远。叶藏的身体越来越消瘦，而飞驒却一点点胖了起来。二人的隔膜不只在于此，叶藏倾心于某种直接的哲学，开始嘲弄起艺术来；飞驒呢，有点过于得意忘形，言必称艺术，以至于听他说话的人都要反过来替他害臊。他总幻想着自己能做出杰作，懈怠了学习。就这样，两个人都以不怎么出色的成绩从学校毕业了。叶藏基本上已经彻底扔掉了画笔，说绘画不过就是海报而已，这让飞驒很是丧气。叶藏还总用云山雾罩的口气糊弄飞驒说，所有艺术都是经济机构放出来的屁，不过是讨生活的一种形式罢了，无论什么杰作都是商品，跟袜子没啥区别。不过飞驒还是像从前一样喜欢叶藏，对叶藏近来的思想，也怀着一种糊里糊涂的敬畏之情。不过对于飞驒来说，向往杰作的激情仍然是高于一切的。他一边想着“快了、快了”，一边只管心神不宁地摆弄着他的黏土。换句话说，与其说这两人是艺术家，倒不如说是艺术品。不，唯其如此，我才能这么轻而易举地讲述吧。要写的真是市面上那些艺术家的话，我包管诸位读不了三行就要吐一地。要不，你来写写看那样的小说，怎么样？

飞驒也不忍心看叶藏的脸。他尽量轻巧地蹑足走近叶藏枕边，却只管目不转睛地盯着玻璃窗外面的雨脚。

叶藏睁开眼睛，轻轻地笑着跟他打招呼：“吓一跳吧？”

飞驒一惊，眼神一晃瞥过了叶藏的脸，赶紧垂下眼睛说：“嗯。”

“怎么知道的？”

飞驒踌躇了，从裤兜里抽出右手，一边摸着他宽大的脸，一边用眼神偷偷询问真野到底能不能说。真野一脸认真地摇头。

“上报纸了？”

“嗯。”飞驒说，实际上他是从收音机的新闻节目里听到的。

叶藏顶烦飞驒这副不干不脆的样子，心想再说清楚点有什么不好。心中恼恨这位只是过了一夜就把自己当成外国人来对待的十多年来的好友。于是，他又开始装睡。

飞弹闲极无聊，用拖鞋啪嗒啪嗒地轻叩地板，在叶藏枕边站了一会。

门无声无息地开了，一位穿着制服的矮个儿大学生，忽然露出他俊美的脸。飞弹见他来，长啸似的松了一大口气。他一边歪着嘴驱赶浮现在脸上的笑意，一边迈着故作镇定的步子走向门口。

"刚到的？"

"对。"小菅挂念着叶藏那边，急切地答道。

这男孩就是小菅。是叶藏的亲戚，大学法学科在读，虽然比叶藏小了三岁，却是亲密无间的朋友。新青年们的交友，似乎不太拘于年龄。小菅正在寒假返乡中，听说了叶藏的事，立刻坐着特快列车飞奔赶来了。两人退到走廊里站着说话。

"你脸上还沾着煤烟呢。"

飞弹指着小菅的鼻子下面，放肆地哈哈大笑。火车的煤烟在那里薄薄地沾了一层。

"是吗？"小菅赶紧从胸前的口袋里掏出手帕，快速擦了一阵鼻子下面问道，"怎么样啊，现在什么情况了？"

"你说大庭吗？好像没事了。"

"是吗——擦掉了吗？"小菅拉长了人中，给飞弹看鼻子下面。

"掉了掉了。家里可乱套了吧？"

小菅一边把手帕揣回胸前口袋里，一边答道："嗯，可不是吗，乱成一团了，跟有人要下葬似的。"

"家里有谁要过来吗？"

"哥哥要来的。老爷子那边放话说谁都别管他。"

"闹大了呢。"飞驒一只手按着扁平的额头念叨。

"阿叶真的还好吗？"

"意外地跟没事人一样。他不一直那德行吗。"

小菅一脸几乎可以说是憧憬的表情，嘴角含笑，歪着头问："你说那是什么心情呢？"

"我哪知道——你不见见大庭？"

"算了，就算见了也不知道说什么好，况且怪吓人的。"

两人压低着音量笑出声来。

真野从病房里走出来，说："病房里能听到了。请您二位不要在这里讲话。"

"啊，不好意思。"

飞驒诚惶诚恐，把宽大的身躯使劲缩小了些。小菅则用一种奇妙的表情窥视着真野的脸。

"您二位，那个，还没吃午饭吧？"

"还没吃呢。"两个人一起答道。

真野的脸红了，笑出声来。

三人一起去了食堂之后，叶藏就从床上坐起来，看向烟雨朦胧的海面了。

“由我进入空蒙之渊。”[1]

于是便回到开头写下的地方了。且说，这一笔写得连我自己都觉得很拙劣。首先我就不中意这种时间上的把戏。虽然不喜欢，但还是试着这么写了。由我进入愁苦之城。我就是想把这句早就念熟了的地狱之门上的咏叹与有荣焉地供在文章开头第一行，除此之外再没别的理由。就算是因为这一行导致我整个小说都失败了，我也不打算像缩头乌龟似的把它删掉。再说句装蒜的话好了：如果删除了这一行，就等于删除了我至今为止的人生。

“就是因为思想呀，我说，就是因为马克思主义。”[2]

这句话蠢兮兮的，这下好了，小菅把它说出来了。他得意扬扬地说完，又端起了盛着牛奶的茶碗。

四周是贴了木板的墙，涂着白油漆，东面的墙上，高高地挂着院长那幅胸口戴了三个铜币大小的勋章的肖像画。大约十张窄而长的桌子，在其下肃静地并列一排。食堂是空的，飞驒和小菅坐在东南角的桌前吃饭。

1　此处当为《神曲·地狱篇》“由我进入愁苦之城”后的第二句，森鸥外译作“ここ過ぎて嘆きの淵に”，太宰治这一句在鸥外译文的基础上做了比较大的发挥，改写为“ここを過ぎて空濛の淵”。田德望译作“由我进入永劫之苦”，与太宰治的引文差异较大。故此句模仿前句从日语直译。

2　此处是延续前面关于叶藏的殉情“是什么心情”的对话。

“他干得太猛啦。”小菅压低了声音接着说，“身体这么弱，还要那样东奔西跑的，会想死也难怪吧。”

“他是行动队的CAP[1]吧。我知道的。”飞驒嘴里嚼着的面包还没咽下去，就插嘴道。这倒不是他在卖弄博学，这种程度的左翼黑话，那年头的青年可以说是无人不晓。“可是——也不光是这样吧。艺术家可不是这么简单的东西。”

食堂里暗了下来，雨下得更大了。

小菅喝了口牛奶，说：“你光是这样主观地思考问题是不行的。说到底——我是说本来啊，据说一个人的自杀之中必然存在着连他本人都意识不到的某种重大的客观因素。我家里所有人都觉得他肯定是为了女人，可要我说不是这样。女人只是他的一个旅伴罢了，肯定还有其他重大的原因。家里那帮人什么都不懂，怎么你也说这种蠢话。这怎么行啊。”

飞驒盯着脚底下暖炉里的火嘀咕：“那女人，可是，她另外有丈夫的啊。”

放下牛奶茶碗的小菅应道：“我知道啊。这种事又算得了什么呢？对阿叶来讲连屁都不是。因为女人有丈夫，所以就去殉情，这也太天真了。”说完，他闭上一只眼，瞄准似的盯着头上的肖像画，“这人就是这儿的院长？”

“是吧。不过——实际上是什么情况，除了大庭本人谁也

---

1 即captain的缩略语，队长。这是战前日本左翼青年之间的一种“黑话”，指基层组织的负责人。

不知道。”

“也是。”小菅轻快地表示同意，然后东张西望地在周围看了一圈说，“真冷啊，你今天住这里吗？”

飞弹急急忙忙地吞下面包，点头说：“住。”

青年从不认真争论，他们总是小心翼翼地在最大限度上不要碰触到对方的神经，同时谨慎地保护着自己的神经，生怕受到没来由的侮辱。然后呢，一旦受到伤害，那么不是想弄死对方，就是想弄死自己，一定要搞到不共戴天的地步才行。因此他们不喜欢争执。他们用来表达差不多得了、蒙混过关的意思的词汇量惊人，光是一个“不是”，就能毫不费力地给你变幻出十种不同的说法。早在争论开始之前，他们就已经在交换妥协的眼神。最后在结束的时候一边微笑着握手，一边在心里小声地互相问候：“傻逼。”

说来，我的小说也总算到了虚焦的地方了。是不是应该在这里镜头一转，来几场全景式的展开呢？少说大话了，太宰治你这个干啥啥不成的废物。啊，要是能顺利的话就好了。

翌日清晨，是个和煦的晴天。海面无风，大岛[1]喷出的烟在海平面上洁白地笔直上升。这不好，我讨厌景色描写。

1　指伊豆大岛，伊豆诸岛中面积最大的一个，与镰仓湘南海岸隔海相望，岛上的三原山为著名的活火山，也是观光和自杀胜地。1970年后相对归于稳定，但19世纪末至20世纪前中期曾多次喷发。

1号房的患者睁开眼时，病房已经盛满了秋日艳阳[1]。与值班护士互道了早安后便测晨间体温。三十六度四。然后她走上阳台，做早餐前的日光浴。在被护士轻轻捅了捅腰提醒之前，她早就偷看了一阵4号房的阳台了。昨天来的新患者整齐地穿着绀青飞白纹的夹衣坐在藤椅上，正在眺望大海。似乎是因为阳光刺眼而微皱起了浓眉，看起来倒也没觉得有多英俊，时不时还用手背轻拍几下贴在脸上的纱布。她躺在日光浴用的床上，微睁着眼睛观察了一阵后，就让护士把书拿来。是《包法利夫人》。平常她觉得这书没意思，看上五六页就扔一边去了，今天倒是认真地想读起来。现在读这个，总觉得正合适。她哗哗地翻了一阵，从约摸一百页的地方开始读，找到了很好的一行："爱玛却希望婚礼放在半夜里，点着火把举行。"[2]

2号房的患者也醒了。出到阳台上晒日光浴时，忽然看到叶藏的身影，赶紧跑回病房去，她没来由地感觉到一阵恐惧，赶紧又钻回床里去。陪护的母亲笑着给她盖上毛毯。2号房的女孩把头蒙在毛毯里，眼睛在那片狭小的黑暗中闪着光，听隔壁的说话声。

"好像是个美女啊。"那边传来偷笑声。

---

1 原文"小春"指阴历十月里一连数日晴好如春的天气现象，开头已经交代过本篇故事发生在"1929年12月底"，其实不是"小春"的时间，但故事原型即太宰治实际发生相约自杀事件的1930年11月28日正是可能出现"小春"天气的时候。此处疑似太宰治本人多次改稿导致的"穿帮"。

2 这一句在《包法利夫人》第一部第三章末尾。此处引文采用周克希译本。

原来是飞驒和小菅在这住了下来。两个人在隔壁空着的病房里挤同一张床睡了一晚。小菅先醒，他不情愿地睁开细长的眼睛来到阳台上，余光一下就瞟见了叶藏那副装模作样的架势，为了寻找那架势的来源，他轻轻把头转向左边。最顶头房间的阳台上有位年轻女子正在读书呢。构成她床的背景的，是生了青苔的濡湿的石壁。小菅像洋人似的耸了耸肩，马上回房间摇醒了还在睡着的飞驒。

"起来了，有戏看。"他们最喜欢干这种捕风捉影的事。

"阿叶正在大做姿态呢。"

在他们的对话中，"大"这个形容词屡屡被用到。或许是在这个无趣的世界里想要些值得期待的东西吧。

飞驒惊觉跳起："啥情况？"

小菅边笑边给他解释。

"那边有个少女，阿叶正给她展示自己最得意的侧脸呢。"

飞驒也来劲了，把两边的眉毛小题大做地扬得老高，问："美女？"

"好像是。正在假装看书呢。"

飞驒笑得喷出来，坐在床上穿起夹克和裤子，一边喊："好，我们来教训他一下。"但其实他并没打算真的教训，只是背地里说坏话而已。只要气氛到位，这帮人就是能面不改色地在背后说好朋友的坏话。"大庭那家伙，全世界的女人他都想要。"

又过了一阵，叶藏的病房里发出一阵哄笑，响彻全楼。1号房的患者啪地合上书，疑惑地望向叶藏房间的阳台。阳台上只剩下一把白色的藤椅被朝阳照得发亮，一个人都没有。她盯着那把藤椅，迷迷糊糊地打起盹。2号房的患者听到笑声，忽地从毛毯里面露出了脸，跟站在枕边的母亲交换了一个恬静的微笑。6号房的大学生也被笑声吵醒了。这个大学生并没有人陪护，像寄住在别人家一样过着漫不经心的生活。他发现笑声是从昨天新来的患者的病房传来时，黝黑的脸有点红起来了。他倒没觉得这阵笑声粗鄙，反倒是出于康复期患者特有的宽厚心地，毋宁说是为了叶藏的精神尚佳而感到安心了。

我是个三流作家吗？总觉得写得好像有点过于自我陶醉了。不但打算写什么全景式镜头这种根本不该我干的事情，而且还越写越自我感觉良好了。不，等等，我早就准备好了一句话，以备出现这样的失败时说："人总是怀着美好的感情写出丑恶的文学来。"[1]也就是说，我之所以如此自我陶醉，正是因为我的心还没有达到一个恶魔的地步。啊，赐予想出这句话的人幸福吧，这是多么宝贵的警句啊。可是，这句话一个作家一辈子只能使用一次。似乎是这样，用一次是讨人喜欢的，可假如你一而再，再而三地拿这句话当挡箭牌的话，那你的下场恐怕

1 此句出自安德烈·纪德《陀思妥耶夫斯基》，是纪德对威廉·布莱克《地狱箴言》的评论，与之并列的一句是"没有魔鬼的协作就没有艺术可言"，太宰治后面说"因为我的心还没有达到一个恶魔的地步"亦来源于此。

就惨了。

“失败啦！”

在病床旁边的沙发上并坐在飞弹身边的小菅做了总结发言，他顺着飞弹的脸、叶藏的脸，还有倚着门站立的真野的脸挨个看过来，看到大家都在笑，便满意地将自己的头疲惫无力地搭在飞弹圆滚滚的右肩上。他们总是在笑，一点不足挂齿的小事也要放声大笑，做出笑脸对青年们来说比喘气还容易。这种习性是从什么时候开始养成的呢？不笑就亏了，对于可笑的对象，不管多么细小都绝不能放过。啊，这岂不正是贪婪的美食主义虚妄的一端吗？然而可悲的是，他们并不能从心底深处真的发出笑来，而是一边前仰后合，一边注意着自己的姿态。他们还总是在逗别人笑，不惜伤害自己也要逗人发笑。这当然照例是发源于他们那虚无的内心，然而，我们难道不能推察出在更深一层的地方，还存在着某种执拗的决心吗？牺牲之魂魄。略显草率的、没有决定性目标的牺牲之魂魄。他们偶尔会做出一些即便用迄今为止的道德律令来衡量也堪称美谈的高尚举动，全都是因为这种隐秘的魂魄存在的缘故。这些是我的一己之见，而且不是我从书斋中摸索出来的，而是从自己的肉体那里听来的念头。

叶藏还在笑，他坐在床上，摇晃着双腿，一边介意脸上的纱布一边笑。小菅的话真有那么好笑吗？在此可以插入几行，作为他们究竟会对什么样的故事感兴趣的一个例子：小菅这次休假去了离家三里来远的山里一处有名的温泉滑雪，在那里的旅馆住了一晚。深夜去上厕所的时候，在走廊里和住同一个旅馆的年轻女子擦肩而过了。就只有这样而已。然而，这就是一个大事件！在小菅看来，就算只是轻轻地擦肩而过，如果不给那个女人留下些不得了的好印象，就没法甘心。倒也并不是想要怎么样，只是在那个擦肩而过的瞬间，他拼上性命也要做出个姿态，对人生也庄重地抱起某种期待来。在一刹那间他就想遍了与那女人的全部情节，于是心如刀绞、肝肠寸断。这样令人窒息的瞬间，他们每天至少要经历一次。所以他们从不懈怠，即便是在独处的时候，也时时整饰着自己的形象。小菅，即使在深夜里上厕所的时候，也要一丝不苟地穿着自己新买的蓝色外套才走到走廊里。在与那个年轻女子擦肩而过后，他深深地觉得，真好，穿着外套走出来实在是太好了，于是松了一口气，照了一眼走廊尽头的大镜子。失败啦！外套下面还支棱着两条穿着脏兮兮的秋裤的腿呢。

“哎呀，”他自己一边也轻轻笑着一边说，“秋裤腿还是卷上去的，黑乎乎的腿毛都给看到了。脸又因为刚睡醒肿得老大。”

叶藏心里其实没怎么笑，他觉得小菅的故事听着像编出来的，即便如此他还是为了朋友大声地笑了。朋友跟以往判若两人，正在努力消除跟叶藏的隔阂，也是出于想要报答这份心意的打算，于是愈发故意地为他捧腹大笑。因为叶藏笑了，飞弹和真野也会心地笑了起来。

飞弹放心了，感觉已经可以无话不说。之前他一直觉得时机未到，磨磨叽叽没怎么开口。

倒是说得起劲了的小菅轻而易举地一语中的了："我们啊，一碰上女人就要失败。阿叶不也是这样吗？"

叶藏还是笑着，歪过头想了片刻：

"是这样吗？"

"是啊，可别去死啊。"

"那算失败吗？"

飞弹高兴了，连心跳都快了起来。最困难的那堵石壁已经在微笑之间崩塌。这奇妙的成功，都是拜小菅那种不着四六的人品所赐。他感觉自己简直有种想要用力拥抱这位年少的朋友的冲动。

飞弹欢快地舒展开稀薄的眉头，结结巴巴地说：

"是不是失败，倒不能一概而论。首先，还不知道是什么原因呢。"说完他心想，坏了。

小菅赶紧进来救场："那倒是知道的。我跟飞弹争论了一大通。我觉得是思想上遇到阻碍的关系。可飞弹这家伙，装模作样地说什么另有原因之类的话。"飞弹间不容发地反驳道："你说得倒也没错，可肯定不止如此。说到底，还是迷恋的吧。跟讨厌的女人可没法一起去死啊。"

飞弹出于不想让叶藏多心的考虑，对遣词造句不假思索，急急忙忙地说出了这番话，反倒自己听来都觉得挺淳朴可爱的。他想，说得真好！于是松了口气。

叶藏低垂着长长的睫毛。倨傲。懒惰。阿谀。狡猾。恶德的渊薮。疲劳。愤怒。杀意。自利。脆弱。欺瞒。致病的毒素。他想，要不干脆全说出来吧，却故意垂头丧气地嘟囔了一句：

“我也不知道到底是什么。我感觉什么都是原因。”

“我懂，我懂。”小菅没等叶藏说完就频频点头，“哎，护士不在了。还挺识趣的呢。”

正如我前面说过的，他们的争论，与其说是为了彼此交换思想，还不如说是为了把此时此地的气氛调节得令人舒适，并不说出任何真实。不过，听上一会，却能偶尔拾得一些意料之外的东西。他们那些装腔作势的话语中，有时会发出令人感到震惊的真诚的声音。正是在不经意流露出的言语里，才包含着似乎是真相的东西。叶藏刚才说“什么都是”，这难道不正是他无意间吐露出的心声吗？他们的心里只有混沌和说不清原因的逆反。或者似乎也可以说只有自尊心，而且是被打磨得无比纤细的自尊心，再小的微风也能让它颤抖。只要一感觉受到了侮辱，就烦恼苦闷闹着要去死。叶藏被问到自己为何自杀的原因时感到困惑也不无道理——什么都是。

那一天的下午，叶藏的哥哥来青松园了。哥哥看起来完全不像叶藏，身材略微发福，颇有绅士派头。穿着阔腿的和服裙裤。

在被院长引着来到叶藏的病房前时，就听到房间里爽朗的笑声了。哥哥假装没听见，问院长：

“是这里吗？”

“是啊。已经恢复精神了。”院长一边这么答着，一边推开门。

小菅吓了一跳，从床上跳下来。他是代替叶藏躺在床上的。叶藏和飞驒两个人正并排坐在沙发上玩扑克，两个人也都赶紧站起身来。真野原本坐在病床枕边的椅子上织毛线，她也挺尴尬，手足无措地把编织工具收起来。

“朋友们来看他了，热闹得很。”院长一边回头对哥哥小声这么说，一边走到叶藏的身边问，“已经没事了吧？”

“嗯。”这么回答完，叶藏突然觉得悲惨。

院长的眼睛在眼镜的深处笑着，说：

“怎么样，你想不想过一下结核疗养院的生活呀？”

叶藏这才刚刚感觉到了身为罪人的自卑感，只好以微笑作答。

与此同时，哥哥正做出一副礼数周到的样子，对真野和飞驒一边鞠躬一边说承蒙照顾，然后一脸郑重地问小菅：“昨晚你住这里的？”

“是。”小菅挠着头说，“隔壁的病房空着，我就跟飞驒君两人一起挤了一晚上。”

“那你今天开始来我旅馆住吧，我在江之岛订了旅馆。飞弹君，你也请来吧。”

“嗯。”飞弹僵住，手里还拿着三张不知搁哪好的扑克牌答道。

哥哥若无其事地转向叶藏，问：

“叶藏，这样可以吗？”

“嗯。”叶藏看起来一脸不乐意地点头。

哥哥突然变得能说会道起来：

“飞弹君，咱们一起出去陪院长吃个饭吧。我还没游览过江之岛，还得有劳院长给我做向导。汽车在外面等着呢，天气也挺不错的。”

我后悔莫及，才让两个大人登场，就搞得一团糟。叶藏、小菅和飞弹，加上我四个人，好不容易才恰到好处地弄得热闹起来的、阴霾一扫而空的气氛，就因为这两个大人，一下子就蔫得不成样子。我本打算把这小说写成一部氛围感十足的罗曼史，希望能首先在最开始几页制造一些动荡不安的气氛，然后再不慌不忙地一点点将其解开。然而我一边抱怨着笔法拙劣，一边写到了这里。然而，土崩瓦解啦。

请原谅我！这是谎话。是我在装傻。一切都是我有意做的。实际上正是因为在写的过程中因为对什么“氛围感十足的罗曼史”感到羞耻，我才故意搞砸了一切。假如真的成功地土崩瓦解了的话，那倒正中我下怀了。恶趣味。事到如今，折磨我内心的正是这一句话。如果把无缘无故地威压别人的执拗的习惯也这么称呼的话，那么我这种态度恐怕也属于恶趣味了。我不想输，不想让人看透我的内心深处。然而，这些努力恐怕只是虚妄。啊，难道作家都是这样的吗？连自白时都要雕琢辞藻？我莫非真的毫无人性？我能过上真正的人的生活吗？即便在这样写着的同时，我也在留心着我文章的辞句。

一切都将大白于天下！事实上，我在这部小说中一场一场的情节描写之间，让“我”这个人物频频出场，说上一段说不说两可的废话，也是有着狡诈的算计的。我想的是，在读者不知不觉间，用那个“我”来暗中给作品添加上一种特异的风味。我自负地认为，这是日本尚未有过的时髦的写作技法。然而，我输了。不，我此处的认输，也应该算在这部小说的计划之内。如果有可能的话，我想稍后再解释。不，就连这句话，我感觉也是我从一开始就准备好的。唉，不要再相信我了。我说的话一句都不要相信。

我到底是为什么写小说的呢？想得到新秀作家的荣誉，还是想赚钱？要我来不装蒜地回答的话，那就是我全都想要，想要得不得了。唉，我还是在不断吐出这些昭然若揭的谎言。这样一种谎言，让人一不小心就上了当。在谎言之中，这也属于最卑劣的一种谎言。我到底是为什么写小说的呢？真是说了令人为难的话。没办法，虽然看起来故弄玄虚得讨厌，但如果让我用一句话来回答的话，那就是："复仇。"

进入下一段情节描写吧。我属于市面上的艺术家，而不是艺术品。如果我那些下作的自白竟然能给我这部小说带来什么风味的话，那真是意料之外的幸运了。

叶藏和真野被留下来。叶藏又钻回床上，眨着眼睛在想什么事情。真野坐在沙发上收拾扑克摊子，她把扑克牌装进一个紫色的纸盒后说：

"那位就是令兄吧。"

"嗯，"叶藏盯着高高的白色天花板答道，"长得像吗？"

作家一旦失去了对描写对象的热爱，立刻就要遭现世报，写出这种邋遢的句子来。不，还是不说了，这不是挺别致的文章嘛。

"是啊，鼻子有点像。"

叶藏放声大笑。他全家人都长得像祖母，鼻子长。

"他今年贵庚啦？"真野也笑了，又这样问道。

"你说我哥吗？"叶藏将脸转向真野，"还年轻呢，三十四岁，喜欢摆谱，自我感觉可良好了。"

真野忽地抬眼看了一下叶藏的脸，发现他正皱着眉头说话，又慌忙垂下眼睛。

"大哥这么对我也算不错了，我老爷子……"话说到半截，他就没再说下去了。叶藏正变得稳重起来，作为我的替身，他在妥协了。

真野站起身来，去病房角落的架子上拿编织工具，然后就像之前一样重新坐在叶藏枕边的椅子上开始织毛线。真野也在思考，想着那个既不是思想，也不是恋爱，而是在此之上更深一层的原因。

我已经什么都不想再说了，越说越觉得我其实什么都没有说。我觉得我根本还没有触及那真正重大的事情，这是当然的，然而又说漏掉了很多事情，这也是当然的。作家无从知道其作品的价值，这是小说之道的常识，我虽然不甘心，但仍然不得不承认。自己期待自己作品效果的我，真是十足的蠢货。尤其是不应该把这效果说出口来。一旦说出，它就会产生截然不同的别的效果。当你推测效果可能大概会是这个样子的时候，就会又有新的效果跳出来。我将永远地表演着没完没了不断追逐它的愚行。至于作品是彻底失败还是完成得差强人意，我压根就不想知道。保不齐我这部小说能产生我连想也没想过的巨大价值呢。这些话是我从别人那里听来的，而不是从我的身体中涌出的。正因为这样，我又想依靠它们。说白了就是，我已经丧失自信了。

灯亮了，小菅一个人来到病房里。一进来，他就好像要把自己盖在躺在病床上的叶藏的脸上那样，悄悄对他说：

“喝酒了。别告诉真野啊。”

说着对叶藏脸上呼地吐了一大口气。喝了酒是禁止出入病房的。

用余光迅速瞥了一眼坐在后面沙发上继续织毛线的真野后，小菅几乎是用喊的说："我去江之岛玩了，真不赖啊。"然后又压低声音耳语道："骗人的。"

叶藏起身坐在病床上。

"你们光喝酒一直喝到现在？算了，我无所谓，真野小姐，没关系吧？"

真野手上的毛线没停，笑着回答："谁说没关系了。"

小菅在床上打了个滚儿，仰面朝天：

"我们跟院长四个人谈了一下。哎，你哥真是个军师，意外地很精干呢。"

叶藏没说话。

"明天你哥要跟飞驒一起去警察局，说是能处理得干干净净。飞驒这蠢货，居然兴奋起来了。他今天在那边睡，我嫌他烦回来了。"

"说我坏话了？"

"是啊。说了不少。说你是大混蛋，以后还不知道要干出什么事来。不过他也说了老爷子也有不对的地方。真野小姐，我能抽烟吗？"

"嗯。"真野几乎要哭出来了，简短地答道。

"能听见海浪呢——真是个好医院。"小菅叼着没点着火的烟，像醉汉一样喘着粗气，闭眼待了一阵。不久，霍地直起上身来说："对了，你哥给你带的衣服，放那边了。"他抬起下巴，冲门口努了努嘴。

叶藏的眼光落在了放在门口旁边唐草纹的大包袱上，果然还是皱了一下眉头。他们说起骨肉血亲时，就会稍微露出些感伤的神情，但这不过是习惯而已，不过是幼时的教育给他们造出了这样一副神情，这就像提起亲人就会想到财产这个单词一样。

"还是对不住我妈。"

"嗯，你哥也这么说的，到头来老妈是最可怜的。像这样连衣服的事都操心到了，真的是，你啊——真野小姐，有火柴吗？"小菅从真野那边接过火柴，鼓着腮帮子看火柴盒上画着的马脸。"你现在穿的是从院长那借的？"

"这个？是啊。这是院长儿子的衣服——我哥还说我什么坏话了？"

"你也别闹别扭了。"他点上烟，"你哥意外地还挺新派的，算是能理解你吧。不，好像也不是这样，只是在摆过来人的架子。说到你这次这事的原因时，大家正一起议论呢，那个时候他可是笑得很大声。"他吐了个烟圈，"按照你哥的推断，是因为你生活太过放荡，没钱了。他说得可认真了。再不就是，虽然当哥哥的也怪说不出口的，肯定是得了什么没脸见人的病，自暴自弃了。"他把被酒弄得浑浊的醉眼转向叶藏说，"怎么样？不会吧，难道这家伙说中了？”

今晚只有小菅一个人借住，也就没必要特地去借隔壁的病房了，大家商量了一下，决定小菅也睡在同一间房里，就睡叶藏旁边的沙发上。那张绿色天鹅绒罩面的沙发里面有个机关，虽然有种怪里怪气的感觉，但可以变成床，真野每天晚上就睡在那上面。今天这张床让小菅给占了，她只好从医院的办公室里借了张草席，铺在病房的西北角，正对着叶藏脚下。然后真野不知道从哪弄来了个两折的屏风，把这个朴素的睡床围了起来。

“很谨慎呢。”小菅一边躺着看那个古旧的屏风，一边窃笑，“上面还画着秋之七草。”

真野把叶藏头顶的电灯用包袱皮盖得暗了些，对两人说了晚安，就躲进屏风后面了。

叶藏睡不着。

“好冷啊。”他在床上辗转反侧。

“嗯。”小菅也噘着嘴附和，“我酒都醒了。”

真野轻轻地咳嗽了一声，问：“要不要盖点什么？”

叶藏闭着眼睛回答：

“我吗？没关系。我就是睡不着，一直听着海浪声。”

小菅觉得叶藏可怜，那完全是一种成年人的情感。虽然，不消说，他可怜的当然不是在这里的叶藏，而是与叶藏处于同样处境时的自己。或者说某种关于这种处境的抽象概念。成年人，被这种情感规训得很好，所以很容易就同情起别人来，而且对自己的容易感伤流泪这件事颇抱着一种自负。青年呢，时不时也会沉浸在这种廉价的情感中。如果说成年人的这种规训，姑且善意地说，是来自对自身生活的妥协的话，青年们却又是从哪里学来的呢？从我这种垃圾小说里吗？

"真野小姐，跟我们说点什么吧。有没有有意思的事？"出于一种为了让叶藏心情好点的多管闲事，小菅对真野软磨硬泡起来。

"怎么说呢。"真野从屏风的影子里，跟笑声一起只送来这个回答。

"讲点吓人的也行。"他们随时渴望战栗，心痒难耐。

真野好像在想什么似的，暂且没说话。

"这可是个秘密。"她这么开了个头，无声地笑着，说，"鬼故事哦。小菅先生，没关系吗？"

"请讲，请讲。"小菅来劲了。

这是真野十九岁那年夏天，刚当上护士时的事情。也是一个为女人自杀的青年被发现，收治在某家医院里，真野负责陪护。这个患者是服药自尽的，浑身紫癜，眼见没救了。傍晚的时候，他清醒过一回，那时候他看着窗外石壁上玩耍的小螃蟹说："真漂亮啊。"因为那附近的螃蟹活着的时候甲壳就是红的。"等我治好了，我要捉几只带回家去。"说完就又不省人事了。当天夜里，患者吐了满满两脸盆之后，死了。一直到他家属从老家赶来之前，病房里都只有真野和他两个人，真野不得不忍着恐惧，在病房角落里的椅子上坐了一个多小时。这时，身后似乎有轻微的动静传来，她吓得一动也不敢动。没过多久，又听到了，这回听得真切，是脚步似的声音。她心一横，转过头去看，身后不远处有只红色的小螃蟹。真野看着它，哭了出来。

“很神奇吧。真的有只螃蟹哦，活的。我当时就不想再做护士了。就算我一个人不工作，我家里也能过得下去。我跟我爸爸讲了这件事，可却被大大地笑了一通——小菅先生，这怎么样？”

“不得了！”小菅故作大惊小怪地叫起来，“所以那医院是……？”

真野不答，窸窸窣窣地翻了个身，自言自语般地低声说：

“大庭先生来的时候，我呢，本来想拒绝医院的安排，因为害怕。不过来了一看倒是放心了，这么有精神，第一天就能自己去厕所。”

“不是，我说医院。是不是就是这家医院啊？”

真野过了一阵子才答：

“就是这，就是这家医院啊。不过请您保密，关系到信誉呢。”

叶藏用睡得迷迷糊糊的声音问：“不会就是这间病房吧。”

“不是。”

“不是吧！”小菅也学着叶藏的腔调问，“不会就是我们昨晚睡的那张床吧。”

真野笑了，说：

“不是。有什么关系。早知道你们这么介意我就不讲啦。”

“是1号房。”小菅忽然抬起头来说，“能从窗户看到石壁的只有那间房了，就是1号房。哎，就是住着少女的那间。真可怜啊。”

“别闹了，睡觉吧。都是瞎话，都是我现编的。”

叶藏却在想别的事情，他在想的是园的幽灵[1]，在他心里描绘了个美丽的姿容。叶藏这种人有时候就是这么简单，对于他们而言，神这个词不过是个给愚蠢的人用的、混合着揶揄和善意的、什么也不是的代名词，但这或许是因为他们离神太近的缘故。我要是就这样轻率地去谈论什么“神的问题”，读者诸君一定会用浅薄啦老套啦之类的词汇狠狠地批判我一番吧。唉，原谅我吧。不管多么差劲的小说家，也会想让自己的主人公悄悄靠近神的呀。既然如此，我就说了吧，他才是最像神的。像在黄昏的天空放飞自己宠爱的鸟——猫头鹰，并微笑凝视着的智慧女神密涅瓦。

翌日，疗养院从一早上开始就热闹起来。下雪了。疗养院

1 较旧的日语说法中，幽灵是指死者未能成佛而流连此世的形象，与中文一般语境中泛指人死后的灵魂的“幽灵”相比含义近似但略窄。

前庭中的一千来株低矮的海滨松全都被雪覆盖起来，从那边往下的三十余级台阶也好，再下去的沙滩也好，都积上了雪。雪下一阵停一阵，一直下到了中午。

叶藏趴在床上，画雪景的素描。他让真野买了素描纸和铅笔，从雪完全停下时开始了他的工作。

病房里因为雪的反光而变得明亮。小菅躺在沙发上看杂志，时不时伸长脖子看一眼叶藏的画，这是因为他对于艺术有种模模糊糊的敬畏之情。那是一种因为对叶藏的信任而起的感情。小菅从小就认识叶藏，并且觉得他与众不同。一起玩的时候，他自作主张地觉得叶藏怪异的地方全都是源于他的聪明。对于潇洒的、会说谎的、好色的，甚至残忍的叶藏，小菅从少年时代起就极为欣赏。尤其喜欢学生时代的叶藏在讲老师坏话时瞳孔中的火光。不过，这种喜爱的方式跟飞驒有所不同，是一种观赏的态度。换句话说，是机警的。他只追随到能追随的地步，一旦事情变得愚蠢荒唐，就立刻转身，隔岸观火。或许这就是小菅比起叶藏和飞驒更加新派之处。如果说小菅对艺术有那么一点敬畏之心的话，那就跟他穿上他的故事里那件蓝色外套来整饰自己外表的行为全然是同一个意思，是来自他那颗想要在如漫长白昼般的人生中寻觅一个值得期待的对象的心。因为是像叶藏这样的男人，是他挥洒汗水画出来的东西，那必定无疑是非同凡响的作品了。他只是轻快地这样想着。这一点，说来也还算是出于对叶藏的信赖。然而，他却又时不时地觉得失望。现在小菅偷看着叶藏的素描，就颇觉得扫兴。素描纸上画着的，不过是海和岛的景色，非常普通的海和岛。

小菅放弃了，埋头耽读杂志上的故事。病房里鸦雀无声。

真野不在。她在洗衣房里洗叶藏那件毛料衬衫。叶藏就是穿这件衬衫跳海的，衬衫上还浸透着海水微带咸腥的气味。

下午，飞驒从警察局回来了，中气十足地推开病房的门：

“呀！”他看见叶藏在画素描，大惊小怪地吼道，“干活呢？不错啊！艺术家就是要干活才来劲的呀。”

他一边说，一边靠近病床，越过叶藏的肩膀瞟了一眼他的画。叶藏慌慌张张地把素描纸对折起来，接着又再对折了一道，不好意思地说：

“不行了。一阵子没画，手就跟不上脑子了。”

飞驒外套也没脱就一屁股坐在床尾：

“没准是这样。也可能是你太着急了。不过，那也没关系，那是因为你对艺术的热情。嗯，我是这么想的——所以你到底在画啥呢？”

叶藏手托着腮帮子没动，用下巴指了指玻璃窗外的景色：

“画海。天空和海都是黑的，只有岛是白的。画到一半就觉得实在太装了，不画了。首先这个构思就够棒槌的。”

“这不挺好的吗？伟大的艺术家，谁还没有点棒槌的地方了。这样就挺好。正所谓看山是山，看山不是山，看山还是山嘛。我又要搬罗丹出来了，那家伙可就是个看山还是山的男人。哦，好像也不太对。"

"我有点画够了。"叶藏把折起来的素描纸揣进怀里，盖掉了飞驒的话头说，"绘画这玩意，慢吞吞的让人不耐烦，雕刻也是一个样。"

飞驒撩了撩自己的长头发，毫不费劲地就表示同意："这种心情我也能理解。"

"如果可能的话我想写诗。诗真诚。"

"嗯，诗也挺好的。"

"可是，果然还是没什么意思吧。"他想把一切都想成无聊的，"我最适合的可能是当赞助人。家财万贯，聚集一帮像你这样有前途的艺术家，天天捧着你们。怎么样？艺术什么的，实在让我羞耻。"他还是单手托腮望着大海，把话说完后，便静静地等着对他这番话的回应。

"也不错啊，那也是一种了不起的生活，实际上，这种人也是必不可少的嘛。"说到这里，飞驒磕巴了一下。觉得一句反驳都没有的自己简直像个捧哏的，心下不快起来。或许，他所谓艺术家的自豪感，此时才终于被他提上来了。飞驒悄悄摆出了架势，心想看你下一句要说啥！

"警察那边怎么样了？"

小菅冷不丁插进来一句，他期待听到一个不疼不痒的回答。

飞驒方才心里的摇摆，在这句话上找到了突破口：

"要起诉的。说是协助自杀罪。"说完他就后悔了，这么说实在是有点过分，"不过，最后应该也是走缓诉[1]的吧。"

小菅一直躺在沙发上，这时候噌地一下站起来，啪地拍了一下手说："这下麻烦了吧！"他想赶紧开个玩笑糊弄过去，但不太成功。

叶藏使劲扭转身体，仰面朝天躺着。

觉得他们的态度太过轻松愉快，根本不像刚害死了一个人的样子而愤懑的诸位，到这里终于可以拍手称快说他们活该了吧。然而，这未免太过苛刻了。哪有什么轻松愉快呢？他们总是在绝望的边缘，一丝风也不受地栽培着脆弱敏感的小丑之花，如果你能明白这种悲哀的话。

飞弹因自己这一句话的效果惶惑不安，隔着被子轻轻拍了拍叶藏的腿：

"没关系啦，没关系啦。"

小菅又在沙发上躺下去了。

"自杀帮助罪啊。"他还在努力试着说笑，"还有这种法律吗？"

叶藏一边把腿往回缩，一边说：

"有啊，要判徒刑的。亏你还法学生呢。"

飞弹挤出了个伤心的微笑，说：

1　根据日本《刑事诉讼法》第248条，对犯罪事实清楚，但因嫌疑人的性格、年龄、境遇以及犯罪情节较轻、犯罪后表现良好等原因，由检察官决定不予起诉的制度。

“应该没关系的。你哥肯定能给你解决好。他在这方面倒是还挺厉害的，而且又热心。”

“很精干。”小菅庄重地闭上眼睛，“可能也不用太担心了。你哥可是个相当厉害的军师啊。”

“蠢货。”飞弹笑喷出来。

他从床上下来，脱掉外套，挂在门旁边的钉子上。

“我倒是听说了个好事。”飞弹跨过门边不远处放着的濑户烧[1]火盆说，“那个女人的丈夫……”他稍微犹豫了片刻，垂下眼睛，继续说下去，“那个人今天来警察局了，跟你哥两个人聊了一下，后来我问你哥都跟他说什么了，还挺受震撼的。那个人好像说他一分钱也不想要，只想见见那个男人。你哥没同意，说病人还处于应激状态，没让他来。然后那个人就用一副很没出息的表情说，那就请您代我向令弟问好，请他别在意我们之间的事情，好好保重身体——”说到这里他停下了。

他因为自己说的话而颇为激动。“那个丈夫打扮寒碜，怎么看都像个失业者。”叶藏哥哥这样对他说着，嘴角还不加掩饰地浮现出侮蔑的嗤笑。飞弹出于对他忍无可忍的郁愤，几乎是有意带着夸张把这件事说得十分高尚。

“见见也没什么的。我哥净干些多余的事情。”叶藏盯着自己右手的手掌说。

1 爱知县濑户市一带出产的陶瓷器。

“不过——还是不见的好吧。还是就此形同陌路的好。他已经回东京了，你哥送他去的火车站，好像给了两百元的奠仪，还让那个人写了张今后再无任何干系的甘结字据。”

“太厉害了。”小菅向前噘起薄薄的下唇感叹道，“只用了两百元就摆平了，真是不得了。”

飞驒那张被炭火烘得油光锃亮的圆脸表情凝重起来。他们极端恐惧自己的陶醉被人泼冷水，因此也乐于承认别人的陶醉，努力与之合拍。这是他们之间的默契，但小菅刚刚却打破了这种默契。小菅以为飞驒应该并没有那么感动，那位丈夫的懦弱如何令人烦躁，利用了这种懦弱的叶藏哥哥如何狡诈世故，在他听来依然不过是世间的闲谈而已。

飞驒晃晃悠悠地走到叶藏枕边，鼻子顶在玻璃窗上，眺望着阴云下面的海。

“是那个人伟大，不是因为他哥厉害，不是这样的。这是伟大，是人心无挂碍时生出的超脱之美。她是今天早晨火葬的，而他一个人抱着骨灰坛回去。他乘上火车的样子现在还在我眼前若隐若现呢。”

小菅总算明白过来。他立刻低低地叹了一口气，说：“确实是一桩美谈。”

“是美谈吧？是佳话吧？”飞驒骨碌一下将头扭向小菅，心情也好起来，“我接触到这样的事，感觉到活着的喜悦啊。”

我心一横，露出脸来，不这么干的话，我实在是写不下去了。这小说简直是一团糟，我自己写得磕磕绊绊，处理不了叶藏，处理不了小菅，也处理不了飞弹。他们个个都不耐烦我稚拙的笔，开始不受控制地任意飞翔。我只能在下面死死抓住他们泥泞的鞋子，对他们喊等一等、等一等。如果不在这里重整旗鼓，首先我自己就难以容忍。

本来这篇小说就没什么意思，徒有姿态而已。这样的小说，写一页和写一百页没有任何区别。不过这件事是我从一开始就有所觉悟的，但乐观地心想写着写着没准就冒出什么合适的东西来。我是个装腔作势的人，可装归装，难道就没有一点好的地方了吗？我一边对我这种自说自话的恶臭文字深感绝望，一边又心想着万一有呢、万一有呢，东翻西找，掘地三尺，想要找出那点好的东西来。就在这个过程中，我逐渐僵硬了，筋疲力尽了。唉，小说只能在心无挂碍中写成！人总是怀着美好的感情写出丑恶的文学来，这简直是一派胡言，这句话中暗藏着最大的灾祸。若不陶醉其中，还写个什么小说呢？每一个词、每一句话，都带着十几种不同的意义反跳到我心中，我除了把笔撅折了丢掉再没有别的办法。叶藏也罢，飞弹也罢，或者是小菅也罢，其实都犯不上那么煞有介事地装给别人看的，反正老底早就叫人看穿了。放松点吧，放松点吧，无念无想。

那天晚上，夜已经相当深了的时候，叶藏的哥哥来病房了。叶藏正和飞弹、小菅一起玩扑克。昨天他哥哥第一次来的时候，他们应该也是在玩扑克。但是，这并不是说他们一整天都是在玩扑克。倒不如说，他们讨厌扑克，要不是无聊到一定程度才不会拿它出来。而且，他们还一定会避开那些不能充分发挥个性的玩法。他们喜欢变戏法，自己发明了很多扑克牌戏法，然后故意让人看破其中的机关，再大笑一场。然后，还有一种是，一个人把一张牌扣过来，问："来吧，猜猜这张是什么。"然后其他人各自按照自己的想法，黑桃皇后、梅花骑士，乱猜一通，最后翻开一看，从来也没说对过。即便如此，他们还是觉得，谁知道什么时候就猜对了呢，要是猜对了该有多么愉快呀。也就是说，他们不喜欢漫长的对局，只喜欢孤注一掷，瞬间决出胜负。所以，即使拿出扑克牌来，也不会好好玩，一天里也就玩个十分钟。就这么短的时间里，就叫他哥哥碰上了两回。

哥哥来到病房，稍微皱了皱眉。他是误以为这帮人整天都在悠闲地打扑克了。人生中往往就是有这种不幸的事情。叶藏读美术学校的时候，也曾经感到过同样的不幸。在一节法语课上，他打了三次哈欠，每一次打哈欠的瞬间都跟教授视线相交。他确实只打了三次，可那位堪称日本屈指可数的法语学者的老教授却在第三次的时候忍无可忍，大声说："你在我课上净打哈欠，一堂课上我已经看你打了一百回了。"教授说得就跟他实际上真的数过那过多的哈欠数目一样。

唉，你看吧，这就是“无念无想”的结果，我就这么文不加点，刺溜刺溜地写个没完，于是就变得更加需要重整旗鼓。所谓心无挂碍地书写的妙境，对我来说根本是不可企及的。这到底会变成个怎样的小说呢？让我们从头再来看看吧。

我写的是海滨的疗养院。这里的景色好像还挺不错的。这个疗养院里的人也没一个是坏的。特别是这三位青年，啊，他们是我们的英雄。就是这样，艰深的道理不顶屁用，我只要坚持主张他们三个人就可以了。好，就这么决定了，即便勉强也就这么决定了，什么都别说了。

哥哥跟大家轻快地打了招呼，接着对飞驒耳语了些什么，飞驒点头，对小营和真野使了使眼色。

待三人走出病房，哥哥开口了：

“灯够暗的。”

“嗯，这家医院不让装太亮的灯。你不坐吗？”

叶藏自己先坐在沙发上，这样问道。

“嗯。”哥哥没坐，好像很在意那只昏暗的灯泡似的，时不时仰望着它，在狭窄的病房里踱来踱去，“不管怎么说，我这边的事算是摆平了。”

“谢谢。”叶藏嘴上这么说着，微微低头，表示感谢。

“我倒没觉得算是多大事，不过你以后要是回家的话，家里人可是有话要说了。”哥哥今天没穿和服裙裤，黑色的羽织不知为何没系带子，“我尽力为你说和，可你最好也给老爷子好好写封信才是。你们啊，一个个都没心没肺的，可是这毕竟是个麻烦的案子呢。”

叶藏没搭腔，捡起一张散落在沙发上的扑克牌，拿在手里盯着看。

“你要不想写，不写也行。后天你得去趟警察局。警察那边到现在为止是特地把审讯给咱们延后了。我今天是跟飞驒一起作为证人接受了讯问，问了你平素的操行如何，我们说你属于老实的。问思想上有没有什么不对劲的地方[1]，我们说绝对没有。”

哥哥停下踱步，叉开双腿站在叶藏面前的火盆边，把两只大手笼到炭火上。叶藏模模糊糊地看到，这两只手在微微发抖。

“也问了关于那女人的事。我是跟他们说我一点也不知道，飞驒也被问了差不多的问题，跟我的答辩基本上一致。你到时候照实说就行。”

叶藏明白哥哥的弦外之音，却假装没听懂。

“别说多余的话，警察问什么你就清清楚楚地答什么就是了。”

“会起诉吗？”叶藏用食指轻轻摸着纸牌的边缘低声问。

“不知道，这我就不知道了。”哥哥加重了语气说。

---

1 指是否有过激（主要是左翼）的政治倾向。

“不管怎样你都得在警察局蹲几天了，做好准备吧。后天一早我来这里接你，一起上警察那去。”

哥哥垂下眼神看着炭火，沉默了一阵。雪融化的滴水声，和海浪的声音混在一起。

“把这次的事当个事情，”哥哥突然这么开了个头，然后又用若无其事的口气迅速地说下去，“你也不能总是不考虑将来了，家里也不是那么有钱的。今年收成差得很，虽然跟你说这些也没用，但咱们家的银行现在也有点危险，已经闹得很大了。我说这个你可能会笑，但我认为艺术家也好什么也好，首先得考虑生活。总之，希望你从今以后能够改过自新，奋发图强才是。我回去了，飞驒和小菅他们，还是住我旅馆那边的好，每晚在这里吵闹，也怪不好的。”

“我的朋友们怎么样？”

叶藏故意背对真野躺着。从那天夜里之后，真野就像之前一样，在沙发床上睡了。

“挺好的——叫小菅的那位先生，”真野安静地翻了个身，“挺有意思的呢。”

“嗯，他啊，还年轻。他比我小三岁，今年二十二。跟我死去的弟弟一样大。那家伙净跟我学坏。倒是飞驒挺了不起的，他已经能自立了，很可靠。”稍停了片刻，又小声补充道，“我每次搞出这种事来，他都全力照顾我，勉强配合我们的节奏。他在别的事情上都挺强的，唯独对于我们的事总是放不下心。这哪行啊。”

真野没答话。

“我给你说说那个女人的事吧？”

他还是背对着真野，尽可能慢悠悠地说。叶藏有种可悲的习性，每当他觉得什么事情令人尴尬，而且不知应该如何避免的时候，就只会莽撞地干脆让这件事尴尬到底。

“是个挺无聊的故事。”真野还什么都没说，叶藏就先开口讲起来了，“可能你已经从别人那听说过了，她叫园，在银座一个酒吧工作。实际上，我只去过那个酒吧三次，不对，四次的样子。飞驒和小菅他们一点也不知道这个女人的事情，我没跟他们说过。”要不要打住别写了呢？“真的挺无聊的。她是因为生活困苦而去死的，临死的时候，我们好像在想着完全不一样的事情。园跳进海里之前，跟我说什么‘你长得挺像我们家老师的’。她有个事实婚姻的丈夫，直到两三年前都在做小学老师。我为什么想跟那个人一起死呢？果然我还是喜欢她的吧。”他说的话已经不能相信，他们为什么这么拙于讲述自己的事情呢？“我呢，别看我这样，还在做一些左翼的工作。散传单，上街游行，干一些不符合自己出身的事。很滑稽。不过，我干得很痛苦。我只是被‘我是率先觉醒者’的荣誉感所唆使，并不真的配做那些事，不管我怎么挣扎，最后都只能走向崩溃吧。我这样的人，或许早晚要变成要饭的。如果我家里破产的话，我可能当天就吃不上饭。没一件我能做的工作，嗯，只能要饭吧。”唉，说得越多就越能感觉到自己的谎言和不真诚实乃一大不幸！“我相信宿命，不再挣扎了。说真的，我想画画，不知为什么真的很想画。”他沙沙地搔了搔头，笑了，“要是能画出好画就好了。”

他说“要是能画出好画就好了”，而且还是笑着说出来的。青年们一旦认真起来，就什么都说不出。特别是真心话，更要笑着糊弄过去。

·

天亮了，空中连一抹云也没有。昨天下的雪差不多已经化完，只在松树的树影下和石阶的角落里还留着一点变成鼠灰色的残雪。海面上布满雾霭，雾霭深处此起彼伏地传来渔船发动机的轰鸣。

院长一大早就来到叶藏的病房看望。他仔细地检查了叶藏的身体状况，在眼镜后面眨巴着小眼睛说：

“差不多没什么事了，但还是请您保重身体。警察那边我也会跟他们好好说一下。因为身体还没真正完全康复。真野小姐，他脸上的胶布可以取掉了。”

真野很快便把叶藏脸上的纱布撕掉，伤已经好了，结的痂也已经掉下来，只剩下一些粉白色的斑点。

“这么说可能有点失礼，但请您今后吸取教训。”

院长这样说着，有点窘迫地将眼睛转向了大海。

叶藏也不知为何感觉到某种尴尬，他一言不发坐在床上，把脱掉的衣服又穿起来。

这时候，随着一阵高昂的笑声，门开了，飞驒和小菅风风火火地冲进病房里来。院长向这两位问了早安，模模糊糊地说了一句：

“今天是最后一天了，还挺不舍得的呢。”

院长离开后，小菅率先开了口：

“真是八面玲珑，瞧他那副章鱼一样的嘴脸。”

他们对人的脸感兴趣，总是通过脸来判断这个人全部的价值。“食堂里还有他的画像呢，还挂着勋章。”

“那画真够难看的。”

飞驒扔下这么一句，就走上阳台去了。今天他借了叶藏哥哥的衣服穿，是厚重的茶色棉布质地。他一边在意着衣襟是否端正，一边坐在了阳台的椅子上。

“这么看过去飞驒挺有大艺术家范儿呢。”小菅也走到阳台上，“阿叶，打牌吗？”

搬着椅子走到阳台上的三个人莫名其妙地打起牌来。

玩到一半，小菅一脸认真地嘟囔：

“飞驒今天有点装啊。”

“混蛋，你才装呢。瞧你那手势。”

三个人都扑哧扑哧地笑起来，一起偷眼看旁边病房的阳台。1号房的患者和2号房的患者都躺在晒日光浴专用的床上，脸红红的，看着三个人笑。

“大失败。已经被发现了啊。”

小营把嘴张得老大，对叶藏使眼色。三个人尽情地哈哈大笑。他们总是在扮演这样的小丑，当小营说出“打牌吗”的时候，叶藏和飞弹对他的计划就已经心领神会了，他们熟知直到剧终落幕的所有剧情梗概，只要他们一看到天然美丽的舞台装置，就忍不住开始演戏。或许是出于一种纪念的意味。现在这个场合，舞台的背景是清晨的大海。可是，他们此时的笑声，却引发了连他们自己也意想不到的大事件。真野被疗养院的护士长骂了。他们的笑声爆发后没过五分钟，真野就被护士长叫到办公室里臭骂了一顿，让她弄得安静一点。她几乎要哭出来，从护士长的房间跑出来，来到已经没在打牌、正闲极无聊的三个人那里，传达了这件事。

三人沮丧极了，一时间只会面面相觑。来自现实的呼声，无情对着他们忘乎所以的滑稽剧嘲弄道：“你们可拉倒吧。”这对他们来说几乎是致命的。

“没事，没什么关系的。”真野反过来鼓励他们说，“这栋楼一个重症患者都没有，昨天2号房那位母亲在走廊里碰到我，还看起来很高兴，说你们热热闹闹的挺好呢。说是每天听你们说话净笑来着，挺好的，我一点也不介意。”

“不，”小营从沙发上站起身来，“一点也不好。就是因为我们害你丢脸的。护士长那家伙，为什么不来跟我们直接说呢？叫她过来，既然这么讨厌我们，我们现在就可以出院！随时都可以出院！”

三个人都在这一瞬间，在心里认真地做好了出院的决定。尤其是叶藏，思绪已经远远地漂到开始想象四个人乘汽车沿海滨逃跑时愉快的身影了。

飞驒也从沙发上站起来，笑道：“干吧，我们一起找护士长去。居然敢教训我们，混蛋！”

“出院！出院！”小菅轻轻地踹了门一脚，“这种小家子气的医院，真是无聊透顶。我们不在乎挨骂，但骂我们之前的态度太恶心了，肯定是把我们想成某种不良少年之类的，觉得我们是那种智力低下、小资情调、高谈阔论的摩登青年了吧！”

说完，他用比刚才重一点的力气又踹了门一脚。然后实在忍不住了似的，放声大笑。

叶藏哐当一声躺到床上，说：“那么，我这样的人，到头来就是个恋爱至上主义的小白脸之类的呗，已经完蛋了。”

对于这种野蛮人的侮辱，他们简直气炸了肺，可怅然若失地重新思量一番之后，又想试着把这些变成无伤大雅的玩笑糊弄过去。他们总是这样。

然而真野是直率的。她双手背在身后，靠在门边的墙上，把本就微翘的上唇噘得老高，说：

“就是这样，真的很过分。明明昨天晚上她还把一大群护士叫到护士长室里玩花牌呢，吵得很呢。”

“对对，都过了十二点了还听到她们哇啦哇啦大声说笑，真挺混蛋的。”

叶藏这么说着，从枕头边上捡起了散落的素描纸，仍旧仰面朝天地躺着开始乱涂乱画起来。

“就是因为她自己也行为不端，所以才无法理解别人的长处。虽然是谣传，但据说护士长是院长的小老婆？”

“是吗，这倒是不错。”小菅喜出望外，他们把别人的丑闻当成美德，觉得这样比较可靠，“戴勋章的人还有小老婆啊，也是有长处的嘛。”

“她难道真不知道吗，大家只是在无恶意地开些玩笑，寻点开心而已。你们都别在意她，使劲儿闹才好呢，一点关系都没有，今天就是最后一天了。明明大家都是从小没挨过骂的，有家教的好孩子。”她一只手按在脸上，忽然低声哭了出来，一边哭一边打开了门。

飞驒伸手拉她，低声说：“去护士长那可不行，别去了。这不是什么事都没有吗？”

她双手捂着脸，连连点头，走出病房，到走廊里去了。

“正义凛然啊。”真野走后，小菅笑嘻嘻地坐到沙发上说，“她还哭了，为自己说的话陶醉了吧。平时净说些一本正经的大人话，可到底还是个女孩啊。”

“有点怪怪的。”飞驒在狭窄的病房里大步地踱来踱去，“我从一开始就觉得她有点不对劲，真的有点怪吧。她哭着跑出去，真的吓我一跳。不会真去护士长那了吧。”

“应该不会吧。”叶藏装出一副若无其事的表情，把涂了鸦的素描纸扔给小菅。

“这是护士长的肖像吗？”小菅捧腹大笑。

“什么什么？”飞驒仍然站着，看向那张素描纸。

“给画成女妖怪了，真是杰作。这画得像本人吗？”

“一模一样。她有一次跟院长一起来过这个病房的。画得真不错。铅笔借我。”小菅从叶藏那里借来铅笔，在素描纸上加了几笔，“在这里让她长出角来，就更像了。我们把它贴在护士长室门上吧。”

“我们出去散步吧。”叶藏从床上下来，站直。一边站直一边悄悄地小声说：“讽刺画家。”

讽刺画家。我差不多开始厌烦了。这难道不是通俗小说吗？我原本想着手去写的是一出对我这动不动就僵硬起来的神经，以及诸位那和我差不多的神经，多少能起点消毒作用的故事，但总觉得好像过于天真了。如果我的小说能称为经典的话——唉，我八成是疯了——诸位可能就该觉得我这些注释反倒碍事了。诸位会擅自推测连作家本人也没想到的东西，然后大声宣称这就是其之所以为杰作的原因吧。唉，死掉的大作家何其幸福！苟活于人世的蠢作家呢，为了让更多的人，即便多一个也好的人爱自己的作品，就汗流浃背地给它加上些不知所谓的注释，到头来勉勉强强写出一个满篇都是注释的、啰里八唆的烂作品。我缺乏那种一句“爱怎么着怎么着吧”就甩手不管的刚毅精神，恐怕是当不了好作家的。我果然是个傻白甜，是的，这可是一大发现，由内而外的傻白甜。只有在这样的天真之中，我才能得到片刻的休息。唉，已经无所谓了，不用管我。什么小丑之花，都会在此枯萎，而且是卑微、丑陋、肮脏地枯萎。什么对完美的憧憬，什么来自杰作的邀请，“够了，你这奇迹的造物主！”

真野躲在洗手间里，本想尽情地哭上一场，可是也没能像那样哭出来。她照着洗手间里的镜子，擦干眼泪，整了整头发，上食堂吃已经迟了的早饭去了。

食堂入口附近的桌子上，6号房的大学生把喝空了的汤盘放在面前，一个人百无聊赖地坐着。

看到真野，他微笑着说：“你的患者还挺有精神的。”

真野站定，紧紧抓着那张桌子的边缘说：

“嗯，现在整天讲些没心没肺的话，净逗我们笑呢。”

“那不是挺好的吗。说是个画家？”

“嗯，老是说想画出了不起的画呢。”说着，连耳朵根都红了，“他很认真的。正因为认真，才会觉得痛苦啊。”

“是啊，是啊。”大学生脸也红了，发自内心地赞同道。

大学生很快就要出院了，所以变得越发宽厚起来。

怎么样，够天真吗？诸位会讨厌这样的女人吗？拉倒吧，来嘲笑我老套吧！唉，就连休息我都觉得可耻，就连一个女人我都没法不加注释地偏爱。愚蠢的人，就连休息也会犯错的。

“那边，那块石头那里。”

叶藏指着一块从梨树的枯枝间隐约可见的大而平的岩石。岩石的凹处还这里一点那里一点地残留着昨天的雪。

“我就是从那地方跳下去的。”叶藏摆出一副滑稽的姿态，把眼睛瞪得溜圆说。

小菅沉默不语。他忖度着叶藏的内心，判断他到底是不是真的若无其事地在说。叶藏当然并非若无其事地在说，但他很擅长这种伪装出自然的样子说话的伎俩。

“回去吧。”飞驒迅速地把和服的下摆掖进裤腰里。

三人在沙滩上掉了个头往回走。海面无风，被正午的日头照着，泛出白光。

叶藏往海里扔了块石头，说：

“我觉得解脱。当时我想，现在跳进去的话，就什么问题都没有了。什么欠人的钱，什么学校，什么老家，什么后悔的事，什么杰作，什么羞耻，什么马克思主义，还有什么朋友、森林和鲜花，一切都随它去吧。等我反应过来的时候，我已经站在那块岩石的顶上大笑了。真的很轻松啊。”

小菅为了抑制自己的亢奋，开始胡乱捡起贝壳来。

“不要诱惑别人啊。”飞弹笑得很勉强，“不良嗜好。”

叶藏也笑了，三人的脚步声令人舒服地在每个人的耳里沙沙作响。

“别生气。刚才说得有点夸张。”叶藏跟飞弹并肩走着，“不过，只有这句是真的。你知道那女人在跳海之前说了什么吗?”

小菅狡黠地眯起他那双燃烧着好奇心的双眼，故意跟两人拉开了点距离。

“现在还在我耳边回响呢。她说她好想用老家的方言讲话。她老家在南方很远的地方。”

“不行了，这也太像好人了。”

“真的，真的是这样。哈哈，就是这么样一个女人。”

巨大的渔船被拖到沙滩上修整，旁边躺着两个直径足有七八尺的鱼笼，蔚为壮观。小菅把拾到的贝壳用力抛向那艘船漆黑的侧舷。

三人感觉到一股令人窒息的尴尬。如果这沉默再持续个一分钟的话，说不定他们会干脆轻松地跳进海中也说不定。

冷不防小菅放声叫道：

“快看，快看。”他指着前方的海岸线，“是1号和2号！”

两个女孩撑着与季节不合的白色洋伞，正朝着这个方向慢慢走过来。

“发现目标。”叶藏也活过来了。

“要不要去搭讪啊？”小萱抬起一只脚，掸掉鞋上的沙子，看着叶藏的脸，只等他一声令下就准备出马。

“算了算了。”飞驒一脸凝重地按了按小萱的肩膀。

洋伞停住了。她们不知道互相说了些什么，然后骨碌一下向后转，背对这边，又开始安静地走起来。

“要不要追上去啊？”这下叶藏也来劲了，不过他看了一眼飞驒低着的头，说，“算了吧。”

飞驒深感落寞。他此时才清晰地感觉到他自己枯萎的血气，正与这两位朋友渐行渐远了。他想，或许是生活所迫吧。飞驒的生活是有一点贫困的。

“不过，也挺好的。”小萱像洋人似地耸了耸肩，努力让这场面不那么尴尬一点，“她们肯定是看见我们在散步才被勾出来的。年轻人嘛，真可怜啊，想入非非了吧。哎呀，还捡起贝壳来了，跟我学的吧。”

飞驒转念微笑起来，碰上叶藏略带歉意的眼神。两人都脸红了，明白彼此之间充满了互相体贴的心。他们总是同情弱者的。

三人吹着温煦的海风，一边眺望着远处的洋伞一边走着。

远处疗养院白色的房子脚下，真野正在等他们回来。她倚着低矮的门柱，像怕晒似的，用右手在额上搭着凉棚。

最后一夜，真野很不平静。躺下之后，还一直在喋喋不休地说着自己朴实本分的家人，了不起的祖先等等。叶藏随着夜深变得沉默寡言起来，他仍是背对着真野，有一搭没一搭地答话，一边在想着别的事。

真野后来说起自己眼睛上的伤。

“我三岁那年，”她想若无其事地讲，但失败了，声音哽在喉咙里，“说是打翻了煤油灯，烧伤了。那时候我性格很孤僻，升小学的时候，这个烫伤比现在大多了。学校里的朋友都一口一个萤火虫、萤火虫。”她顿了片刻，“他们都这么叫我。我每次都心想，我一定要报仇。嗯，我真的是这么想的。想有朝一日变成大人物。”她一个人笑了起来，“好笑吧，我是什么能变成大人物的人吗？要不要戴个眼镜算了，戴眼镜的话，还能把这个伤稍微遮住点。”

“算了吧，戴眼镜看着更别扭。”叶藏好像生气了似的，突然插了这么一句。他身上仍有那种旧派头，每当对女人产生怜爱之情时，就反倒故意刻薄起来，“就这样就好，也不是很明显。要不今天早点睡吧，明天还要早起。”

真野沉默无言。明天就要告别了。哎呀，要成为陌路人了。要点脸吧，要点脸吧，我也要有自己的自尊啊。她咳嗽，叹气，哐当哐当地翻来翻去。

叶藏佯装不知，你在想什么呢，这种话他说不出口。

比起那个，我们不如来听涛声和海鸥的鸣叫，然后从头思索这四天的生活吧。自称现实主义的人或许会这么说，说这四天充满了滑稽的笑话。那么，我来答复一下。我的手稿在被烫了个又大又黑的印记之后退回来，好像是被放在编辑的书桌上拿来垫茶壶了，这就是个笑话；追问妻子黑暗的过往，然后喜忧不定，这也是笑话；一边掀起当铺的门帘，一边还在整理衣襟，为了不让别人看出自己的落魄而整理仪表，这还是笑话。我自己就过着笑话般的生活，那种被现实压垮的男人勉强装出来的坚忍态度，如果你不能理解的话，你跟我就永远不会是一路人。既然总归是笑话，那就要是好的笑话才行。真实的生活。唉，说得远了。我要悠悠长长仔仔细细地怀念这四天，短短四天的回忆，有时胜过活上五年十年。短短四天的回忆，啊，有时胜过了整个一生。

听着真野平静的呼吸，叶藏难忍翻腾的思绪。他想朝真野那边翻个身，正在转动自己长长的身体时，却被一个严厉的声音耳语道：

住手！不要辜负萤火虫的信任。

天色开始泛白时，两人已经起床了。叶藏今天出院。我很害怕这一天的靠近。这是蠢作家无谓的感伤。我一边写这部小说，一边仍然想要拯救叶藏。不，是想要为这只没能幻化成拜伦的土狐狸求得原谅。只有这一点，是痛苦中隐秘的祈祷。然而，随着这一天的接近，我感觉有种比之前更加荒芜的气氛正在向着叶藏，向着我袭来。这部小说失败了。没有飞跃，没有解脱。我觉得我过于在意风格，由于这个原因，这篇小说甚至沦为了下流的货色。我觉得说了太多不说也行的话，同时又有太多重要的话漏掉没说。这说法虽然有点装，可是假如我活得够久，在几年之后若有机会再次拿起这篇小说的话，我该有多么悲惨。恐怕连一页也读不下去，就准会因为难以忍耐的自我厌恶而掩卷不读吧。即便是现在，我也没有力气把前文重读一遍了。唉，作家是不能露出自己的身影的，那会是作家的失败。人总是怀着美好的感情写出丑恶的文学来。我第三次重复这句话，并且打算承认它了。

我对文学一无所知。需要从最初开始重写吗？哎，从哪里入手好呢？

我这个人难道不正是一坨混沌与自尊心的聚合物吗？这部小说难道不只是不过如此的东西吗？唉，我为什么要这么急于断定一切呢？不把所有思绪归拢到一处就活不下去，这种小家子气的秉性，到底是从谁那学来的呢？

写吧。写青松园最后的早晨吧。除了顺其自然，又有什么办法呢。

真野邀请叶藏看后山的景色。

“风景很好的。现在的话肯定能看到富士山。”

叶藏在脖子上围了一条纯黑色的羊毛围巾，真野在护士服外面套了一件松叶花纹的羽织，用一条红色的毛线披肩把脸围得严严实实，踩着木屐，一起走到疗养院的后院。后院的正北方，赭土的高崖耸立，一架狭窄的铁梯子架在崖上。真野打头，用轻快的脚步噌噌几下爬到那梯子上去了。

后山的枯草很深，覆着一层寒霜。

真野一边用呼出的白气暖着手指，一边几乎是小跑着登上山路。叶藏踏着霜追随在她身后，对着冰冷的空气欢乐地吹着口哨。这是一个人影也没有的山里，无论做什么都没关系。他不想让真野抱有那种不好的悬念。

下到洼地里，这里丛生着干枯的茅草。真野站住了，叶藏也在五六步开外站住了。旁边有一些白色的帐篷小屋。

真野指着那些小屋说：

“这个，是日光浴场。轻症的患者们赤裸全身在这里集合。嗯，现在也在用。”

帐篷上也闪着霜的光芒。

“接着爬吧。”

不知为何，她似乎有点着急。

真野又跑了起来，叶藏在后面跟着，来到一条有落叶松的狭窄林荫道。两人累了，开始慢悠悠地走。

叶藏肩膀耸动，喘着粗气，大声地说：

“你过年就在这了吗？”

真野头也没回，但还是用很大的声音回答：

“不，我应该是要回东京的。”

“那你来我家玩吧，飞弹和小菅几乎每天都来我这。总不会让我在牢房里过年吧，应该还是会顺利的。”

他已经在心里描绘那位尚未谋面的检察官清爽正直的笑容了。

在这里结束怎么样？老派的大作家会在这样的地方意味深长地收尾。然而，叶藏和我，恐怕诸位亦然，对于这样欺骗式的抚慰，都已经厌倦了吧。不管是新年、牢房还是检察官，对于我们来说都毫无意义。我们难道从一开始就在担心什么检察官吗？我们只是想爬到山峰顶上看看，那里会有什么呢？那里一定有什么吧。只有这样微小的期待与之相关。

终于登上山顶。山顶简单地平整过地面，露出约莫十坪[1]左右的赭土，正中间用原木搭了一座低矮粗陋的亭子，还有些点景石似的东西，这里一块那里一块地散落各处。一切都罩着一层霜。

“不行，富士山看不见。”

真野鼻尖通红，叫道。

“这边本来能看得清清楚楚的呢。”

她指着东边多云的天空。朝阳还没有升起，零零碎碎的云呈现着奇妙的颜色，沸腾翻滚沉淀，沉淀之后又缓缓流淌。

和风轻轻地划过脸颊。

1　日本面积单位，1坪约3.306平方米。

叶藏向下眺望着遥远的大海。脚下不远就是三十丈[1]高的断崖，江之岛在正下方，看起来小小一点。浓厚的朝雾下面，海水悠然地摇曳。

然后，不，就只有这些。

1 明治二十四年（1891年）立法规定，100米为33丈。

狂言之神

你们禁食的时候，不可像那假冒为善的人，脸上带着愁容。

——《马太福音》第六章第十六节

这篇写的是我已故的畏友笠井一的事情。

笠井一，户籍名手沼谦藏。明治四十二年六月十九日生于青森县北津轻郡金木町。亡父系贵族院议员手沼源右卫门。母名高，谦藏为其六男。就读于町内的小学后，大正十二年入青森县立青森中学，昭和二年中学提前毕业；同年，升入弘前高等学校文科，昭和五年高等学校毕业；同年，入东京帝国大学法语科。他是一个年轻的战士。我简直丢人现眼得要命。只要闭上眼睛就会看到各种各样长着毛的怪兽。开玩笑的，我就是想笑着说严肃的事。

从“笠井一”到“笑着说严肃的事”，寥寥数行文字，被用毛笔一字一字工整地誊写在和纸上，又藏进他书房的砚台盒里。想来这几行字一开始是被当成他自己个人简历的草稿来写的，可还没写出一两行，他这一辈子改不了的臭毛病就犯了，羞耻的火焰和浓烟，就像浅间山爆发似的，忽然就以燎天之势喷了出来。因为这个缘故，就来到了非得由“开玩笑的”这句韬晦之辞紧急出场不可的地步，最后到底是以他平素最擅长的虎头蛇尾，写下几句狗屁不通的话，然后把笔扔到一边了事。在他过世后，我接到这几行文字，猛然凝视，再读，三读，把这张纸拿起来注视了良久，不禁泫然欲泣，唏嘘之情，像海浪般涌动，竟至不能卒读，只好把它叠了又叠，揣进怀里。心里就像被抹了盐再架在火上烤到焦煳一样，满不是滋味。

这是惋惜和懊恼的感情。在“他是一个年轻的战士”之后的几行字里潜伏着的不安，以及极度的羞耻感、过剩的自我意识，还有对某阶级的急公好义之心的碎片，一切的一切，都是俗不可耐的庸常之物，就像澡堂子里瓷砖上的油漆画一样。关于上述这些感情的呐喊，或者嘶哑的低语，我认为在阪东妻三郎[1]的电影字幕里，比这更巧妙的表达要找多少就有多少。尤其是他假装不经意地提起了自己的贵族血统这件事，纯属一种近之则不逊，远之则怨的矫揉造作，或是一种卑鄙下作的东施效颦。不过，那一晚让我深感颓丧的，倒不是这些肤浅杂沓的文字，而是，通过这一页跟涂鸦没什么区别的纸片，我掌握了他不但直到临死之前都想找个稳定的工作，而且曾为此心急

1　日本歌舞伎及电影演员，活跃于20世纪30—50年代，多饰演古装武打片中武士、浪人等充满男子气概的硬汉角色。

如焚的确凿证据。这个被两三位评论家或出于真心尊敬，或出于戏侮轻蔑而称为“谎言之神”“闹剧大师”的“作家笠井一”的绝笔，竟然是一份个人简历的草稿！我的眼睛没出问题，他毕生的愿望只有一件事，就是“当个和一般人一样的人”。这岂不是个笑话吗？这是一位过着毫无污浊的洁净生活的青年，待人宽厚，敏而好学，创作上也有着出类拔萃的技巧，而且他甚至还有足以让自己不必担忧每日衣食的财产，居然尊崇，向往，到最后甚至敬畏起上班的人来——据我所知，上班族不过是些阿谀和盲从的可怜虫罢了。他曾经惴惴不安地对我说，早晚高峰的电车里塞满了上班族，导致他因为歉意、羞耻或恐惧而眼前发黑，无地自容，只好在下一站就近下车，说着，那张有几分像歌德的面孔变得纸一般煞白。在那之后不久他就死了。特立独行的作家笠井一自缢身亡，这消息在三月中旬被刊载在报纸的社会新闻版。虽然引发了种种揣测，但终究是莫衷一是，谁也没有说中。没人知道他是因为应聘《首都新闻》报社失败才自杀的。

应聘失败成为定局的那天，他一大早就拿着他们夫妻两人一个月的生活费，也就是大哥刚从老家汇来的九十元支票出了门，光天化日之下就喝得烂醉，在银座街头游荡。这个未老先衰的帝国大学学生，袖口破烂，下身穿一条蚊子腿一样细脚伶仃的长裤，上身披着鼠灰色的薄风衣，竟然，很神奇地酷似波德莱尔年轻时的肖像。他把破帽子重新扣在后脑勺上，然后被歌舞伎剧院一幕见席[1]的入口吞了进去。

台上，菊五郎扮的权八[2]穿着青翠欲滴的绿色家纹上衣，腿上裹着红色的胫巾，正在一边啪啪地击掌一边念白："雉鸡不鸣，乃无枪击之祸也。"听到这里他不由得呜咽起来，连继续看下去的勇气也丢掉了。演出中须保持安静。尽管有一两千号各色人等在场，但歌舞伎剧场里寂然无声。他猛然跑下楼梯，逃到外面。街巷中已经点灯了。他想去浅草。浅草有家叫"瓠屋"的廉价小餐馆，是做野猪肉的。从今天往前数四年，他曾经安慰过那里一位打杂跑腿的女招待，说我要是出人头地了一定来娶你为妻，当时她是店里最新来的，眼神凛然。那家店里的客人不是木匠就是建筑工人，戴方帽的大学生是稀客，只有这家店什么时候来都没关系，总共六个女招待，人人都会热情地招呼他。每当觉得被人侮辱、践踏和排斥的时候，他就典当自己的书籍，换个三元左右的小钱，混入浅草的人潮中。在这家店里喝一毛三一壶的酒喝得大醉，然后跟六个女招待愉快玩耍。他不仅跟六个人中看起来最穷的女孩高声地私定终身，还再三再四地赌咒起誓，讲了不少能哄女孩子开心的甜言蜜语。如此一来，这女孩渐渐开始依靠起大学生的力量。奇迹发生

1　歌舞伎剧院的最后几排，供散客使用，票价低廉，可以半途进场或只看一幕就退场。

2　尾上菊五郎，日本歌舞伎世家名，此处指六代目菊五郎，是大正和昭和初年的歌舞伎名角。"权八"即平井权八，江户时代初期的武士，因干犯人命逃亡到江户，与妓女小紫相恋，后又穷困潦倒，犯下强盗杀人的罪行。其故事被改编为多种传统戏剧和电影。

了，从她确认自己被人爱着的那一天起，很快就变漂亮起来。到了三年前的春夏之间，还没过一百天，她从发型开始，越来越有了美人的架势，不知道是不是心理作用，似乎连鼻子都变挺拔了。或许是化妆水平提高了的关系，额头、脸颊和双手好像也都变白了一些。总而言之，是出落成了让大学生为之癫狂的美貌。在他有钱的晚上，不管有多少，总会被这个女孩骗得一干二净，然后又变得没钱。对于被女人骗这件事，他愈发觉得欢喜。从大学生那里赚的钱，她却一点也没装进自己口袋里，而是让另外五个人分掉了。等到人们开始用团扇驱赶贴在小腿上的蚊子的时节，她已经成了这家小餐馆的招牌女郎。这不是神，而是人的力量创造出的维纳斯。女孩忙碌起来，渐渐疏远离开了她的恩人大学生。与此同时，大学生也不见了踪影。大学生的艰难时世开始了。

那天晚上，他从歌舞伎剧场遁走之后，时隔一年又一次在"瓠屋"里喝了清酒又喝啤酒，又喝清酒又喝啤酒。二十枚五毛钱的银币让他花得如流水一般。"三年前我在这里清清楚楚地约定过，我，出人头地了。是好孩子的话，就把今早的报纸拿来吧。你看，怎么样？这不是登了我的照片吗。这个啊，是我要出的小说的广告。什么？你说我照片上的表情看起来像哭？是吗？我当时是正在微笑来着。你忘了我们的约定吗？啊，稍等，稍等，这是麻烦你找报纸来的谢礼。"随随便便地又花掉了两三元后，他忽然又想到了自己的姐姐，强烈的呜咽涌进了鼻子。他拉住了一个三十岁前后唱“新内节”[1]的流浪歌手，向他劝酒。而这个客人却看他年轻，根本就没把他当回事，狮子大开口地说：“那就来点威士忌吧。”“啊，失敬，失敬了。”年轻客人很有气魄地被对方骗了一杯威士忌，并且问他还想吃点什么。于是流浪歌手愈发不客气，单手托腮说：“再来个茶碗蒸吧。”墨镜深处目光闪烁地冷笑着，好像颇为得意。“哎，卖唱的，我觉得你这个人从根儿上来看就不是个卖艺的人，你的态度有某种潜在的自信。怎么看都像是什么老字号烟管店的少东家，或者传了三代的鲣鱼店家的末子。我说得对不对？”这个卖唱的把化了淡妆的小脸迅速探过来，像怕人听到似的悄声耳语提醒说：“是米店，米店。”这时候，久保田万太郎[2]登场了。店里的十盏电灯灭了七盏，正觉得心里没底的时候，一个五十多岁、鼻子通红的商人一本正经地走进来。女招待们一齐站起身来，说：“哎呀，大哥您可来啦。”他忽然靠近商人说：“这不是久保田先生嘛，可真是失礼了。小生是今年从帝大文科毕业的，虽然也卖过几篇稿子，不过眼下还是无名之辈。今后还得承您多提点。”因为他是用直立不动的姿势戳在原地来打招呼的，商人根本就没有摆摆手说“不是，你认错人

1 原本是净琉璃剧中的唱段，多表达哀愁、悲痛、殉情等内容。经历了江户时代的发展，逐渐脱离戏剧，变成可以单独演唱的说唱艺术。其中一种形式是两人一组，在繁华街头一边游荡一边卖唱。

2 日本小说家、剧作家、俳句诗人，1937年获菊池宽文学奖。

了”的机会，所以决定先不发作，暂且假装一下这位久保田什么的先生：

“哈哈哈，啊呀，你先坐。”

“是。”

“边喝边说。”

“是。”

“来一杯？”

“是。”

按照这样的节奏，他双肩笔挺，像个士兵似的坐在对方让过来的椅子上，说：“在这种场合与先生偶遇实在是意外，先生每天晚上都来这家店吗？我昨晚才拜读了先生的《千人风吕》这部作品，觉得非常兴奋，虽然有点冒失，但应该给您写过一封信。”

“啊，原来是你，实在惭愧。”

“失礼！我记忆出了点问题，《千人风吕》是葛西善藏的作品。”

“你什么事儿啊！”

在这样交换着驴唇不对马嘴的问答期间，“久保田先生”开始口吐出“精神”、“文类”和“现象”之类难以理解的词汇，并且开始批判起年轻作家阅读力的减退来了。他心想，搞不好此人真的是久保田万太郎，一时间酒醒了三分，忽然觉得无聊极了，踉踉跄跄地站起来说，先生，实在不好意思，我要去旅行了，嗯，一直到把这点钱都花完。说着，露出上衣内袋里揣着的两三张十元纸币，给在座的人展示一番后，走出门去了。

啊啊啊，今晚实在太愉快了。应该去跳河、卧轨、服毒才对，由于为流浪歌手和商人这两个被困在生活牢笼中的人带来了自信，结下了善缘，应该不至于担心要下地狱，可以平静地极乐往生。可是因为自己还身处在叫辆一元出租车[1]就能轻易回到荻窪家里的状态中，决心也变得迟钝，很难真的去死。无论如何，今天一定要去到一个无法挽回的地方，一步也好，半步也好，先逃到东京之外再说。“两块钱开到横滨本牧好不好？不愿意就算了。”“两元求之不得，明白了。”司机说着，汽车就已经在嗖嗖地疾速前进了。他蜷缩在车内的一角，哇哇地放声大哭。事到如今，再说什么“已故的畏友笠井一”也没什么意义了。以上全都是我，太宰治，自己一个人的经历。到了这一步，再装模作样也没有必要。我明天就要去死了。即便如此，我还是想讲一下我最初的创作意图，我本打算一笔一画地模仿日本一位老派大作家的风格来写我太宰治的故事。有自我丧失症之类病状的我，不借他人之口，关于自己的事就一句都说不出来。所谓大树底下好乘凉嘛，我原本想借鸥外，也就是森林太郎笔下那个年少的朋友[2]来塑造“夭折的

1　旧时日本的出租车，东京市区范围内无论路程远近，车资皆为1日元。

2　森鸥外《青年》的主人公小泉纯一。

作家笠井一”这样一个人物，然后再写关于他自缢身亡的前因后果。用这位老派大作家的手记，来构成这篇以《狂言之神》为题的小说。啊，这些事情已经无关紧要。文章呈现出了一种异样的节奏，我顺流而下，一帆风顺地狂奔。这正是如假包换的浪漫主义情调！前进吧，今日不知明日事的生命！汽车在本牧的某旅馆门口停下了。这个女人长得可真像拿破仑。我正这么想着时，就被她带进了卧室，一看，枕边果然装饰着拿破仑的画像。原来大家都这么想啊。我于是觉得愉快和温暖起来。

那一夜，“拿破仑”教给我一些未曾体验过的玩法。

次日清晨，是个雨天。打开窗户，窗外是旅馆的内院。院里生着碧绿的草，像牧场一样。草原的彼方，赤褐色浑浊的海已经被低沉的阴天压扁，连白色的浪头都不太扬起，只是晃晃悠悠地摆动着沉重的身躯。窗下面被扔在草地上那双有点破了的白布袜已经被雨打湿了。我披着一件女式的蓝条纹短褂，无地自容，觉得肋下被小锥子戳刺抓挠似的别扭。要不您去博览会[1]看看吧。南方口音的“拿破仑”君用与昨夜同样娴雅的口吻向我推荐道。繁华热闹的万国旗霎时间在我脑内飘扬了起来。“傻瓜，我要去大阪，去京都，去奈良，去春天翠绿的吉野，去神户……”说到要去尼亚加拉大瀑布的时候，我对着

---

1 指1935年3—5月在横滨山下公园举办的“复兴纪念横滨大博览会”，吸引了320余万人次观展。

她，学着豪杰的样子哈哈哈地大笑起来。“失敬。再见啦。啊呀，下雨呢。”“是啊，给您伞。”她似乎对我颇有好感，于是我花五元买下了伞。我们都放声大笑起来。啊，我想在这里玩，想在这里玩。我头晕目眩，热泪盈眶，不过我忍住了。因为我没有钱了。今天我在厕所里认真地数过，除了两张十元和一张五元纸币之外，只剩下两三元的零钱。我一夜之间就花了六七十元，并且根本想不起是在哪里花的，只剩这么一点短暂的生命，我实在不想在贫穷的感觉里死去。我要把这二三十元就这样毫不在意地揣在裤兜里去死。我要节俭了，我生平头一次地这样想。我撑着花阳伞快步走向车站，把伞扔在候车室里，然后向问讯处打听去江之岛要坐哪班车。问完之后觉得，啊，果然要死还是得去江之岛啊，如此坦率地对自己进行了首肯之后，我的心绪也稍微平静了一点，照着车站工作人员的指示登上了火车。

车窗外流逝的群山、街道和木桥，我每一处都记得。那是七年前的某个时候，应该也是乘这班火车。七年前，我似乎还是一个年轻的战士。啊，我简直丢人现眼得要命。一个月黑风高的日子里，我一个人逃跑了。被留下来的五个同伴都失去了生命。我是大地主的儿子。地主，无一例外，都是你们的仇敌。我等着作为叛徒受到严酷刑罚的日子。等着被枪毙的那一天。但我是急性子，我等不到那一天，我想要自己了断这条性命。我选择了与衰落的阶级最相称的、无廉耻的、颓废的方法，因为我怀着一颗想要被人审判、嘲笑和咒骂的心。我试图与有夫之妇殉情！我，二十二岁。她，十九岁。在十二月酷寒的夜里，她穿着大衣，我也没有脱掉斗篷，我们就这样跳海。她死了。我坦白，在这个世界上我所尊敬的唯一的人，就是这位身材瘦小的女性。我被关进了牢里，以称为“协助自杀罪”的怪异罪名。当时投海的地点就是江之岛。（我想告知各位的是，我不是只因为前述的原因而试图殉情自杀，还有其他种种复杂的内情。原本在下文中，我写了足足三页当晚的追忆，但因为碰到了难以克服的困难，现在全都删掉了。请读者切勿做无用的穿凿，只需期待另一日的故事就可以了。）我从反复煎熬的追忆中醒过神来，在江之岛下车。

这是个疾风劲吹的日子。百来个士兵在通向江之岛的桥边扎堆坐着正在吃盒饭。要是在这么多人的眼前跳海，恐怕只会得到让两三个水性好的士兵扬名的结果。我只瞥了一眼灰色的怒海就迅速放弃了，走进桥头一家四面挂着苇帘，叫作“望富阁”的小餐馆，点了一瓶啤酒，一边像舔舐一样不慌不忙地喝着，一边怨恨地远眺狂风深处黄沙漫天的江之岛。我弓着脊背，单手托腮，就这样瞪了它大约三十分钟，渐渐感觉就这样死掉也不坏。我忽然觉得报纸上的一个个铅字也没有那么污秽不堪了。一名身穿鼠灰色风衣，身材细长的帝国大学学生，平素习惯弓背托腮地发呆，离家出走，企图自杀。就算这样的报道出现在我眼前，我也连眉都不会皱一下。我已经丧失了惊诧的力气。虽然并没有关于我的报道，但东乡元帅的孙女[1]说想要靠自己的双手生活然后不知所踪这件事，不是就被用下流歪曲的方式报道出来了吗？士兵们络绎不绝地走进望富阁，因为太过拥挤，把我的桌子都挤翻了，玻璃杯和啤酒瓶都没碎，可还剩大半瓶的啤酒泛着白泡，全都洒光了。两三个女招待闻声赶来，伸着脖子看，但脸上却是一副司空见惯的表情，一句话也没说。哐当一声的巨响很快消失，店内在一瞬间忽地寂然无声，让我生出像猫走在天鹅绒上一样的奇妙感觉。我想，这是疯癫的前兆了，心情陡然变得险恶起来。即便如此我还是假装悠闲地站起身，结了账走出店门。忽然吹起的一阵烈风卷起了我风衣的下摆，一小撮沙子抽打在我的脸颊上，发出毕毕剥剥的爆响。我猛然闭上眼，对自己说今夜一定要去死，以一种所有人都离我远去，世上只有我一个人存在的心情，久久地立在道路中央。等到我睁眼时，决心就已经全都丧失了，我像幽灵一样迈开脚步，走向海岸。海上天色暗沉，填满了漆黑的云。一个人影也没有，只有一艘已经朽烂的渔船，底朝天地被丢弃在沙滩上，除了它黑色的船腹以外，视线里连条野狗的影子都看不到。我把两手插在裤兜里，在同一个地方磨磨蹭蹭地

1 即东乡良子，为海军元帅、日俄战争的“国民英雄”东乡平八郎的嫡亲孙女。1935年2月离家出走。半个月之后被媒体发现在浅草的咖啡店当女招待。其中《国民新闻》把东乡良子的离家出走与日本华族的风纪败坏联系起来，进行了一系列上纲上线的报道，一时间成为社会新闻的热点。这件事是日本新闻史上知名的“狗仔队”事件之一，使东乡良子本人和东乡家受到了很大的舆论影响。

徘徊，流着油汗搜寻描述眼前大海的形容词。啊，不想当作家了。一番挣扎之后找到的语言，居然只有一句“江之岛的海，实在煞风景”。我转身背对海，这里的海水很浅，就算跳进去，大概也只能没过膝盖吧。我可不想搞砸，不想被当成自杀未遂的人，再另受一份被缚的耻辱。就算搞砸，也得选个万一之后被人发现也能假装没事人糊弄过去的、明智的方法。在那之后，我又徘徊了多久呢？一百多种自杀计划就像两国[1]的烟火一样啪地炸裂又消失，炸裂又消失。在犹豫不决的同时，我已经登上了去镰仓的电车。今夜就要去死了，在此之前的几小时，我要幸福地度过。哐当，哐当，过于钝重的电车摇晃着，不是沉郁，不是荒凉，不是极致的孤独，不是智慧的果报，不是癫狂，不是愚蠢，不是号哭，不是苦闷，不是严肃，不是畏怖，不是刑罚，不是愤怒，不是看破红尘，不是几度秋凉，不是平和，不是懊悔，不是沉思，不是算计，不是爱，也不是救赎，能用词语表达的这些漂亮的感情标签，我一个也没有。我不深刻，我只是一个贱民，瑟缩在电车的角落里眼珠子乱转。途中停靠了一家名为青松园的疗养院，七年前的十二月，一个月光很好的夜里，她死了，我被收进这家疗养院。我在这里玩了大概一个月，等着身体康复。那一个月的生活，虽然只是淡

1 东京地名，隅田川上有两国桥。以隅田川为界，东侧为下总国，西侧为武藏国。自18世纪以来就有在此举办烟火大会的传统。两国烟火大会即现代日本规模最大、历史最悠久的隅田川烟火大会的前身。

淡的，却让我知道了所谓生的喜悦。接下来的七年，对于我来说像是过了五十年，或者不如说是像经历了十种人生似的。遇见了各种各样的困难，每一次，我的忍耐好像都是白费工夫。我无法过理所当然的生活，又一次地，以死为目的独自来到了这个地方。疗养院经历了七年的风雨，行宫似的纯白油漆铁门都变成了鼠灰色。屋顶的瓦片原本蓝得像燃烧的火焰，七年间，它们在我记忆之眼中的色彩愈发鲜明，然而此刻已经变成斑驳的白色，处处用黑色的日本瓦修缮着，污秽而冷淡，正如他人的脸。可在这七年间，我的微笑，我的一举一动，从别人眼里看来，一定比这座建筑更污秽吧。哎呀，奇怪的事发生了。那块石头不见了。“哎，你不觉得这块石头有种母亲的味道吗？温暖、柔和，我很喜欢它。”她曾经一边这么说一边抚触，而我也有同感的那块平坦的石头不见了。我们跳海之前还在上面玩耍过的那块石头不见了。岂有此理，莫非那时，或者现在，是做梦吗？哐当，电车猛地一晃，驶进了一片陌生的村落的树林里。好笑的是，那天我居然还挺健康的，甚至觉得稍微有点儿饿。“随便吧，找个热闹点的地方让我下车就行。”我这样对电车司机说道。结果立即被告知：“那您在这儿就可以下了。”慌慌张张走下车，是长谷。雨打湿了脸颊，感觉变得清爽起来了，我心里挺高兴。两个年龄不小了的女学生，看起来像是因为没有伞而被困在车站里，不过还是在不到一坪大的候车室里优雅地抱在一起有说有笑。如果那个时候我有一把伞的话，或许也就不用去死。就像溺水者的一根救命稻草。水深，且险，我无法站稳。我起誓，我愿意粉身碎骨地效力于你，我会活下去，请不要责骂我。但我有的就只有这把伞而已了。所谓人类的悲欢并不相通，两人中那个身材瘦小、眉如柳叶、轻笑着的女孩，到头来也没能理解我看向她那思绪万千的视线的深刻含义。我嗖地一下转过身，尽量轻快地走进了雨中。不过并没能身轻如燕，反倒差点滑倒摔一跤。好想回头看一眼啊。算了，还是赶紧去对面的餐馆吧。昏暗的餐馆里，墙上挂着理发店似的很气派的大镜子，镜子里的我眼珠黑亮，一副与人为善的模样，看上去倒意外地是种有福之相。我想快点把自己弄醉，于是吃着牛肉锅，一杯接一杯地叫啤酒和清酒，上一杯，灌一杯。你听着，有些事情是糊弄不过去的。镜中，我的脸上飘溢着一丝不属于此世的柔和的忧色，因此它是高雅的，相信我，你绝不应该取笑在这家常客净是车夫马夫的臭烘烘的破饭店里独自夹牛肉锅里的大葱吃的男人的脸，耶稣基督也不过是如此。那天中午我去拜访了作家深田久弥，希望跟他聊聊他写的某一部显然非常出色的小说。相州镰仓二阶堂，我清晰地记得这个地址。我曾经给他写过三封长信，每一次都得到了明朗的回复。于是我不知从何时开始就私心确信这位作家也喜欢我正如我喜欢他一样了。我时日无多，必须幸福地度过，我连一秒钟都没有犹豫就做出了决定：对于那个时候的我而言，实在来不及去构思什么比拜访深田氏更幸福的事了！雨停了，云在天上像箭一样飞奔，不时裂开一处缝隙，露出刚被雨洗过的水蓝色的天空。风仍然强劲，像不法之徒似的在街巷中疾走。我不肯服输地迈开双腿，逆着风大步前行，几乎变成一个令人羞耻的少年。千里之马当有千里之粮，我半是戏谑地对自己说着，来到了香烟店，买了两包很贵的“骆驼”牌进口香烟，像不良少年似的偷偷点上吸了两口，又仓皇地灭掉。一位驼背的小个子巡警背着双手在街道正中央像被风推着一样走过来。我向他问了去二阶堂的路。我可真是慧眼如炬，这位老巡警在令我终生难忘的人中必定会有一席之地。他拉着我的手，几乎像是有些腼腆似的，用口吃的语调反复教我过去的路。嗐，原来二阶堂就在眼前没多远啊。我怀着虔敬的心情向这位衰老而疲惫的生活中人道了谢，按照他告诉我的路线亦步亦趋地拐了三个弯，然后在第四个转弯处轻而易举地就找到了深田久弥家朴素的门牌。这是一栋比我想象中阔气了大概十倍的大宅，我在心里对自己说，这可真是，这可真是……想要止住微笑却止不住。我登上石阶，如字面意思般地大声叩门，并对出来应门的女佣报上了我的名字。运气不错，主人刚好在家。我赶紧用右手的手背拭去头上的冷汗，跟着女佣走进客厅，特地装作优等生的样子拙劣而恭谨地坐着，眺望草坪覆盖的庭院。原来只凭一支笔就能过上这样的生活啊！我轻叹出一口与一个今晚就要赴死的人很不合宜的、安心的气。正有几分狼狈的时候，头发蓬乱、面孔俊美的主人露出了和照片上一模一样的脸。我们交换了初次见面的寒暄，但对我而言却不觉得他是初次见面的人，前年春天忽然与我疏远了的久保君[1]，大概也就是在三四年前的现在这个季节，对我说："昨天我去见了深田久弥，他看起来完全不像任何日本作家，过着一种毫无文学性的家庭生活。因为他性格太过温顺，我在心里甚至暗暗嗤笑他是个荒腔走板的蠢货。这种实在不该有的错觉时不时在心中闪过，简直到了令人困惑的程度。他就是这样的一个滥好人。"此刻我与他对坐，毫无防备地想起了久保君的经历，还有那句"他是个荒腔走板的蠢货"的无礼之言，心里面就像坐上了千石的大船一样安稳，变得相当松懈了。事到如今，已经没什么非要论战一番不可的事了，不管说什么都只会让人觉得麻烦，我们两人就这样干瞪眼看了一阵庭院。然后，我在形而下的意义上充分伸展了四肢，心想，如今这般丰饶肥沃的心情，到底应该去说给谁听呢？保田与重郎[2]一定会含着泪对我一再地点头吧。想到保田的背影，我都觉得要哭出来了。

"小说这玩意越来越难写了，实在让人困扰。"

"嗯，不过……"

我没说出口，不过还是有点不服。我不无宠溺地悄悄对自

1 久保乔，儿童文学作家，曾经与太宰治、檀一雄等人共同创办文学同人志《青花》，后中途退出。

2 文学评论家，与太宰治年龄相仿。对太宰治颓废的创作态度相当不认可。太宰治的友人龟井胜一郎曾说，太宰最厌恶的人物就是保田与重郎，保田最厌恶的人就是太宰治。

己说，《威廉·迈斯特》可不是经过苦思冥想才写出来的小说。嘴上却应承着“原来如此，原来如此”，于是心里觉得平静和温暖了。我忽然想下将棋，便问要不要来一盘，深田久弥微笑着答应了。我想下一场日本历史上最为格调高雅、游刃有余的对局。一开始是我赢，后来因为求胜心切输了。不过我认为还是我棋高一筹。深田久弥，是日本前无古人地提出“精神的女性”概念的第一等的作家。对这个人，以及井伏鳟二[1]，都必须更重视些才行。

“算是一比一吧。”我一边把棋子收进盒子一边说，“改天再决胜负。”

这一定会成为深田氏日后回忆起太宰时的一大憾事。“一比一，当时说改天再决胜负，我一直很期待来着。”

在来这里的路上，我原本做了邀请深田氏出去散步并且一起喝很多酒的邪恶打算，并且早在来之前就给他准备了几句梅菲斯特[2]的耳语，然而，一碰触到这样宁静的生活，我就像把一瓣樱花放在了掌心里一样拘谨，大气都不敢出，渐渐觉得呼吸困难，连充分伸展的四肢都要萎缩掉，然后发出咔嚓一声轻响凋落下来。我什么话都说不出，就像一头已经被驯服的

---

1 作家。太宰治文学上的师傅。太宰治在进入东京大学之后即拜井伏为师，1933—1934年太宰治居住在荻窪时期，曾与井伏鳟二等人组成“阿佐谷将棋会”，时常一起下棋饮酒，私交甚笃。

2 歌德《浮士德》中魔鬼的名字，浮士德必须将自己的灵魂抵押在梅菲斯特手中，只要一停止对生命的追求便是死期来临。

雌豹一样，默默地告辞了。庭院里盛开的桃花为我送行，我忍不住回头看了一眼，但看的不是花，而是一截在风中寒碜地摇摆着的绳子，挂在一根怒放的桃枝上。要把这根绳子装进口袋里吗？我站在大门外的石阶上，凝视远方的地平线，茜色的晚霞之美沁入了五脏六腑，那一刻，我渐渐觉得落寞和忧伤起来。要转回去对深田久弥和盘托出，然后两人一起抱头痛哭吗？混账东西，臭不要脸。我在这间不容发之际忍住了。如果把两根鞋带系在一起还是太短的话，我还有条二尺来长的裤带呢。下定决心之后，我像个江洋大盗一样阔步走开，在黄昏的街巷里迎面切开晚风。路旁白色的日莲上人[1]道旁说法纪念碑忽然跳进我的视线，"时不利兮"这样一句没头没脑的胡话不禁脱口而出。嗯？我略微吃了一惊，难道我是因为败给了这个季节才去寻死的吗？不是吧，不会真的是这样吧？我伫立在原地诘问自己。得到"不是"的答案之后，才又一次慢吞吞地迈开步子。如果确信死就能得到彻底的安宁，就毫不犹豫地去死吧！我没有什么罪过，只是因为我聪明到找不到比自我了断更能表达自己意志的方法，因为我怀着深沉的慈悲，怜悯这群弱小如一掬清水般的青年们。去死比较好，这绝不是恶魔的耳语，为了证明此事，我还准备了一整套颠扑不破的哲理体系。对于那天晚上的我来说，自缢几乎可以算是一套十分健

1　13世纪镰仓时代的高僧，日本佛教中法华宗、日莲宗、日莲正宗等宗派奉其为祖师。生涯早期曾在镰仓街头传教。

康的处世之道，是经历过缜密的利益计算后的结论。我是因为无法勇猛地活着才去死的。如今已经不再需要疑问。通向死的是一条笔直、明快、完美的模具，我只要像熔化的铅一样，被哗地一下倒进这个模具中，这样就可以了。至于为什么要选择自缢这种方式，那绝不是在模仿斯塔夫罗金[1]。嗯，实话说也可能是有点。自杀病毒的传染速率足有黑死病的三倍，自杀波纹的扩散速度足有王室丑闻的十倍。那种用肥皂涂抹绳索，耐心细致地奔赴极乐往生的做法，我是极为赞成的。根据我在学医的外甥的说法，近五年日本上吊自杀的死亡成功率高达百分之八十七，十分可靠，而且除此之外似乎还没什么痛苦。我服药失败了一次，跳海又失败了一次，对我这个日本的斯塔夫罗金君而言，选出自缢这个手段，根本连在房间里踱来踱去苦思冥想的必要都没有。我本想住进旅馆，洗干净了身体，然后换上旅馆里崭新的浴衣，干净地去死，但又担心我这具尸体会给那栋建筑物造成无可挽回的损害，让那个老实本分的家庭，大概有五六口人，沦落到悲惨的境地。我来到镰仓站前繁华的街道入口处，然后又忽然转过身，沿着来时那条昏暗的小路向回走。车站附近酒吧里的广播像在追赶我似的，告诉我现在是八点差五分，台湾地区有阵雨，“日本哎嗨哟”节目的实况播送到此结束。这是一条无人的小径，如果在这里手足无措地待到

1　陀思妥耶夫斯基《群魔》中的主人公，最后吊死在一根结实的丝带上，上面还涂了一层厚厚的肥皂。

太晚，很快就会被当成是可疑的人。好事赶早不赶晚！这样一句颇有幽默感的对白浮现在我心中，接着想起了两三个骨肉至亲的事[1]，沿小径顺势拐进了路旁的杂木林。这是一片坡度舒缓的山丘，风直到现在都没有停，吹动杂木的枝叶飒飒作响。我觉得很冷。夜色越深，我被人怀疑的可能性就越大。我害怕遇到人，于是向树林更深处走去。就这样一直走着，直到鼻子尖几乎碰上了一丈来高红土的悬崖为止。抬头看，悬崖上面好像有神社，立着一座跟我身高差不多高的小鸟居，常绿树枝繁叶茂，优雅地召唤着我。我拨开丛生的芒草和蔷薇，想找能通向崖上的路，但怎么也找不到，最后只能用手指抓着悬崖的红土爬了上去，默默地念了两遍："我是没有月纹的熊，我是没有月纹的熊。"终于爬到了悬崖上面，眺望脚下，镰仓的人家灯火稀疏，仿佛触手可及。我没有用药物麻痹头脑，也没有借酒壮胆，裤兜里甚至还剩了二十多块钱！请看吧，我是以一丝不乱的完整的意志赴死的，我的智性直到死前的一秒也未曾蒙上一丝阴霾。不过我又有点偷偷地在意起自己的形象来，我想留下一个清洁而忧郁的身影。熊在慢吞吞地寻找着它的场所。我尝试了一根手臂粗的树枝，一瞬间，心中出现了紫藤花，希望破灭了，果然还是不行，别说忧郁了，简直像个弱智。而且跟传说中不同的是还痛苦得要命。我没有防备，哇地大叫了一声，

1　太宰治的父亲源右卫门、三哥圭治和弟弟礼治均早死。

回声响彻山间。我对自己说，果然没那么舒服啊，然后莫名地眷恋起了自己的声音，泪水一下子就忍不住涌了出来。临死之前，各种花的影像在我的心里像走马灯一般轮转，虽然很是热闹，但我已经彻底完蛋了。我像一只被钓住的壁虎一样，在半空中徒劳地手刨脚蹬，正为身体的这副蠢相无语时，我体内那位心胸狭窄的作家的脸冒了出来，说："人所能做出的最悲哀的表情既不是泪水，也不是白发，更不是紧蹙的眉头。而是在苦恼最深的时候自欺欺人的微笑。"我气若游丝，感觉自己每隔三十分钟才能喘上一口气，哭声变得像蚊子叫一般低不可闻。可随着痛苦越来越剧烈，头脑反倒愈发地清醒，丝毫也没有要丧失神志的迹象。这样一来岂不是要束手等待喉头的软骨被勒碎才行了吗？啊，我选了个多么费劲的死法啊。陀思妥耶夫斯基根本就不知道缢死的痛苦。我睁大了眼睛，一门心思静待自己失去意识。而且我很清楚自己那个时候脸上的模样，宛如亲眼所见。脸涨成猪肝色，嘴角两边吐着白沫。我上中学的时候在观看柔道比赛时就见过跟现在的我一样鼓胀着的河豚脸。当时我觉得简直滑稽透顶，人到底有什么必要弄到自己口吐白沫呢。一想起那位柔道选手，我顿时觉得自己深受侮辱，气得发抖。不吊了！我伸出手臂，不管三七二十一抓住眼前的树枝，腹腔深处爆发出野兽一般的咆哮。这是一个一根进口香烟与一条人命等价交换的故事，我就是这个样子的。我取下绳子，就那样匍匐在原地，像死人一般趴了大约一个小时，连像蚂蚁一样动动腿脚也做不到。忽然，我想起了自己口袋里很贵的烟，一下子就高兴了，像弹起来一样霍地坐起，用颤抖的手撕去香烟的包装，叼了一支在嘴里。我的背后传来了窸窣声，沙沙作响，好像有人走过。我一点也没觉得害怕，耽溺于烟草的馨香中。慢慢回过头一看，只有那座小小的鸟居沐浴着月光，呈象牙白色浮在原地，除此之外连鸟也没有一只。啊，我知道了，刚才那阵动静想必是死神逃走时的脚步声。虽然死神大人有点可怜，但香烟的味道真好，不当大作家也没关系，不写出杰作也没关系，只要能在躺下前来一根，工作后再来一根自己喜欢的烟就行了。我觉得，这样既可耻又甜蜜的小市民生活，实不相瞒，我应该还是可以轻易做到的。"世俗之物的纯粹度"，我陷入了对于我这个青绿田野中的丧门星而言非常不适合的题目的思索当中，眼睛则不住地东张西望，搜寻着深田久弥家的灯火究竟在哪里。

啊，出乎意料，竟然是这样一个幸福的结局。我不失时机地就此搁笔，而读者也可以如释重负地微笑起来了吧。尽管如此，读者还是提心吊胆了很久，难免要小声嘀咕一句：

什么玩意儿啊！

虚构之春

十二月上旬

某月某日

“敬覆。得知您吩咐的五百张稿纸您已收到，晚生亦感安心。每蒙关照，铭诸五内。而且，上次来信中您曾剀切晓谕：不要装作一副跟文坛混得精熟的样子。纵令晚生愚钝，亦有当头棒喝之感。拜读当天，一边蹬自行车一边思索了整日。不知何夕恐将遭逢您和吉田先生此般逆耳忠言，此事晚生或多或少已有预感。即便如此，来信仍已欣然拜读。并要汇报，此番惹您忧心之事，晚生正善加改正。此即前述所谓预感，想必您能首肯。无论如何都要再度表明的是，您的来信，晚生已欣然拜读，请您万事包涵，唯勿以晚生为可厌可憎之辈，但望有朝一日得您衷心赏识。您向吉田先生问候时务请转达，希望即便他与晚生会面，晚生亦能面无羞愧地在无言中与他互通有无。另有一事，或许您已有所耳闻，据《英雄文学》杂志社的秋田先生所言，上上月收稿的四位所谓新人作家的作品当中，尤以您的大作冠绝众人。将来若有需要，还望再蒙照拂。我虽然只是一介商人，对人却爱憎分明，对于我认可的人的好事，就像自己的事情一样欢喜。由于我非常喜欢您，所以要抱着共享喜讯的初衷，以及若前述秋田先生的话您此前还未有耳闻，或许对您的工作多少有所帮助的愿望写下了这封信。晚生知您素有洁癖，对此等做法或又将雷霆震怒，但仍要斗胆进一言，我绝无他意，若您心中恼怒于我，也只是您的误解而已。我所说的讨厌的人，是身在文坛之中却全无艺术家之自觉之辈，绝非指不买我家稿纸的人。此间绝无丝毫功利之心，希望您多少再买一些——虽然想说的话还有很多，但恐我文笔拙劣，又招您误解，加之明天还要继续赚钱谋生，今日且就此搁笔，余话留待雨天闭店时再与您详说。又及，秋田先生的事，我系从深沼家处听来，若让他得知我写这封信给您，必定要怪我多嘴多舌、搬弄是非，这就有违我的初衷了，对秋田先生也觉得过意不去。请您心知肚明便好，切勿传扬。不过，我或许也会与我那两三位作家常客漫不经心地提起据说太宰老师的作品评价是最高的这种闲话。就算我深刻领会您让我少对作家说长道短的批评之意，如此行事也仍有我的一番苦心。这是我前面说“想说的话还有很多”的原因。无论如何，请您务以保重身体为要。拙文难尽之意，还望您能明察。十一月二十八日深夜二时，田所美德致太宰治。趴着写于能听见十五岁、八岁和一岁的三个孩子熟睡鼻息的被窝中。”

“敬启。《历史文学》刊载的大作已拜读，甚感愉快。上田等人是在下自一高时代就有往来的旧友，然而其为人实在讨厌。然而有个叫吉田洁的家伙却在十一月号中偏袒上田，说了些有的没的。若您有心，即使匿名也可以，能否就此事说上几句？十二月号眼下已在编辑流程当中，若能在一两天内收到您的大作便再好不过。请您务必应允。十一月二十九日，栗饭原梧郎致太宰治。我们绝对严格保密，您能用实名撰稿更佳。”

“敬覆。《盲草纸》修改稿已收。承您用心订正。目前正待校对。最近非常繁忙，请您理解。匆匆搁笔。相马闰二。”

某月某日

“近来你好像莫名其妙地嚣张起来了，要点脸吧。（此处空一行。）事到如今还跟别人比个啥啊，简直跟池塘里的石头上抻着脖子的乌龟一个德行。（此处空一行。）收到稿费时再来吹吧，我比你还期待呢。（此处空一行。）充其量不过是两三个短篇的约稿，就以为自己是什么著名作家太宰治，实在没出息。我看你已经不知道身为无名之人的快乐了吧。吉田洁致太宰治。邓南遮在湖边默默无闻地隐居了十三年，那才是美谈。”

“不记得哪本书了，在评论你的段落中说什么傲慢的艺术云云。评论者认为，你的艺术正是在丧失的那一刻才变得更为意味深长云云。我不同意这个观点。在我看来太宰治不过是个哭闹的孩子，这也是我喜欢太宰治的原因，暴论请见谅。然而这个哭闹的孩子却正在咬牙忍受着他人的口水。——许久不见了，‘你已非昔日之你’了吗？林彪太郎致太宰治。于世田谷。”

某月某日

“师兄所著短篇集的修改稿，我在年内应该或多或少可以开始看一点。对师兄的厚爱我深表感激。也觉得或许我可能会辜负师兄的厚爱。总而言之，前后闲话不提，只说正事。就此搁笔。高折茂致太宰师兄。于大森书房内。”

“最近在读绿雨[1]的著作，其间又读了文部省出版的明治天皇御笔集。我希望能读一读日本民族中最为血统纯正的作品，于是翻阅了历代皇室的著作。到头来我认为明治以来大学里的庸俗学者对于日本艺术血统问题的意见应该全部否定。你应该向来都是笔不藏锋的人吧？我为了给你写那第一封信，用剪刀剪细了笔尖，当然这个剪刀绝不是审查官的剪刀。而且，你知道是‘达斯曼’不是‘德尔曼’[2]吧？所以我对于你的作品，就不去考虑‘曼’这个字上的加减乘除了。所谓有自信，不就像

1 即斋藤绿雨，明治时期的日本小说家和文学评论家。曾与森鸥外、幸田露伴共同撰写文艺评论专栏《三人冗语》，代表作为《油地狱》等，以尖锐辛辣的讽刺文风著称。

2 “达斯曼”是海德格尔的哲学概念“此在”的音译，写信者似乎在前一封信中将其误写作了“德尔曼”。

建造空中楼阁一样愉快吗？所以，为了凸显你的笔锋，我是会没有一点迟疑地使用我的剪刀的。我也会自称是充分理解了别人的。据说建造法隆寺宝塔的工匠，直到围挡拆除的那天都无法确认自己究竟能否建成。这就和自信一点也不沾边了。不仅如此，就算他完成了建造，随着围挡拆除，他的宝塔也就倒塌了，最终还是要发疯的。这种艺术体验上人工的极致，恐怕你是能理解的。因为这个缘故，你就连每个表情里都充满着要表达的意识，窃以为这恐怕是你近来唯一值得引以为傲的事了吧。听说你不仅身体抱恙，而且抽烟喝酒。我觉得你还不如以早晚都要上厕所这件事为傲呢。若不涵养此般精神，便仍然不可能创作出日本新文学的杰作。请你务必把自己的自尊心提得再高一点。永野喜美代致太宰治君。”

“才感觉到一点兴致，他就为了确认这兴致而放声大笑；才想起一点回忆，刚流出一滴眼泪，他就心想就是此刻，于是飞奔到镜前，出神地望着自己充满悲叹的姿容，顾影自怜起来；因为一点微不足道的女人的嫉妒而稍微受了一点擦伤，他就像被仇家的凶刃刺杀了似的扬扬得意；欠别人区区两万法郎的钱，他就敢放言‘被百万法郎债务所苛待的天才之命运是何其悲惨’。他是伟大的懒惰者，抑郁的野心家，华丽的薄幸儿。名为怠惰的青白色太阳一刻不停地照耀着他，把上天赋予他的才能都蒸发和蚕食掉了一半。在巴黎，或者日本的高圆寺那令人畏怖的生活中往往能够见到的这种半吊子伟人当中，塞缪尔[1]正是能写出这种‘失败的杰作’的人。他是一个比起创作，毋宁说是为人处世中闪耀着诗性光芒的病态的、空想的人物。素昧平生的太宰啊，原谅我的无礼冒犯，对此你应该早就心里有数了吧？你想要抓住波德莱尔，于是就红着两眼拼命追赶波氏作品中的人物。我是花，也是花匠；我是伤口，也是刀刃；是打人的巴掌也是被打的脸颊；是四肢也是酷刑台；是死囚犯也是行刑人。这，是不可能的。不过也难怪，称你为作中人般的作家，然后在背后暗中交换着苦笑的大师级作家最近好像变多了呢。万事拜托了，太老师。呵呵，呵呵呵，知名不具谨呈。笑个屁，我金森重四郎行不更名坐不改姓，今年三十有五，而且还有老婆。别看不起人了，你到底想干什么？蠢货！”

“敬启。伏惟贵体康健幸甚。本报眼下正以下述题材向您请求投稿，百忙之中请多见谅详请参阅下述事项万望您答允。一、截稿日：十二月十五日。二、篇幅要求：四百字稿纸十张。三、题材：以‘春之幽灵’为主题的幽默暖心小故事。稿酬：每页八元。鄙人资历尚浅，失礼之处在所难免，请您多多理解多多包涵务必应允。十二月九日，《大阪沙龙》编辑部，高桥安二郎。又及，作为插画的示例，同封寄去三位画家所绘的花鸟图，若您在选定风格的基础上指示大致的图案内容，幸甚

1 即塞缪尔·柯勒律治。

至哉。”

某月某日

“前文略。随信寄去剪报，请您树醉[1]。至于为何要剪这种东西，我自己也不是很清楚。今天晚上我花了十二元买了一盏法国产的台灯，丝质的灯罩红绿配色，画着百来只正在嬉戏的青蛙纹样。我把台灯放在书房的桌上，久违地有了读书的兴致，于是端坐在桌前，首先整理了书桌的抽屉，翻出了骰子，于是我在桌上就扔了两三次，嗯，确切地说是三次，接着我又找到了一支一头有毛茸茸的白色羽毛的竹制挖耳勺，清理了自己的耳朵眼儿，然后又翻开了一本里面写着二十多首爵士歌词的小本子，小声唱了一会，唱完之后又在抽屉的角落里翻出一粒花生，扔进嘴里嘎嘣嘎嘣地吃掉，我就是这样一个可悲的人。同封的剪报，也是这个时候翻出来的东西，我总觉得这似乎对你有用。我希望能先见到白发的你再死。今年秋天，我读了你的小说。虽然这么说有一点奇怪，但我在朋友那里读到你的小说，然后喝了酒，开始哇哇地放声大哭，后来一边走在路上一边大声地哭着回到家，用棉被蒙着头躺下，然后就睡着了。早晨醒来就把这事忘得干干净净。今晚看到这些剪报，就又想起你来。具体的理由我自己也不能完全理解，总之把它们寄给你

1　应为“恕罪”，此处似为写信人精神状态不稳定，有意无意地写错。

吧。‘慢性吗啡成瘾。无痛苦根治疗法发明完成。主治：慢性鸦片、吗啡、羟考酮、庞特朋、纳可朋、东莨菪碱、可卡因、海洛因、庞欧品、阿达林等的成瘾。由白石国太郎医生创造的新·朋塔金。资料免费赠阅。’‘曲艺舞台的背景，大约十张就够。旷野、墙外、海岸、河边、山中、庙门、贫家、豪宅、洋房等，无论戏码，所有狂言剧均可使用。所以壁龛中的挂轴一年到头都用朝阳和仙鹤。至于警察局、医院、办公室、会客室之类的，就用洋房那张凑合一下就能来得及。此外……’‘在以卓别林先生为主席创立的荒诞喜剧俱乐部中，只要提到下列三十种事物就立刻开除：四十岁、五十岁、六十岁、白发、糟糠之妻、借钱、工作、少爷小姐的思想等。’另有两张，是讲谈社的图书广告。近来你出版短篇集的时候，可以剽窃这两篇广告文案，还请一读。嗯？是不是还挺不错的？（别胡扯了，从一开始你就根本没在听。）小看我可是万万不行的，我连你右脚小趾上有半片黑色的趾甲的事都知道得很清楚。这五页剪报，你可以悄悄收进那个红色的文具箱里，怎么样？不行不行，用蛮力撕掉它们可不行。你认识我吗？不，这不可能。我可是二十九岁的医生，新·朋塔金的发明者，而且还是永远的文学青年，白石国太郎医生呀。（我自己也觉得这笑话一点也不好笑，要逗人发笑可真不容易。）虽然白石国太郎纯属玩笑，但无论何时我都恭候大驾。虽然我看起来像个傻瓜，但在现实社会中好像还算是挺能干的。只要您一通书信，我必将在我力所能及的范围内全力以赴地为你奔走。请你更以自己的才能为傲吧。白石生致太宰治大师。于芝区赤羽町一番地。从我的真情实感出发，称你为大师没有一点不自然之处。所谓‘大师’，从前似乎是笨蛋的同义词，不过现在好像已经不是这样了，愚以为这样最好不过。”

“治兄。兄的口碑实在上佳，小弟曾向某文化刊物提出有没有什么随笔类文章可给你写，对方极感兴趣，反而成了他们拜托我一定要写上一篇。从文坛新人的立场来看，这一类的东西，写个七八页就可以，分两三天刊登出来。请以最时髦的主题来撰写。截稿日为后天正午，稿酬一页两元五角。期待佳作，过两天找你去玩。我提供素材的话，你能写政治小说吗？对你来说还是有点勉强吧？东京日日新闻社政治部。小泉邦录。”

“谨启。晚生与您素昧平生，此信失礼至极，有幸得您过目。依晚生所见，日本人之中，唯有宗教家内村鉴三、艺术家冈仓天心和教育家井上哲次郎的文章尚能一读，除此三氏之外，其余人的文章皆粗鄙不文，故晚生一向专读西洋书籍。最近有幸拜读了您的大作，发现其中蕴含了堪称举世无匹、生龙活虎、间不容发、危若累卵、缥缈无常的高尚之美，之后即成您的忠实读者。最近听闻您的著作集《晚年》即将付梓之事，对该书将由何处出版，收录何等作品，以及您对集中诸作品有何等感怀等深感兴趣，还望您能受累拨冗答复。同封附上三分钱邮票二枚，明信片一张，以封口书信或明信片回信均可，随您方便。此外，邮票及明信片若您不用，烦请原途寄回。清濑次春致太宰治阁下。又及，本地有处被称为成田山新胜寺的名胜，距三里冢不远，若您赏光前来，晚生可做向导。”

某月某日

“对我们这些朋友，你就算不那么装模作样，对你又能有什么损失呢？你那封放眼日本全国也算罕有的、愚劣冥顽的来信，我刚刚看了一眼。太宰，你想干什么？你说‘我原谅你’又算是什么东西？看得我呵呵冷笑，两手把它揉成一团从窗户扔出去了，正好挂在泡桐的树枝上。我是比你更为优越的人，你，正如你自己所说，就是死囚犯在去刑场路上唱小曲，强作淡定地活着罢了，而我则是以更加正当的欲望活着的。我一向认为，你的所谓文学，不过是要给尖嘴猴腮的年轻人看的滑稽把戏而已。你不过是区区一个贵族，而我，则能意识到自己是一位王者，除了让我觉得比自己低贱的人写来了一封莫名其妙的信之外，我对你的来信再无任何感想。我从不曲笔遮掩自己的感情，你给我好好看着，我居于天位，而你不过是一介人爵。诸如‘我原谅你’之类话剧腔的台词，像你这样的人还不配对我讲。你对自己的身份地位，实在是有一些狗屁不通的误解。不过，你还年轻，不能理解的事情也还有很多，我也有过像你一样的时候，所以也就不说什么了。对于你这次来信的行文，我尝试做了种种解释，尤其不能容忍的是你说‘仅此一次’这种夸张的自以为是。原本决定彻底不理你的，恰好今天坐在桌前工作的时候忽然有种或许可以写个回应试试的感觉，于是写下这封回信。我已经厌倦了跟二十来岁的人再推杯换盏地喝酒了。你现在是二十九岁零十个月吧？艺妓也不会叫一个，围棋也不会下一盘，就像一柄挂在墙上的长枪一样不中用。我虽然无论何时都会奉陪到底，但你要知道，你远远比不上佐藤春夫。我愿意为那个人去写一篇《春夫论》，然而对你，就总是非得我拿自己来现身说法才能收场。你跟长泽传六一个德行，当然——没有他那么离谱，但你仍然不明白我的价值所在，而且一次也没抓到过我真正的痛处。也就能感觉到仓田百三，不对，好像是山本有三[1]，谈论‘宗教’时的那个程度吧。我想我看了你写的《达斯·格麦内》[2]，不过我倒并没有觉得生气。然后，既然你说到‘我原谅你’，那我甚至可以当你是把‘请您原谅我’表达成了这个样子。对于这件事，在那之后过了很久，我在路上散步的时候还是会忽然‘啊哈’地明白过来。不过，那不过是我渐渐原形毕露了而已。那天晚上，你指出了我这个性情温和的人身上一个明确的缺点。你所无法原谅的那件事，正是我的缺点之一。你说‘我无法像太阳般活

1 仓田百三，日本作家、佛学家；山本有三，日本作家、政治家。两人除了名字都以“三”结尾之外无甚共通之处。

2 太宰治1935年发表的作品，标题既是德语“通俗性”的音译，发音又与青森方言“因为是这样，所以不行”相似。

着’，那你就来跪在我脚下，承认那个你无法原谅的事吧！你在这种时候，完全是以一种非艺术性的偏执，毫无理由地颠倒黑白。你倒是温良地、坦率地说来听听，没有别人会听到的。你不如打生下来头一回，不说谎也不嘴硬地，告诉我事实到底是怎么样的。你不知道堕入了什么错觉之中。像利用太阳一般利用我吧。这封信很可能就是我跟你最后的往来了。我厌恶固执的人，固执的人除了被无视之外再没有别的价值。这实在太土了。你到底无法原谅什么？别害臊，大胆地说给我听听吧。虽然很可耻，但是是你在迷恋我。怎么样？别再说‘我原谅你’这种风流寡妇才会说的台词了好吗？我决定了，如果你不全身心地服侍我，我就再也不去船桥[1]的大本教[2]了。我们这两三个朋友，平素里是怎么为你尽力的？是怎么忍让你的？是怎么省吃俭用地给你花钱的？我实在很想把真相告诉今天的你。你知道来龙去脉之后，应该会去卧轨吧，要么就是流着泪亲吻我泥泞的双脚。如果你还留有一丝一毫的诚实的话！吉田洁。”

中旬

某月某日

“敬呈。此前实在失礼。《小丑之花》已迅速通读，相当有

---

1 属千叶县，在东京东郊外。1935年前后，太宰治曾经短暂地居住在此。

2 日本的神道系新兴宗教，以敛财和教徒对教主的绝对服从闻名。此处“船桥的大本教”似讽刺性地指称太宰治的住所。

趣，我的评价当然是在及格线以上。我觉得可以把篇中一段构成关键段落的文字原封不动地挪过来，作为这篇小说的评语：‘并不说出任何真实。不过，听上一会，却能偶尔拾得一些意料之外的东西。他们那些装腔作势的话语中，有时会发出令人感到震惊的真诚的声音。’我因为这虽然幽微，却可怜可爱的‘真实的荧光’而感到欣喜。或许所谓‘真实’正是非如此不可言说之物。祈祷病床上的作者自爱之余，慵斋主人特呈此书。望代为转交。十日深夜，不，应该已经是十一日凌晨两点了。深沼太郎于吉田洁砚北。”

“怎么样？这样你就可以相信了吧。这是现在我正在费尽心思给你写道歉信的原委。太阳的背后有月亮，你也写个道歉信吧。吉田洁致幸福的病人。”

“谨启。百忙之中打扰不胜惶恐。本报新年文艺版现征集大作一篇，条件如后，望您不吝赐稿。一、给前辈的信。二、一共三页半。三、每页两元多。四、本月十五日。妥否？麻烦以同封内的明信片寄回您的答复。长泽传六致太宰治阁下台鉴。于东京市曲町区内幸町，武藏野新闻社文艺部。”

某月某日

“明信片收悉，感谢。元旦号的稿子万事拜托。若时间允许希望您能写到十页以上。（此处空一行。）日前我见到了小泉君，他还是那么有活力，那种阳刚的、野性的温情，着实令人觉得温暖舒适。我希望他能大展宏图。（此处空一行。）我从明天开始要走访西津轻、北津轻两郡的歉收地区。今年青森县农村的状况，可以说就是‘悲惨’二字本身。令人不忍目睹的生活状况，结队成群地存在着。（此处空一行。）您的尊兄已是县议会里的红人。近来愈发具备青森的重要人物应有的派头，相当出色。待人接物也日渐圆熟。照此发展下去，在不久的将来，定可以成为了不起的人物，对社会亦能做出贡献。他二十五岁就担任了镇长、银行的行长高管。二十九岁进了县议会。他不仅具有男子气概、头脑聪明，而且总在毫不懈怠地热心学习。我想，作为这样一位人物愚弟的太宰治，应该也相当痛苦吧。适逢三日深夜细雪纷飞。 田吉太郎致喜欢蓟花的太宰治。于《北奥新报》整理部。”

“太宰老师，报告一件大事。今天从学校回家的路上我去了书店，在那里看了大约一个小时书，然后发生了让人不安的事情。我翻了讲谈俱乐部的新年附录，全国富豪排行榜，我家和你家都从榜上消失得一干二净了，实在烦人。你家有一百五十万资产，我家是一百一十万，直到去年还榜上有名呢。我每年都去看那个榜单，即使我家老爷子总说家里没钱、家里没钱，我也觉得很放心。不过这次好像是真的了。是不是得想点什么办法啊？真愁人啊，愁人。清水忠治致太宰老师？是这样写吗？”

某月某日

“前文略去。尽管这么说有点奇怪，但你不是需要钱吗？以二百八十元为限，假如你在《东京朝日新闻》的杂事广告栏刊登一则小小的启事：‘寿无限寿无限的笨蛋，想吃想喝一百元（或者两百元也行，看你需要），吃红薯吧！’见报当天，我准把钱给你寄过去。五年前我们还都是帝大学生，我还记得你躺在藤萝架下的长椅上一脸幸福地午睡的样子呢。我的名字叫作乌龟哟乌龟哟。”

某月某日

“今天拜读了你令人十分不安的来信。你说你担心自己发烧，却还喝啤酒，我心想这不是你自找的吗？似乎教会你喝酒的人是我，万一你喝酒耽误了事情，岂不成了我的责任？真让人操心。在完全恢复健康之前你就先别喝了。按理说在喝酒这事上我没什么资格说别人，只是想劝你自重。听说家里给你的汇款减少了，减少了就勒紧裤腰带过日子，那也没什么大不了的。没有什么比生活这档子事更加能屈能伸的了。你现在稿子也渐渐能卖得出去了，重要的是尽量多写，积累起来投给大杂志社。或许你有因为在意他人的评价而心中落寞的时候，但人要是脸皮太薄是会完蛋的。等到了春天就搬到房州南部，看着渔民们的生活疗养身体，我觉得这好像也是一个办法。等我工作暂告一段落，就跟萱野君一起去看望你。有一阵没见了，不知萱野近来如何。今天直到现在我还在通宵工作。后文略去。早川生致津岛修二先生。”

某月某日

“尊稿昨日收悉。日前你寄来明信片是何缘由我尚不清楚，昨天读过手稿总算明白其中的意思。关于我前几天的约稿信，如果有态度不妥之处，请你见谅。事实上，由于那封信是在非常繁忙的时候，社里同事分工合作一起写了近二十封（包括前辈作家和新人），实在不是单独给你写私人通信的合适时机。稿费也一样，如果不写明，反而不合规矩，所以给每个人的信里都写了。对同时约稿的咱们共同的朋友菊地千秋君，以及其余诸君，我们都写了一样内容的信件，仅此而已。如果能给你单独写一封个人立场的信件固然是好，但如前所述，实在没有那个时间。我做梦也没想到写那封约稿信反而会让你觉得心里不舒服，再说了，真有人会蠢到心怀恶意地那样向人拜托事情吗？我只能觉得是你太神经质了。如果你对我还有点朋友之情的话，这种芝麻绿豆大小的事，你完全没有必要如此恶意曲解不是吗？你所痛骂的那种所谓态度问题，如果我平时真的有过。（当然，对你从来也没有，那封信，如前所述，也不是以那种态度寄出的。）那我必定善加反省，并且思考自己的生活。实际上我也确实在思考中。如果你真是个艺术家的话，应该很容易就能明白写那种约稿信的人和收那种约稿信的人相比到底谁过得比较凄惨吧？总而言之，那份稿子完全是在你多心的情况下写出来的，虽然很过意不去，但能否请你重写一篇？如果你无论如何都不想写当然我也没有办法，但我实在厌恶因为这种误会和揣测跟你吵架。可能你认为是我先侮辱了你吧，但总之我被你稿子里体现出的极端的轻蔑所伤害，昨天几乎一夜没睡。希望你能将关于我之前那封信的误解一扫而空。然后也希望你能把稿子重写。这是我的请求。虽然你因为这种事情（然而这是你的误解）非常生气，但如果这种事件件都要置气的话，像我这样的人，一天要生的气数也数不过来了。正如你努力活着，我也在努力活着。下次见面的时候，我希望能聊聊你我之后要做的事情。虽然我去探望过一次病床上的你，原本也有很多话想说，但我实在是太忙了，而且似乎有点神经衰弱的前兆。马上就要过年了，或许会有机会从容地拜访。昨夜见到了永野、吉田二君。希望你不要情绪激动，努力精进之余保重身体。这封信是我在社里上班时偷空写的，言不尽意之处甚多，但仍盼你能回复。长泽传六于武藏野新闻社学艺部。又及，如果你还能重写稿子的话二十五日之前都可以，同封内请附照片一张。种种要求，多有烦扰。文章凌乱，字迹潦草，尚请见谅。”

“近来每夜都做与太宰兄有关的令人毛骨悚然的噩梦。你还好吗？我发誓，不会对任何人说。但你是不是有什么痛苦之处？做那件事之前，拜托了，一定要告诉我。我们一起去旅行吧，去上海，去南洋，去任何你想去的地方吧。只要是你喜欢的地方，当然津轻还是算了，无论是什么天涯海角，我也一定会喜欢上的。对此我一点也不怀疑。区区旅费我想办法赚来便是。如果你只想一个人旅行的话，那我不陪你也行。你现在没干什么傻事吧？一切都好吧？快，给我一个明确的答复。黑田重治致太宰治师兄。”

“贵翰已拜读。得知你病已大愈，无上欣喜。从土佐归来后，一直俗务缠身，未能探望。既然你身体向好，似乎也无甚大碍。在下今日仍在拼命赶写十五日截稿的小说。听闻深沼先生对你的新浪漫派小说甚是推崇，而你也由此锐意奋发，更是喜上加喜。只要有自信，一切都会迎刃而解。在下近来深切地认识到，无论是文坛还是社会，实际上都是自信心的问题。而能给人带来自信的，是工作能否干得漂亮。这是一种循环理论。所以，胜利属于有自信的人。家内犬子名为大介，是我在旅途中时老婆自作主张取的，在下相当不中意这个名字，但她已经向左邻右舍宣扬出去，所以我也只能忍气吞声。后略顿首，万务保重。萱野君已从旅途归来。早川俊二致津岛君。”

某月某日

“虽然你说让我不要回信，但我还是回了。一、长篇的事。不用说，我也觉得火候未到。原本想直接当废纸卖了的，但暂且还是算了。跟这封信一起，我也给对方写了表达延期的意思的明信片。反正也是明年的计划，直到明年之前我或许还能再想想办法——尽管在那之前我究竟能不能独当一面还有一点疑问。我准备在《新作家》上连载我这次写的百来页的作品。这破杂志不管到什么时候都在把我当无名之辈来对待。小说的名字是《月夜之花》，虽然拙劣不堪，但还是想请你帮我宣传一下。因为给人抬轿子是最简单的事。二、我与你的交往，总归会被别人戴着有色眼镜来审视，这也是没有办法的事。中畑其人，我只见过一面。让世人来说，我似乎是站在了吹毛求疵地挑你毛病的尴尬之地上。说我在到处宣扬你的不是的谣言，光是直接传到我耳朵里的都有不少。我是不在意。把我和你看成是对立的，我反倒觉得有趣了。就像听到把爱伦·坡与列宁相提并论，然后背地里说坡是列宁的谋士，这种传闻让人不亦乐乎。无论如何，我在想的是，我不愿意摆出一副跟你是朋友的架势飞扬跋扈。你的来信令人开心之处，就在那种隐秘的充满爱意的支持者的感觉之中。你是神，我也是神，如果你是芦苇——那么我也是芦苇。三、你的信是不是有点感伤啊。我一边读，一边就流下眼泪来了。我不愿意把这归为我自己的感伤。我当时就像刚收到情书的小女孩一样面红耳赤。四、如果你觉得这是给你写的回信，那你直接撕了就好。我想写的只是一封请托书，只有一个目的，就是让你帮我宣传我的小说。五、昨天来了讨厌的客人，说太宰治挺会写的云云。我懒得理他，就说‘他是我们给推出来的’——今天慢慢重新回想起来，觉得这不就是流言蜚语的祸根吗？我要是当时只说了个‘嗯’也好，或者应该更进一步，再说一句‘他是个杰出的作家’吧。我不能再以迄今为止的那种随意的心情来谈论你的事了，我觉得这很可悲。就算你我都无所谓，如果听的人是蠢货的话，也关系到你我的名声。因为太宰治已经变得有点太知名了。既然是这样，我也要并肩向前了。努力奋斗吧！六、我读了长泽的小说，《神秘文学》那篇。如此浅薄地炫耀友情，我觉得还是不太行。或许这是一种坦率，但所谓文学难道不该是更别扭晦涩的吗？我对长泽的期待降低了，这也是一件可悲的事。七、我倒也想见见长泽，但一直没见。我一感伤起来，连水都不用喝，只会埋头思考做杂志的事。你怎么想呢？只有你和我两个人存在的世界才是最美好的。八、不要勉强自己。你说了蠢话。你怎么能先走一步，先去赴死呢？你得等着我们才行啊。在那之前，你必须至少再健健康康地多活十年。这需要韧性，我的手上已经长茧了。九、从今往后，就是太宰治来喋喋不休地宣传我的时代了。我实在是掩饰不住地喜形于色。我打算下次就对别人（等最讨厌的客人来的时候）说：‘有这样的人作为伙伴大家都方便。’这样，蠢货就会说什么‘狐假虎威’之类的话了。然后我就反问他：‘难道那家伙不是老虎吗？你听谁说我不是狐狸了？’十、君不看双眼色，不语似无愁[1]——好句。那么祝你身体康健，

1 原句为“君看双眼色，不语似无忧”，为江户时期日本临济宗禅僧白隐慧鹤所作诗句，良宽和芥川龙之介均欣赏并引用过此句。

记得如前文所述地替我多做宣传。林彪太郎致太宰治座下。”

“为盲草纸合掌”（电报）

“《盲草纸》读毕。那本杂志我只看了这八页。就算病气侵入骨髓，你也必须屹立不倒。这是我能对你说的最大限度的心里话。今天我觉得非常疲惫，甚至连写字都有些困难，但忽然觉得有必要写封信给你，于是有了这匆匆一笔。正月要回大和国樱井。永野喜美代。”[1]

“你即使被你的读者包围，也不可面红耳赤。捂脸这种动作更是要不得。这是为了在这人世间生存。《盲草纸》虽略有晦涩之处，但可称为一个顶点，已经初具杰作模样。今后你得锻炼面不改色地接受称赞的本事才行。吉田生。”

“初次致信，失礼之处还望谅解。托您之福，我们的杂志《春服》即将出版至第八号。近来与杂志同人全无书信往来，不知他们如何看待，我这封信想说的，是想必已经寄到您手中的《春服》第八号刊登的拙作的事情。若您对此没有兴趣，大可不用继续看下去。那是我去年十月负伤之前写的。现在我对它完全只剩下一种羞耻之情，被一种连看都不想看它一眼的感觉所驱赶。我想要太宰先生的回信，哪怕只是一张明信片也好。我现在每天晚上都到一个女孩家里去玩，闲聊到一点左右才回家。对她谈不上特别喜欢，前几天却认真地求了婚，她也

1　此信中写信者使用了日语中的男性自称，故推测其为男性。

接受了。回家路上我觉得很可笑，正要笑出声来时——不，我也不知道我是什么心情。我总是想要认真地活着，现在无比希望能回到东京耽溺于文学之中。如果就这样下去，我会觉得还不如索性去死的好。我不需要别人对我抱有不冷不热的关心，无论对方是我东京的朋友，我妈，还是您。请您来信给我。其实我更想见面。骗人的。中江种一致太宰先生。”

某月某日

“敬启。其后多有失礼。上周二（？）打算去看看您的状况，正要出门去船桥时，收到了您寄来的明信片，于是作罢。前天晚上，永野喜美代突然来了，说您给他寄了绝交书，当天我们彻夜未眠，我也非常担心。刚刚才收到了永野的明信片，听说您与他很快和解，这才重重地放下心来。永野的明信片上说：‘愿与太宰治氏为友十年，此为真情吐露，请代为转达。’我不明就里，唯愿友情更加坚固。像永野喜美代这般的怪人，近来就如沙漠之花一样稀有，无论如何，希望您与他的友谊能够长存。此外，之后的身体状况，还请您告知。我不想多去打扰您，但时时想要去信。执笔在手时，又觉得好麻烦，还不如直接去。书信这东西实在冗长拖沓，我完全不擅长，常常觉得自己写的是什么玩意。近日随手作一俳句自嘲：齿缺口讷，鼻下半轮新月。要么还是这四五天我去找您一趟如何？余不一一。黑田重治致太宰治先生。”

某月某日

“所询贵稿，五六日前已拜领。逡巡多日，未能答谢，礼欠之处，还望勿恼。围绕您的稿件，发生了一些小小的骚动。太宰老师，我也是一个与您同频的青年，是支持您的，如今把事情经过向您和盘托出。本杂志的两位记者向您提出了决斗。他们说，您的稿子岂有此理，您把我们当成乡下杂志来戏弄，只要我们还没咽气就决不再登您的作品，说您狂妄自大也不知道撒泡尿照照，等等，闹出了好大一场风波。我本来胸有成竹，想等个两三天看看状况，在感谢您投稿的回信中把这次的事件大略讲讲，不过这帮人实在大出我意料，今天早晨我发现他们居然跟我这个编辑主任连招呼都不打一个，就用挂号信把您的稿子退回去了。现在这已经成了我和这两位假装正义嘴脸的人之间的颜面问题了。除了对此二人一定严加惩戒外，一边擦拭额头上流下的冷汗，一边低头欠身，写下如上书信。为表歉意之万一，并显示我方诚意，特以航空邮件寄出，比退稿的挂号信稍快抵达。另，原本打算同时寄去一些稿费略表心意，但又恐反而失礼。现在口中讷吃、足下踉跄地向您诚恳致歉，心中期待他日能补偿这份歉意。对俗人的愤怒，对您的歉意，甚至让笔迹也变得凌乱，粗细不一，有时候像小石子一样滚来滚去，有时候又像一头牛般大的巨岩般轰然落下，此等潦草乱笔，连我自己也深感惊讶。创刊第一号就发生了这等大错，实在不祥之至，每思及此几欲落泪。您有没有觉得近来所有人的调子都变了一个八度？我自己姑且不论，我周围的人全都如此。高桥安二郎致太宰老师。于《大阪沙龙》编辑部。”

“前文略去。已将贵稿用同日寄出的挂号信另行退回，此致失礼。最近我们发现，原同事高桥安二郎失心疯得厉害，竟伪称本社编辑部名义，向太宰老师您和另外三位中坚及新晋作家寄出了内容荒谬绝伦的书信。高桥君今年大概三十岁，前年秋天，在社内成员全体去野餐的日子里，他连平素爱喝的酒也不沾一滴，一脸铁青，叼着根芒草穗子，慢吞吞地挡在同事前面，眯缝着眼把人从脸到胸，从胸到腿，从腿到脚，像舔了一遍似的上下打量。返程途中，他沐浴着夕阳，久久地自言自语，肩上还扛着一枝大得夸张的血色的枫叶。他使劲往前挺着小腹，晃晃悠悠地边走边说：‘你可别跟别人讲，藤村老师啊，他在刺青上花了三百多元。现在他背上全都是在游泳的金鱼。不对，是蝌蚪，足有一千多只，乌泱泱地在那游。适合戴硬顶礼帽的人压根就不算作家，我从今年秋天开始准备改穿对襟长衫。我想穿白布袜，穿着白布袜吃红豆年糕汤时就想哭。吃河豚身亡的人有百分之六十都是自杀。你会保密吧？藤村老师户籍上的名字是河内山早春。’就是这一类天大的秘密，高桥君用一种鼻息吹得我耳根子发痒的距离贴着我的脸悄悄告诉了我。高桥君本来就是个文学青年。大约六七年前吧，我们约了藤村，也就是岛崎老师一篇近百页的稿子，他当时蛰居在信浓的深山中，耽溺于文学创作，过着平静的日子（这一时期他的创作被称为文豪老年期的代表性杰作，质量绝对有保证）。总编嘱咐他一定要顺利拿到，不然或有被其他杂志社抢走的危险，所以务须善加周旋，不可闪失。高桥平时就是一板一眼的人，加上当时才二十来岁，想到要在深山中竹造的草庵里和大文豪单独围炉而坐，彻夜聆听教诲，期待又紧张得脸色发绿，面对同事热烈的声援也只是抿着嘴一一点头，看起来是下了义无反顾的决心。他哐地一声撞在旋转门上，径直踏上旅途的细长背影，实在令人忍俊不禁。第四天早晨，他浑身湿透，垂头丧气地回到社里。失败了。据他自己的说法，是如假包换的一步之差。失败的根源，是他在旅馆吃过早饭后用滚烫的粗茶泡了梅干一边呼呼吹凉一边喝。他因为这个迟到了五分钟，捅了大娄子。包括两个勤杂工在内的十六个同事都十分同情他。我也有过只顾埋头系高帮皮靴的鞋带，结果被别的杂志社抢了稿子的经历，差点被开除。高桥君立刻就被总编叫去，以直立不动的姿势挨了三个小时的训斥。在被训斥的过程中，他下了五六次当场击杀总编的决心，最后终于昏倒过去，鼻血如注。之后，我们虽然没有商量过，但第二天，除了两个勤杂工外的全体成员都准备好了辞呈。然后，愤懑地在总编室门口挤成一团，特别是我，被身旁友人们低声的抽泣所触动，最后无论如何都忍不下去了，开始放声大哭。那时的某种崇高的感动之情，我觉得是此生绝无仅有的宝贵记忆。啊，我写的全是无关紧要的废话，请您恕罪。从那以后，高桥君不只是对作家，只要是稍微因人品出众略有声望的人，他毫无例外一概视为毒蛇猛兽。不仅时不时会拿‘扯大谎堪为人师’之类的川柳[1]来填杂志版面的空白，而且连曾经那样仰慕的藤村老师的‘藤’字都绝口不提了。定是发生了相当严重的事，去年春天他身体每况愈下，现在已经明确地离职了。大约一百天前，我曾经去他家里的病房中探望。月光填满了他床上每一个凹坑，几乎伸手便可掬起。高桥把两边眉毛剃得干干净净，端正如能乐面具般的容颜，在月光的爱抚下锃然反射着金属色的光辉。因为无可名状的恐怖，我膝头颤抖，用嘶哑的声音提议说要不我们把灯打开吧。霎时间，高桥的脸上现出三岁幼儿咧嘴要哭似的表情，瞬间绽开，又在更快的瞬间消逝。他用天生的、撒娇似的鼻音问我：‘我是不是跟疯了一样？’然后，那表情化为了令人觉得周身发冷的、高贵的笑容。我叫来了医生，把他送进了精神病院。高桥静静地，或者应该说渐渐地，疯了。我想，这真是一种耐人寻味的癫狂的方式。啊，他还说，你的小说是日本第一，你写的《浪漫谭》，他已经读到可以背诵的程度。能否以昔日才子佳人的恋爱故事，或特别欢乐的旅途记忆，或者老师您亲身经历的清新浪漫的故事等主题来写一篇，送给病榻上的高桥君呢？篇幅为四页，截稿日在月末。春田一男致太宰治

1　一种日本短诗，多诙谐讽刺。

先生。于《大阪沙龙》编辑部。”

“我看了你的明信片。那不过是些冷嘲罢了。你是理解不了真相的人，我觉得无聊极了。吉田洁。”

“客套免去。辞旧迎新春，绕颈吊绳无半根。我正为兄台所吩咐数额的资金各方奔走。让我们劈开石壁前进吧！死随时都可以，偶尔也留意一下后辈的话吧。永野喜美代。”

“前日来信收悉，感谢。另收到电报。稿子的事考虑得如何？我认为写你愿意写的东西就好，截稿日可等到二十五六日。在下现今居无定所（打算近期寻找公寓），一切通信请寄至社内。等住所确定后再另行知会。仅叙要务失敬。长泽传六。于武藏野新闻社学艺部。”

某月某日

“太宰先生，到底吃了扮作正义温情之徒的亏吧？如果我一开始就提醒您，或许还不至于弄成这样。杂志，不管谁家都是一样的，严禁对某一位作家特别关照提拔，而且这家社里攀附领导的间谍多得很。由于这个缘故，对于温柔和善的人您要格外小心，切勿轻举妄动。春田是以何等言辞向您致歉的我不太清楚，但他这两三天一直在得意扬扬地吹嘘说已经让您重写了。这件事让我非常抬不起头来，感觉没意思极了。太宰先生，您也有不对之处。我不知道春田是怎么跟您巧言令色的，但您实在没必要给他写那样动感情的回信。简直是丑态百出，请您好好反省一下。我已经给您预备好了八十元稿费，要是靠春田的话，您连十元都不一定能拿到。他觉得让作家难堪是杂志记者的天职，因此极难相处。我一个人着急也没有用，太宰先生，您意下如何呢？这样被人戏弄，难道不会心有不甘吗？您家中的情况，我大致都清楚。因为我是您的读者，所以就连您背上有几颗痣我都知道。春田之辈，对太宰先生的小说是一篇也没读过。我们因为杂志的性质，会频繁出入沙龙，席间偶尔有谈论起太宰先生的，这种时候，春田就变成了夏田，以每分钟二十发的射速疯狂吐出我不忍诉诸笔端的低劣形容词，是个相当变态的人。今后，您可千万要戒除见异思迁的习气。这个除夕，您应该相当为难吧？我是没办法照顾您了，八十元的预算已经挪作他用，您自己想辙吧。这种辛苦，亲身经历一下，也能成为您的阅历。等您走投无路时再来找我吧。痛苦也罢，不体面也罢，请您别去寻死。说来也神奇，否极泰来，这规律就像数学一样正确。请您戒骄戒躁，专心养生。明年春天我打算回东京的老家做初日参拜，届时能否一晤？我心中稍有期待。良药苦口，请您见谅。可能是唯一能理解您的四十岁男子、举世无双的小市民高桥九拜上太宰治师兄。”

下旬

某月某日

“突然致信请见谅。我与你乃是如出一辙。不，不只是你我二人，青年的无个性、自我丧失，已经被视为本世纪的一种特征。下文请务必一读。（此处空一行。）我在等待被刺杀的日子。（此处空一行。）我在某段时间，曾在洞穴之中共谋着某场阴郁的政治运动。在一个没有月亮的夜里，我自顾自地逃走了。被留下的同伴全都丧失了性命。我是大地主的儿子。这就是转向者的苦恼？岂有此理，犯下了此等叛徒行径，如今还想被原谅吗？（此处空一行。）叛徒，就有个叛徒的样子吧。我信仰唯物史观，如果不依据辩证唯物主义，无论多么微小的现象就都无法把握。这是我十年来的信条，甚至已经化为我肉体的一部分。即使在十年之后也未曾改变。然而，我从未想要缓和工人和农民对我们的仇恨与反抗，不想让他们把我当成一个例外。由于我对他们单纯的勇气无限热爱、无限尊敬，所以我对于自己相信的世界观，即使是只言片语也不能提起。从我腐烂的双唇中吐出'明天的黎明'这种话，是不可饶恕的。叛徒，就有个叛徒的样子吧。我咬牙吐出'工匠臭味'，嗤笑着辱骂'小老百姓'，然后等待着被刺杀的那天。再说一遍，我相信工人和农民的力量。（此处空一行。）我穿着显眼的衣服，用尖锐的声调讲话，离群索居。为的是方便别人射击。我做出并非出自本意的傲慢，也是一种为了方便射手工作的姿态。（此处空一行。）并非出于自弃之心，而是埋葬我就是向建设迈出的一步。连我的这种诚实都要怀疑的人，已经不能算是人了。（此处空一行。）我任何时候都只讲真实。结果是人们觉得我缺乏常识。（此处空一行。）我发誓，我绝不是为了我自己一个人在行动。（此处空一行。）最近你那种有点古怪的习惯、歪斜的讽刺画，备受人重视，对此你不觉得无趣吗？我读了一张好友寄来的明信片，就出门去看海，途中走到一片麦苗儿已经长出一寸来长的麦田旁边，突然泪水奔涌进了鼻腔，接着放声大哭。哭着走着，我忽然想到，也是有人能理解我的，活着真好啊。请你不要忘了我，而我已经把你忘了。（此处空一行。）那位素未谋面的好友，他那种堪称纯粹的不甘，就这样原封不动地转移进了我的血管中。我回到家，铺开稿纸开始写：'我并非无赖之徒。'（此处空一行。）请具体地告诉我，我到底怎么困扰到你了？（此处空一行。）我没有借你的钱不还，我没有无故接受别人的宴请，我没有和别人的女人私语，我也没有说过朋友的坏话。（此处空一行。）昨天，我一动不动地躺在床上，四面的墙壁中，透进窃窃私语的声音，全都在议论我的是非，里面时时夹杂着我好朋友的声音。你们不伤害我就活不下去，对吗？（此处空一行。）要打就打，要践踏就践踏吧，要笑就笑啊。你们蓦然惊觉并感到羞耻的时刻很快就会到来。我一言不发地等着那个时刻的来临。可是，我错了。所谓小市民，就是我越是把头低下来，他们越是因为这种低头骂得更加起劲。当我意识到这一点时，我就像被打断了脊梁骨，感觉再也无法重新站立起来了。（此处空一行。）我近来做了与我的亲人和解的梦。我已经近八年没回过故乡了。是不被允许回去。

因为我参加政治运动，因为我试图殉情，因为我娶了下贱的女人做妻子。我没有无耻到背叛了同伴还能面不改色地活下去，我和对我有好感的有夫之妇殉情了。因为我无法拒绝她。在这之后，我娶了我现在的妻子。我甚至遵守了‘结婚前’的约定。在十九岁到二十三岁的四年间，我每周六都去见她，可从来也没有与她有过那种关系。但亲人们并不理解我。远嫁他方的姐姐，因为我一而再，再而三的丑态，在婆家感到没脸见人的夜晚里辗转哭泣着怨恨我；我的生身老母，因为我的存在，在继承了亡父衣钵的长兄那里颜面尽失，整日如坐针毡；而我的长兄呢，因为我已经辞去了或者正要辞去县里的名誉职衔。总而言之，我听到的传闻说，二十多个亲人没一个不求神拜佛，盼着我能改过自新，成为一个正常的普通人。然而，我没有辩解。正是这种时候，我才最愿意相信所谓的血浓于水。梦到长兄读了我小说的美梦何其甜蜜。佐藤春夫，若不是与先父的容颜那般神似，我也许再也不会踏进那间客厅。（此处空一行。）我从与亲人和解的梦中醒来，又一次想恪尽孝道了。在那般的深夜里，我再一次地想跟菊池宽写信，想应征《每日新闻》旗下周刊杂志奖金三千元的大众文艺征文，并且无论如何都想拿到芥川奖，为了这万千的思绪殚精竭虑，然而，一旦东方既白，这样的努力不知为何就都化为愚蠢的泡影，只剩下‘将死之命’一句话是可贵的，而对新的一天，我也只是徒劳地迎接它来，再照样地送它走。然而——（此处空一行。）读了一天书，就发表当天的研究成果；感冒躺了三天，就作起《病榻闲语》；出门两小时，就开始模仿芭蕉写起旅途日记。以及，写着一些无聊无趣压根算不上创作的小说。这就是日本文坛的现状了。不知苦恼为何物的苦恼者，其数目多得吓人。（此处空一行。）迄今为止，我在谈论自己的时候，未免有点太过矜持了。从今以后，我将肆无忌惮地言说自己。仅此而已。（此处空一行。）不语似无忧，对吗？我轻视言语，以为靠眼色就够了。然而在这个愚蠢的世界上这是行不通的。觉得痛苦的时候，就得撕心裂肺地放声大叫'我好痛苦'。如果沉默，别人不知不觉就会把我当作牲畜。（此处空一行。）此刻我写的是无可挽回的事，人们怀念我过去羞涩的姿态，而你那悲叹声却是虚伪的。有得必有失，我们的宿命难道不就是追随事物的发展吗？请学会用长远的眼光看待事物吧！（此处空一行。）无为起身惜薄名。[1]（此处空一行。）'你们禁食的时候，不可像那假冒为善的人，脸上带着愁容。'（《马太福音》第六章第十六节。）只有基督看透了一切。但对于神之子的苦恼，就连法利赛人也不能不承认。我，暂且就要摆出那副伪善者的面容。（此处空一行。）在无数迷惘的终点，我决定了自己的态度。我要将自己苦恼的历史，尽力书写成严肃的故事，除此之外，再无别的办法。不要羞耻。不要羞耻。（此处空两行。）我再一次

1 《小仓百人一首》之六十七的末句，周防内侍作。表达女子在一段轻率的恋爱结束后痛惜自己名誉丧失的心情。

凝视着地平线彼方那永恒的女性。直至今日，对于她的事，我全都藏在自己心里，只是偶尔零碎地提起。不过，我一位值得夸耀的前辈对我说：‘要早点写出来啊，你这就像小孩把雪兔用棉花包起来藏进书桌抽屉一样，会融化的。你想过后再独自享用，可往抽屉里面一看，它已经化了，只剩两颗南天竹的果实做的红眼睛。那漫画是叫《正吉的失败》吗？我家里的小孩都在看。所谓美好的记忆也是如此，在激情还没丧失之前写下来吧，趁热打铁。’不过我并没有听进去，装傻充愣，一味兴致勃勃地扯别的事：别说兔子了，在我的家乡连美貌的女子都会融化呢。在风雪夜里，救下了倒在家门口的、唇色鲜红的少女。这少女不仅美丽，而且沉默寡言地只管劳动，于是两个人成了家，随着天气越来越暖和，这位美貌的妻子却日渐消瘦憔悴，珠圆玉润的身体也变得衰萎，家里一派阴沉。丈夫实在忍不住担心，有一天用盆端来了热水，硬是脱下妻子的衣服帮她擦背。这时只听她说‘就算我死了——’，然后，在一阵绸缎摩擦的窸窣声响后，妻子就不见了踪影，只剩下樱贝壳做成的梳子和发簪漂在盆里。雪女被热水融化了。就是这样一个故事。我还接着讲，我在想，如果这个雪女郎妻子就像葛叶[1]一样怀孕，再历尽艰辛生下了孩子的话，这孩子长大之后因为恋慕生母，每逢下雪的季节就去野山中漫步。我相信如果是这样

1　日本传说中的白狐精。相传阴阳师安倍晴明之父安倍保明救下了猎人陷阱里的白狐，白狐幻化为名为葛叶的女子前来报恩，二人结婚生子，后来白狐真身败露，二人只能分离。

的故事的话，准能让全世界的人都陶醉其中。当我这样说时，看吧，我的前辈，全世界的人的一员，脸色就红润起来，沙龙的气氛也随之高昂。不知不觉，我已经有问必答地讲起那个藏在心底的雪女的故事来了。

——年龄？

——十九岁。正是大厄之年。女人一到这个岁数好像准得出点什么事似的。真是奇妙。

——个子挺矮的？

——嗯，但当个时装模特没问题。

——怎么说呢？

——因为她整个人都等比例缩小了一圈，只要把照片放大一点，就能表现出近乎完美的协调感。她两腿纤长，像野花的茎，皮肤是恰到好处的冷白。

——真的吗？

——我可没夸张。对她的事我怎么也说不了谎的。

——还不是因为你之前骗得太多了。

——你居然这样看待我。不过，这次我真没骗你。二十一岁的冬天，我系着角带[1]到银座去玩，那天夜里，这个女人跟着我回了房间。她问我叫什么名字，正好旁边扔着一本海野三千雄，嗯，就是那个人的作品集，我就答，海野三千雄。她

1　男用和服腰带的一种。

好像本以为我有三十一二岁了，应该是更有名的人才对，于是失望地叹了口气。我这辈子也没有像当时那样想要有名过，几乎是口干舌燥、嗓子眼儿冒黑烟地渴望有名。说起海野三千雄，有一段时间确实是文坛上最年轻、小说写得又好的。从那天晚上开始，除了穿学生服的时候，不管走到哪我都得假装是海野三千雄了。每次当了李鬼之后，当天都极度不安，到了夜里眼都合不上。尽管如此，还是不能停止伪装，反倒更想装成完美的、一点破绽也没有的赝品。会为了这个殚精竭虑，实在是奇妙。

——有意思，接着讲。

——如果只是萍水相逢的女人，扮扮海野三千雄也就罢了。但见到第二面、第三面的时候，就有点没意思了，开始一个人郁闷辗转起来。她后来好像是看了报纸上的学艺版，说：'今天登了你的照片呢，一点也不像，为什么要那样皱着眉呢？我都被朋友笑了。'

——你以前参加那个什么政治运动，这是那时候的事吧？

——对，是的。我跟文化运动合不来，尤其是无产阶级小说，天底下实在没有比那更天真的东西了。有一次，一位高等学校时期就来往的朋友，战战兢兢地以最低级的身份参加某集会。事前就有风声说这附近所有的区域的CAP都会来，参加集会的工友们也有点兴奋，喧闹起来。作为某小地区的代表出席的我那个朋友觉得自己如堕梦中。后来，时间分秒不差，脚步踏在楼梯上的吱呀声响起了。一个瘦长的男人一边打招呼说着‘呀’，一边走了进来。他的脸一开始因为光太耀眼了看不清，仔细一看，这个戴金丝眼镜的瘦小男人，清清楚楚就是我，对，就是这个我。他至今都说他永远也忘不了当时的欣喜，说是快乐得如同升天一般。当然，当时我们只是互相递了眼神，然后假装彼此不认识罢了。参加那种运动，每天被人追捕，忽然在己方阵营里意外地看到旧友的脸，天底下没有比这更让人高兴的事了吧。

——亏你们没被抓。

——被抓的都是因为太笨。另外就算被捕，过个一周左右也会有人帮你弄出来。不久以后，我被人指责为间谍，心里觉得厌烦，只想逃离同伴。那段时间我每天都住在帝国饭店。用的当然是作家海野三千雄的名字，甚至准备了名片。于是，给住在饭店的海野老师发的约稿电报、快递邮件、电话，全都是我自导自演的。

——你可是干了相当讨人厌的事啊。

——拿本该严肃的生活开玩笑，当成儿戏，确实是挺讨厌的，你说得对。不过当时如果我不去干这种事，恐怕就要因为三十种以上的原因自杀啦。

——可那时候你不也去殉情了吗？

——嗯。那女人来帝国饭店玩，我给了门童五元钱，当晚她就住在我的房间里。在那天深夜，我忽然说，除了去死我已经没什么别的去处了。这样的话语，也不知道是按照什么节奏，就从我口中滑落出来。那样一句话，似乎深深地拨动了她的什么心弦。她说：'那我也去死。'

——那岂不是你刚说要死，她就立刻说去死吧。领会的速度可以算是极端迅速了。不是只有你们两个人吧？

——好像还真是。我所做的事，若说是为了保住作为解放运动先觉者这身名誉，倒也不是说不通，我在那边渐渐出人头地，也觉得有趣、有挑战。但等间谍一说开始流传出来的时候，我没过多久就下台了，总之，我也厌倦了。

——她后来怎么样了呢？

——她在入住帝国饭店的第二天就死了。

——啊？真的吗？

——是真的啊。我们在镰仓海边吞了药，然后跳下去了。我忘了告诉你，这女人可是个相当程度的知识分子，肖像速写画得巧妙极了。因为她心思高洁，能画出比真人要美上好几倍的面孔，而且那画中蕴含着一种秋风愁断肠般的悲凉感。她的画，相当能够捕捉到实物的特征，而且呈现得更加高贵。好像自打今年正月开始，我就染上了这个爱哭的习惯，实在令人困扰。前两天也是，我看了一部叫《佐渡情话》还是什么的浪花节电影，怎么都憋不住，终于放声大哭。第二天早晨在厕所看到那部电影的报纸广告都忍不住呜咽。家人都觉得奇怪，最后是哈哈大笑，说再也不能带我去电影院了。跑题了，我来接着讲。这是十年前的事了，为什么那时我选择了镰仓呢？对此我一直以来都很有疑问。昨天，真的是昨天，终于想出答案来了。我在小学生的时候参加过学艺大会，要朗诵写镰仓名胜古迹的文章。那时候我反复练习，几乎已经可以背诵下来。那文章叫作《七里滨沿海行》，准是我在儿童时代就已经对那风景有了憧憬，不离不弃地铭刻在心里，成了我残存的潜意识了，这潜意识又浮上了表面，变成了这趟镰仓之行。每思及此，我就觉得自己十分可怜。在镰仓下车之后，我连钱包一起把身上所有钱都给了她，她看了看那只豪华的三德钱包[1]，小声念叨了一句：'哎，只有一张啊？'我永远忘不了那种身体被斩成两截似的耻辱。我有一点混乱，于是向他承认自己只有二十六岁，即便如此还是多说了五岁。'才二十六？'她说着把黑多白少的大眼睛瞪得溜圆，扳着手指计算着，'不得了，不得了。'她一边笑，一边朝我缩起脖子。我不解其意，现在也没地方去问了。

——是趁天还亮的时候跳海的吗？

——不是，跳海以前，我们还步行着把名胜古迹逛了一圈，还在八幡宫门口买了饴糖吃，我当时弄坏了左边深处的两颗金牙，一直放到现在也没管，时不时还是会隐隐地痛。

——我忽然想起的是魏尔伦，你知道的，那个人忽然有一

1　一种和洋结合的钱包，在穿和服时使用。

天飞奔到教会里去了，说：‘我要忏悔、要坦白，要把一切的一切都说出来，听人告解的神父在哪里？快来，快来，我要说出来了。’就这样拉着个老大的架势开始忏悔起来。可听告解的神父连两条清净的寿眉都没动一动，光是盯着窗外的喷泉看。魏尔伦一边痛哭流涕一边不住口地痛说自己的犯罪史，在某一个转瞬即逝的间隙，神父突然插进来一句：‘你与野兽交媾过吗？’魏尔伦大惊失色，连滚带爬地跑出走廊，不要命似的逃回去了。我实在不擅长听人忏悔，用现在流行的话说就是心脏不够强大。如此看来，我能有那位勇猛果敢的告解神父万分之一的能耐就好了。

——我这不是忏悔，也不是在炫耀情史，更不是在寻求救赎。我只是在宣说她的美好，仅此而已。都说到这儿了，那我就讲完吧。她一边走着，一边用深思熟虑过的口气小声地问：‘不回去吗？我当你小妾也可以，我可以大门不出二门不迈，安安静静地就住在家里，一辈子当个躲在影子里的人，可以吗？’对此，我用鼻孔报之以冷笑。到头来，人还是无法理解人的诚实，为了满足自己的自尊心不惜万骨之枯。而对于我那装作淡然的二十一岁、名为自矜的怪物、来自骨髓的虚荣之子，对于女人那历经时光才形成的宝石、珍珠的宝塔、给予我的无上尊贵的赠礼，我连看都没看一眼就轻轻抛进了路边的水沟。我唯一在乎的事情是，我现在的样子看起来是潇洒轻快的吗？

——哈哈哈哈，今晚你挺能说啊。

——这可不好笑，我正试着对我这种‘比起小提琴更重视琴箱’的奇妙的买椟还珠倾向进行最严格的反省。我瞥了一眼江之岛桥头私营电车的广告牌，上面用每个足有二尺见方的大字写着‘新宿方向三十分发，涩谷方向三十八分发’，然后快步开始过桥。身后，马蹄形低齿木屐的脚步声咔嗒咔嗒地追上我，一直来到紧跟着我背后的地方才放慢脚步，说：‘我下定决心了。没关系了。之前那样的我，就算被你看不起，我也认了。’

——是个相当坦率的人啊。

——是的是的。你能看得出来吧。果然告诉你是对的，那请你多听听吧。

——好啊，一定洗耳恭听。阿竹，倒茶！

——跳海之前我们先吃了药。我吃了，然后一边微笑着一边说：‘公主啊，与其受那大胡子敌人的凌辱，不如和为父一起去死罢，快快，服下这剂毒药！’我们一边互相说着这样的戏言，一边从容不迫地把药吃下去。然后两人并坐在一块平坦的巨岩上，双脚悬空悠荡，静待着药力发作。‘我现在必须彻头彻尾地去死了。昨天、今天，我就这么玩了两天，因此，对于那件藏在地下的工作，十个指头都数不过来的联络线全都已经被切断，组织已经陷入不能收场的巨大混乱了吧。比雷殛火焚更凄惨的场面，对我来说就像托在掌心里观看一样确切无疑。

身为CAP却叛逃，再加上冒充海野三千雄这件事横在眼前。我要是能向她坦白这些，我要是个能做到这些事的男人，也就不用才二十一岁就受到这么多的伤害了。后来她解下和服的腰带，说：‘这条虞美人花纹样的腰带是我从朋友那里借来的，就这样先放在这里吧。’话从她口中流出，不带一丝沉淀和迟滞。然后她把腰带整齐地叠好，挂在背后的树上。我们以极柔和沉静的心情彼此交谈，然后远眺应该是城之岛方向灯塔上明灭的灯光。当时都说了些什么呢？我自己已经不记得了。只记得漫无边际地吹嘘自己总被女人迷恋，相当困扰，并且说这招桃花灾的血统来自我的祖父。祖父年轻的时候，有走钢丝的女名人来到村里表演，当祖父拿开脸上的遮挡时，三个走钢丝的女人看见他的脸，齐齐拿起洋伞，轻叱一声，向下看着祖父开始快速走起钢丝，又一个个咚咚咚地摔了下来。马戏团的团长大为不满，最后在村里闹得沸沸扬扬，等等。讲了一个谎话连篇的故事，想到祖父那张红黑色、全无风度可言的庙里罗汉般的方脸，我险些笑出声来。她却信以为真，一边望向天空，一边沉醉地念叨着：‘那岂不是要有八个女人怨恨我了？（其实一个也没有。）啊，我很幸福，我是胜利者。’突然，药物起效了，她的身体里发出了草笛般吱吱的响声，一边说‘好难受，好难受’，一边吐出了水一样的呕吐物，倒在岩石上爬行。我觉得，留下吐泻的秽物赴死，无论如何也是一种遗憾，于是赶紧用斗篷的袖口帮她擦拭。不知什么时候，我的药也起效了，在濡湿滑溜的岩石上立身不稳，一再滑倒，成了一头漆黑的四足野兽。喉咙中像被烧红的火筷子捅进了五寸，六寸，那恶鬼的铁棒，终于插进了胸口、腹部。这时，已经只剩下两具蠕动的躯壳，如摇摇摆摆的四足兽般蹒跚前行，然后身体交叠在一起，从巨石上坠落，转瞬间便被浪头卷走了。我们一开始还拥抱着对方，然后，便开始互相踢开，转眼就分离了。我听到一个细如蚊蚋的声音喊：'海野先生！' 那不是我的名字。这是十年前的十二月，正是现在这个季节里发生的事情。

——原来如此，原来如此。阿竹，上伏特加。

太宰先生，别装了。我这个故事，该怎么收尾才好呢？当然啦，这说的不是你的事，全都是我身上发生的事情。不过我在去发表这篇文章的时候，杂志社也觉得，比起不知道算哪根葱的无名男子的自白，感觉还是以新晋小说家太宰先生的忏悔录作为宣传点来广而告之为好。这篇文章的书稿，我这里准备了三册，三册一起一共五十元，很便宜。太宰先生，你被吓到了吧？前面都是谎言，只是吓吓你罢了，被吓到了吗？这不是前不久你一边喝酒一边讲给我的故事吗？今天，下雨的星期日，实在无聊，我身上没钱，也没办法去你那里，于是把对天气的不满向你发泄了。怎么样，多少有点被吓到了吧？靠这篇文章，我好像也能当小说家了。开头的感想文，我是从一本中国的小资杂志上抄来的，但岩石上的场面是我自己写的，堪称令人屏息的名作吧？从现在开始我要花一小时思考一下自己要不要成为文人了，先行告辞。保重身体，下周日我再去拜访。老家寄了苹果来，请来拿点。清水忠治致叔父大人。”

某月某日

“敬启。鄙人确信文学之道，焦躁无用，请仰望天空，心无杂念，与日同游，勿生短虑，健康第一。此乃鄙人愚见。望君不疾不徐，克日精进。昨日蒙赐大作《记松了一口气的故事》一篇，感激不尽，拟饰于来月号内。此致谢意。五郎合掌于《讽刺文艺》编辑部。”

某月某日

“致信给您，无甚必须申说的要事，下笔亦显涩滞，能蒙您一读，已是荣宠备至。对此任性妄为之举，实在心中有愧，尚请您见谅。二月曾与您在Monami[1]因同人杂志《青鞭》之事有过一晤，当时不欢而散，实非在下本意，至今思之心中仍觉有愧，自觉懊悔，希望不知何时能够致信表达歉意，而又由于在下自顾自地觉得难为情，始终也没能动笔，想找个契机另行问候。原本决定等您的《晚年》付梓之后，再上书讨教。可今日在书店里拜读了一篇您的大作后，心中无端涌起悲凉之感，无论如何也想说与您听了。即便如此，内心仍旧惶惑不安，备

1　餐馆名，为作家冈本加乃子所取，该餐馆在昭和初年是文人墨客群集的地方。

受困扰。那天晚上，我迈着乱七八糟的踉跄脚步走下楼梯，同时为那踉跄的方式不甚纯粹而深感羞耻。每思及此，便羞愧得连脖子都瑟缩起来。那天晚上我因被你指摘‘斋藤君实在做作’，心里空荡荡的，深感寂寥。因为这件事，已经觉得不知所措。当我要回去的时候，听说要把之前付的同人会费退还给我，我不禁在心里欢呼赚了五块钱。然后，虽然又听人说了什么，我却还是回答：‘我分两次各付了两块五。’如此回答的时候，那种不加掩饰的狡诈，让我自己感觉到一种自甘堕落的羞耻和破罐子破摔的绝望。不仅如此，‘赚了五块钱’这句话，实际上是两三天前在你的大作《逆行》中看到，原封不动搬来的。我在新宿站前怅然若失，搞不清那场激烈的聚会到底是怎么一回事，对于自己的去留问题，又该怎么不落得一个拙劣的收场呢？在车站前，我一时间宛如一条踱来踱去的白狗，也想索性就回宿舍算了，但又觉得如果这样的话势必就此与你们形同陌路，心感寂寥。打算立即返回会场，又怕被斥责‘并没有深思熟虑，只是来给人添乱的吧’，于是，久久地在原地彷徨。向他人乞怜，向世界乞怜，自己没有的东西却假装曾经有过一样，这样的装腔作势，被别人也就罢了，偏偏是被您点破，实在令人悲哀。啊，请您原谅我这样哭哭啼啼的书写吧。当晚的五元钱，我后来用得极为有意义，不带一点污浊。作为毕生的留念，当时记账的纸条至今仍未遗失，还夹在《青鞭》的书页里。‘三分钱邮票十枚，共三角；花生米，一角；“樱桃”牌香烟，一角；“收获”牌香烟，一角五分；山茶切花二枝，一角五分；看眼科，八角；《歌德与克莱斯特》《未来形而上学》《歌行灯》三本书，共七角；鸭肉七两半，七角；大葱，五分；札幌黑啤酒一瓶，三角五分；橘子汽水，一角五分；澡堂子，五分。’时隔六年，这是我第一次这么滋润，甚至还没花完，口袋里富富有余。自此之后的一年里，对见过两三次的太宰治的身影难以忘怀，对于铭刻在脑海里见面的记忆万分珍重，在书店里站着读了不知几十遍您的书。您的只言片语仿佛都已经镌刻在我心里。去年八月，我在书店里记住并提笔写下了您在千叶的住址，但至今也没有派上什么用场。‘太宰，我在白十字[1]等你。黑田’，大学黑板上写的这句话，仿佛还在昨日。‘以下学生速至办公室交代问题：津岛修治’，这条布告在文学部办公室的公告栏里贴了很久。我像谈论自己的友人一样谈论太宰治，同时深感寂寞。太宰治没有拿到艺术赏，我便心里发誓再也不读那个叫藤田大吉的人的作品。即便我如此不读别人写的文章，却也不能从《小丑之花》和《达斯·格麦内》中得到满足，尽管不是无法理解。它们都是带着‘写吧！写吧！’的怒吼和气魄的小说，我觉得它们应该是某种真格的东西的预告篇。那么，真格的还会现身吗？我这样想着，然后开始怀疑起‘每一天每一天都是晚年’这句话来，导致我损害了健康，拍

1 昭和初年日本销售西式点心及红茶咖啡的饮食店“白十字堂”，创始店店址在东京大学附近的本乡一带。

照片的时候就像会被透过去一样消瘦苍白。然后，太宰治变得有名起来，我无法再靠近了。我终究还是无法理解《小丑之花》。我在太宰治的那种抒情性上，看到的是一种如小提琴一般的忧伤情调。我认为太宰治的本质正在于此。即使被别人指出说这是错的，我也难以轻易抛弃这个想法。走出抒情主义的荒野，并不用布包扎被荆棘划破的伤口，赤身裸体，不禁感觉到被阳光直晒的疼痛。二月事件[1]当天，虽然小说中写的是在谈论女人的睡衣，但作者自身也情不自禁地感觉到与青年军官们同样的壮烈。与其说是羡慕，倒不如说是心里堵得难受。我对于任何事都含含糊糊，这两年间法学专业的课程只学了三分之一，而且学得一知半解。其他事也一无所长。出于这样一种业余者的心态，我对于这种太宰治式的苦闷，只能在肉体上感觉，而从旁观者的角度就只觉得茫然了。盘踞在我体内这种半吊子的态度，恐怕会一直伴随着我了吧。虽然我的健康状况并不像别人想象的那么差，但我也无法全力以赴地对待任何事情。只要连续两三天在认真地做某件事，我就会难以抑制地觉得自己将要崩溃。无法认真做事，自然也就不可能做成任何事，然而我对此却十分满足。中学时代你做过《关于幽默》的演讲，我只记得那些说你是中学头号优等生的窃窃私语，以及你少年老成的举止姿态。不过，更多的人都不知道太宰治，只

1 二·二六事件。1936年2月26日，旧日本陆军“皇道派”青年军官发动政变，刺杀了多名军方高级成员中的“统制派”，29日遭到镇压。

知道青森中学的前辈津岛修治的传说。在青森新町北谷的书店前，曾经有个中学生向头戴高等学校制服帽的你鞠躬。当时你总算点头还礼了，但我却因我认识你而你不认识我而深感落寞，然而只是得到你的还礼，我也能稍稍满足了。我今年必须要结束大学学业了，虽然还不知到底能不能行，但已经决定要在年内毕业。文学相关的事，说实话我是一点也不会，只知道每天游荡着看风景和女人度日。想到你可能看到我发表在一本叫《双叶》的少女杂志上的小说《彩绘盘》，就不禁冷汗直冒。我是见过岩切这个人后听说的。虽然你夸奖我写得好的地方净是些沙眼啦，甲状腺肿大啦，X形腿啦之类的桥段，但我无论走到哪都带着它。在《新浪漫派》上看到你以追忆的形式称赞某同人杂志（并不出名）的某人时，我也曾觉得嫉妒。应该写些什么呢？我毫无自信，只是如此，我就已经精疲力竭。每一天、每一天都觉得很累，尽管我什么也没有做。

“如果一个人总是在休息，那星期日也没什么可期待的，连晚上睡觉，也不是一日的结束，而是感觉到还有明天的疲惫。现在我只是虚弱，还没有生病。怜惜着自己老人般的皮肤，在夜里裸身用牛奶沐浴，思索是否有办法重焕青春。我深知这是一封非常失礼的信，文体也是凌乱不堪，万分抱歉。但我却如释重负。心想万一明早觉得无法寄出就不好了，所以即刻发出。盼望您能有闲暇回信。请保重身体。斋藤武夫拜上太宰治先生。”

“来信拜读。关于金钱一事，情急之间，筹措不易。恐难如愿，万望恕罪。在下去年因参选县议会议员，为其所累，每月需偿还大笔欠款，重负难堪。参选之初，在下曾得小泉邦录君寄来五十元，一直希望早日偿还，始终未能还清。区区五十元都无能为力，着实令人无地自容，再借新债，在下委实无颜启齿。兄台信赖与在下的友情方开尊口，无能为力，再三再四，深感抱歉之至。然对于无力之事却絮絮叨叨与人口惠，实非在下所喜，故尽早寄出此信，还请不要见怪。在下近来于文学之道渐疏，对于兄台的活跃近况知之甚少，然而一向对兄台的能力抱有厚望，想必兄台定将大展宏图。前述情状，万望体察，再次致以歉意。受兄台如此相托，若与朋友众人一同筹措，或尚有少许可能，又恐对兄台失礼……此致。田吉太郎致太宰兄。”

“若不写信抱怨两句，那就不是你老兄啦。啊，良友啊，你当正房毫无真心，当情人不够标致，当小妾则身段粗蠢声音嘶哑，啊，不足矣，不足矣。月亮啊，天地之美人。望月惹人愁。吉田洁。”

某月某日

“太宰治先生，再度劳您过目拙文，实在失礼，万望恕罪。一来是我们的同人杂志《春服》已经快到山穷水尽的地步，心中伤感懑闷；二来是因为我本人的衰朽；最后则是您对如我这般的人表现出的善意。昨晚，《春服》同人中一个叫松村的已经转达过了来信，加之我这个人向来厚脸皮，因此不顾可能给您带来麻烦，还是写下了这封不甚得体的书信。我这位叫松村的朋友，曾经和盐田嘉成、关达治、大庄司清喜三人一同去船桥府上叨扰时打听过您对拙作的意见，后来我向三人询问，他们又转告了我。此外，您在《新浪漫派》十二月号上，也透露了一些关于拙作的感想。在《新潮》一月号上刊登的贵作中，您让一少女携带了《春服》杂志，亦可管窥您的用心。今天，我尽快去跑遍了街上五六家书店，想找这两本杂志，但《新潮》各家店都已售罄，而《新浪漫派》似乎还没到货。我写信并非为了向您致谢，如果我处于一个只要道个谢就能完事的身份的话，事情倒也清爽得多了。然而，要说出‘我有事想要请教您’、‘希望能和您商谈’或者‘想借助您的力量’这样任性的台词，又着实羞耻。或许您曾向嘉成打听过我的经历身世等事，他八成都和您说了，因为他是个喜欢大张旗鼓的人……这么说倒不是对嘉成怀有恶意，而是一种自我辩解。我年幼时，曾因白喉和赤痢两三次昏厥，不省人事。八岁时家人给买了《毛谷村六助》，自此渐成文学青年。当时我父亲有了小妾，而我至今敬爱的母亲在男人的胁迫下私奔去了箱根。后来母亲改名为‘新子’后，又跑回来了。我刚记事时，父亲刚脱离一介贫穷小官吏的身份，还没来得及喘口气，就罹患肺病，举家迁去了镰仓。父亲曾经是举世闻名的历史学家，二十四岁就当上了报社社长，后来投资股票失利，只能偏居陋巷秉笔撰史，靠一支笔讨生活。似乎也写小说，与大町桂月、福本日南都有交往。他曾痛骂桂月，说他故弄玄虚。而他自己也深得某伯爵、某男爵、某子爵的知遇之恩。父亲作为热烈的皇室中心主义者，刻板的官吏，孤傲狷介、嗜书如命、刨根问底、不知倦怠的历史学家和易怒的老爷子过完了一生。这是我十三岁时的事情。在那之前两年，我上小学六年级时，管我的老师是镰仓大佛殿的和尚。在他的影响下，我不再是住在别墅里任性妄为的小少爷，而是变成了偏执乖僻的宗教家和神秘学家。我在现实中看到了神。另一方面，我对袖珍本痴迷成疾，搜罗的长篇故事堆起来比我的身高还要高。在作文课上，我曾经被老师点名朗读。以《新闻》为题书写的卖晚报题材的文章，感动了整个年级的同学。写的俳句上过地方报纸。我还给年幼的文艺同好们做过传阅用的杂志。当时，读高等学校、立志成为和歌作家的哥哥上了大学，返乡时对我追求美文的形式主义大加批判，向我推荐了子规的《竹里歌话》，还让我给《赤鸟》杂志写了新体诗。当时写的名为《波涛》的一篇，深得白秋先生赏识，后来入选了'艺术社'的《日本儿童诗集》。父亲去世那年，哥哥开始在某中学执教。父亲的死，固然是因为肺病，但或许也是由于从土佐国接来的祖父死于地震，而祖父在被接来时与我叔叔又发生了一些口角，于是叔叔上吊了，而又因为叔叔身故的关系，堂弟也发了疯等种种原因也说不定。再加上他因为哥哥成为社会主义者而痛心不已。当时我这位哥哥，把我扔在中学的寄宿宿舍里，自己带着全家去了东京，还担任了某某工会的书记长，在学校组织罢工被开除，在母亲他们逃回镰仓之后，还在看守所里进行着公共知识分子的活动。他的一个同志来到我家里，对从寄宿学校回来的我和姐姐进行了一通感化，让我们对哥哥心服口服。后来三·一五事件[1]发生，哥哥脱党、结婚，嫂子和母亲关系很差，两口子扔下我们去东京生活了。因为我是人道派的马克思主义者、感伤的文学少年、数学差生，或许也因为手淫过度的毛病，我在学校没有一个朋友，形单影只，于是和姐姐、住附近的W大学学生、小学时代的好友，加上兄嫂二人，持续做了两年《素描》杂志。因为哥哥参加运动，父亲留下的财产也散尽了，镰仓的别墅被租给了别人，全家又搬回了东京，兄嫂也住在一起。从中学毕业后就开始打网球的我，拜网球所赐几乎每天都长高两寸。在W高等学院浪费了长高、变胖、手淫的一整年之后，我进入了W大学赛艇社。一年后我成了主力队员，两年后作为第十届奥运会的代表选手去了美国。当时的我是一个年仅二十岁，身高六尺，体重十九贯[2]半，红脸膛的少年。其实我很不擅长划船，颇受前辈轻视。在往返美国的船上谈了几场恋爱，回国之后尽是欢迎会，得意忘形至极，后来多少患上了些神经衰弱。我回国的

1　1928年3月15日，日本政府镇压共产党的事件。

2　日本旧制重量单位，1贯等于3.75千克。

时候，前一年失去了嫂子的哥哥回到家中，成了党组织资金局的一员。热爱着哥哥的我，仍受着马克思主义理论影响的我，立即与他产生了共鸣，变卖了镰仓的别墅，又挪用了自己的学费交给哥哥，自己也在大学里成立了抵抗组织。关达治就是这个组织的成员，他的宿舍是我们的秘密基地。在那个时候，我结实了有自杀企图但无力执行的盐田嘉成，后来，达治手脚不利索，被捕了。虽然他奋力替我们掩饰，但我还是效仿了此前从家里逃跑不知所踪的哥哥，扔下几乎要发疯的、歇斯底里的母亲，逃亡了一周左右的时间。在我回家探查家里的情况时，被姐姐抓了个正着。学费花完了，只能被学校退学，我受姐夫照顾，进入一家月薪十八元的摄影工厂工作，和母亲两人一起住在一幢两间[1]宽的长屋里。在职场上，我立刻就成立了组织，当上了CAP，工作结束后，就在街上接头，在咖啡店里面色严峻地交换机密文件。那段日子只过了四五个月，没多久，就发生了密探事件，在逃跑、脱党又作为经济记者回归的哥哥的帮助下，我又回到了学校。因为已经脱党，所以哥哥在看守所里被关了两个月，我没犯什么大事，只蹲了半天。在单位工作时，我主要在机关杂志上写些改编自妙伦[2]的童话故事，或是模仿片冈铁兵口吻的无产阶级小说。一毛钱买来的《卡拉

1　日本长度单位，1间约1.181米。

2　至尔·妙伦，奥地利女作家，曾参加德国无产阶级文学活动，写有许多童话和短篇小说。

马佐夫兄弟》令我感动至极，这是贫穷的大学生的故事，特别还描写了对兄长娶妻后的各种顾虑，让我又一次燃起了年幼时的理想，希望成为一名小说家了。最初一年，我忘我地写了很多不知所谓的小说并四处投稿。也许是因为突然停止了体育运动，只要看到别人的脸就热泪盈眶，喉头哽咽，还有点害羞，全身就像被松针攒刺一样又痛又痒。应征《艺术博士》落榜时，我难过得已经把上吊的腰带缠在脖子上了。我在陀思妥耶夫斯基流行之前就对他十分着迷，经常用腐臭的文学理论来刁难达治，我想其他友人应该也对我大皱其眉吧。哥哥续弦的嫂子的弟弟山口定雄，在早稻田德语系做一本名为《鼻子》的同人杂志，托他帮忙，我也成了《鼻子》的一员。去年年底刊登了一篇我的作品。后来我向渐渐厌倦了《鼻子》的山口发出邀请，与他的挚友冈田大致制订了计划。我首先博得了神崎和森两人的理解，然后说服了达治去拜访小日向。达治被强拉入伙后，嘉成、神户也就跟来了。就这样，由达治命名的《春服》诞生了。达治人面颇广，山村、葛西、丰野等人纷纷加入，之后嘉成又通过努力拉进了伊牟田。我与嘉成交情日笃，我那些腐臭之处，他也都能包容。从《春服》创刊到二月号出版这段时间里，我一直在为了找工作四处奔走。所幸，靠着外公那边的照顾进了现在的公司。然而这段时间，与兄长的关系日渐恶化，于是想变卖所有藏书踏上旅途。对于我半途而废地放弃文学，哥哥极为轻蔑，但既然已经从学校毕业，再让哥哥供我生活是不可能的。想到母亲的悲叹，觉得也不可能去过神崎那样文学青年式的人生，因此试着作为一介公司职员来建立自己的人生。进公司一个半月，就被上司说：'你身体不错，我们打算把你派到朝鲜或中国去。'我厌倦了与母亲和哥哥一起的憋屈日子，想要寻找新的生活，于是来到了朝鲜。比起中国来，朝鲜似乎更能当作小说的素材。这和我当公司职员一样，与其说是来自我自己的种种意见，不如说是来自种种必然。'青年的思想不过是对他们行动的辩解。'这似乎是H老师的话。在写这封信的昨夜，我本要找个借口不给家里的女人买披肩，可只去了一下，就不仅给老太太还了三元欠款，而且被迫答应正月里要带她出去……然而现在就已经是十二月了。裁缝店的人来，把我一直舍不得花的十元钱拿走了，只剩下一元给我，我还得拿它去剪个头发，于是只剩五毛。我想，要不全花了吧，好钱不过夜嘛，干脆过个圣诞算了。我昨天两点回家后，一直写到了五点。刚刚，我和同住的勤杂工一起去了理发店，听了加藤咄堂的广播节目，然后回来路上买了四毛钱的零食和一包'鸽子'牌香烟，身无分文了。现在，我正在阅读舍斯托夫的《自明的超克》和《虚无的创造》，他说：'通常的传记就是什么都说，唯独不写对我们重要的事情。'我重新阅读前面写下的饶舌，觉得老大没意思。这样的东西，能交出去给人看吗？虽然我这样想，但又觉得重写一遍也太不像我所为了。充满虚伪矫饰的自卖自夸或许也算讨人喜欢吧，但很快又与自我厌恶联系在了一起。我用舍斯托夫糊弄过去了。实在不好意思。那么，说起我现在的生活，去公司上班是早晨九点半到晚上六七点。内容上来说虽然也有一些案头事务性工作，但本质上是对外联络员，去跑租车行、公司的采购，或者走访商户，说白了就是某种上门推销的。大抵是被人鼻孔朝天地赶出来，然后还得点头哈腰，像苍蝇似的搓着手赔笑，着实让人厌恶难当。如果只是这样也就罢了，地方外派机构的人净是两口子，一个个都跟小姑子[1]一样，背地里说人坏话，当着面冷嘲热讽，尤其怕客户被撬走，只会让人做杂务。既然坏话已经说了，那我就多说两句。这些人就像长舌妇一样，只知道忙着拍总公司的马屁，担心自己会被解雇，嫉恨别人工资高，批评别人的生活，然后就是抱怨自己的不满。比如，关于出差经费的计算，他们就背地里议论，说别人是出差暴发户。其中一个太太乜斜着眼说：'那个谁净出差了——我们家那位出了三天的差就攒下来三十元呢。'然后另一个太太就说：'哎，我家那位就算出差，钱也都叫下面的人拿了。可是你看咱们主任，老拿着二等车厢的旅费去坐三等车，真抠……'等这些太太们自己一出差，就是一堆鞋子磨脚啦，西服扯破啦，白衬衫弄脏啦之类的麻烦。特别是这种号称是少人数、像家庭般气氛良好的企业，竞争格外激烈，我这样的人，一天二十四小时都在请示别人意见。再

1　日本有俗语"小姑子一人能顶恶鬼一千"，表示对嫁进来的媳妇而言丈夫的妹妹极为难缠。

加上这个生意的性质其实是接待客人，所以假日、星期日的出勤加班都很多，根本没有时间用来学习。处处都要费心，累得要死要活。每月底薪六十五元，算上五成的加薪，一共九十七块五。可是钱这东西总是看不清真面目，搞也搞不明白，一直在入不敷出，已经欠了不少外债。我早已过了说人坏话来博取他人同情的岁数，不说了。同住的勤杂工君已经躺下了，他一直在没完没了问我英语，实在令人吃不消。话说我对外语实在是一无所知。话说我也是躺下了在床上写这封信。勤杂工君实在烦人，等他睡了再继续吧。请原谅我这种像电台播音员一样的写信方式。因为我觉得这样写才比较纯粹。此外，请容我摘抄一段舍斯托夫的话：'契诃夫的作品，其独创性或意义正在于此。举喜剧《海鸥》为例，它违反了所有文学上的原理，构成作品基础的，既不是某种激情的构造，也不是事件必然的继续，而是不加修饰的、纯粹的偶然。读这篇喜剧，感觉就像在浏览一张既无秩序，也无构图，由芜杂的事实所聚集而成的报纸。在这里，占据支配地位的是偶然性。偶然性抵抗着一切普遍的概念。'我一边抄这个，一边给勤杂工君讲睡前故事。他拉着我讲紫式部、清少纳言，还有《日本灵异记》。讲的过程中由于他实在太害怕了，牙齿咯咯咯地一连打了三个冷战。太宰先生，您已经睡了吧，请不要一边露出鄙夷的冷笑一边有一搭没一搭地帮腔了——我开玩笑的。今天我去上班，公司里正在挨个儿收年会的份子钱，要大家一起喝酒。但我因为酒品太差，被勒令禁酒，无聊极了。整整三个小时，一边盯着刷白的天花板，一边听大家愚蠢的谈话。之后，去拜访客户，又把会员喊到主任家里吃饭、玩花牌，直到现在才回家。写这些的时候已经是夜里十点了，身心俱疲，根本不想写信，简单再写两笔吧。我休假两个月的原因是因为某件事喝醉了酒，跟九个工人动起手来，十二月二十九日，我胳膊上被剃刀划了一刀，伤口感染成了丹毒，住了两个月院。对一个一边打架一边醉得几乎要睡着了的男人，对方居然动刀子砍我，而且是几个人砍我一个。我运气实在不佳，又饱受丹毒之苦，为了筹措住院费……母亲把父亲留下的现在已经只剩下一栋了的房子抵押借了高利贷，一边跟哥哥争吵，一边把钱给我送来。公司因为我这不是病假而是私斗致伤，扣了我十一月的工资。而公司里的其他人，也完全把我当成了流氓无赖，看我的笑话。算了不讲了。我在想我要不干脆去纹个樱花图案的刺青好了。我已经不是小孩子了。说起来，我想给你写信的原因是，我不想再搞文学了。这不是出于任何思想上的原因，单纯是因为生活不便。作为一个在京城[1]工作的公司职员，在此之前我还没觉得自己处于什么恶劣的条件里，但这件事发生后，我忽然开始厌倦了。今天也一样，只要一去公司上班，就几乎没有自己的时间。负伤之前，我每天平均只睡五六个小时，时不时还会彻夜

1 现在的首尔。

读书、著述（哎呀呀），有时候还在公司里写些小品文一类的东西，从那以后我就厌倦了。太宰先生，我想回东京过文学青年的生活。在公司上班的生活，不仅不能让我看见社会或者开阔心境，反而眼光已经窄到只能看见发薪日和上司的脸色，就连大学里学的那一点经济学都忘干净了。对于没办法学习的生活，我以前就很不喜欢，现在则变得更加严重了。我要么回东京过文学的生活，要么就只能去死。我想做点什么，用例如镜花氏或者红叶山人笔下的书生的那种形式，或者用陀思妥耶夫斯基的形式，等待水与米，还有别林斯基的出现。我是个污秽的混账东西，回到东京会堕落到哪一步田地，我自己倒是无所谓，只是母亲——想到这个就觉得受不了。虽然如此，但是，这里的空气也同样让人受不了。或许我的愿望只是某种自私的支离破碎的奢求罢了。然而，如果我再照现在这个样子过上一个月这种商人的生活的话，那么我要么是自杀，要么就放弃文学，没有第三条路可走。我觉得窒息。把窒塞的呼吸吹进气球里，放飞到蓝天中去吧。放弃吧，我心想。但是，我还是想要改变生活。关于此事我希望能听听您的意见。我是不行的，就算回了东京，也没办法只靠文学吃饱饭。不如去当锣鼓班子或流浪汉，或许反而能丰富些生活经验。但是，母亲却一下子寄来四张候补媳妇的照片。事到如今，想靠《春服》作为我的容身之地的希望也破灭了。十月投稿的将近一百页的小说会怎么样呢？不如索性全撕碎算了。不如索性去应募有奖征文吧。保持沉默才是贤明之举。但是，太宰治先生，如果有可能的话，请给我寄一封激励我的信吧。再上个四五天的班，我就要彻底腐烂了。今晚我已经对写信感到厌烦，明天、后天想必会更加厌烦吧。我一直在自说自话，无意识地自说自话。请您斥责我吧！请对我说‘赶紧回东京来’吧！算了！请把我介绍给我喜欢的作家，尾崎士郎、横光利一、小林秀雄吧！算了！我要从本月中开始把能记得的事全写下来写成自传！但是，《春服》陷入困境令我深感悲观，在《春服》重整旗鼓之前，您能不能帮我介绍一个愿意每月刊登我大约五十页稿子的同人杂志呢？我会付同人会费的。对不起，拜托了您多余的事！虽然也可以把写的稿子攒着，等着有奖征文的时候应征，但那种事运气成分大，非我所喜。再说我这笔烂字，别人压根不会好好看我的手稿，从一开头就直接叫人给撕了。——算了！算了！无所谓了，能把这封信读到这里，我已经谢天谢地。给我回信吧。那样的话，我就可以重写给您。至于这封信，您撕了扔掉也行。请原谅！同样的信我写了六封，分别给六个作家寄去了。您是有自己的世界的作家，而我，老实说，非常自大，而且愚蠢，我无法热爱您的世界，也无法觉得您是聪明人。然而，您是一位近代知识分子，有着让人不安的相貌。我不能再胡乱写下去了。您是黄表纸[1]作者，也是《我发现了》的作者，《被揍的家

1　江户时代流行的一类大众读物，以滑稽讽刺内容为主。

伙们》在你看来不值一哂。您操弄的人生纸雕就像大南北[1]的大戏一样鲜血淋漓。我说得太烦人了，您是不会听的。让瓦莱里看起来庸俗的，就是您的《逆行》和《达斯·格麦内》的读后感。然而，在这里有近代青年'关于失落青春的一片抒情，关于我们存在环境的自我证明'。然而，我是幽暗荒芜的广阔草原，让太阳照遍每一个角落吧，绿色的、生机勃勃的，但其中乱生着繁茂的杂草，该从哪里开始删刈呢？我漫无目的地从脚下拨开杂草走进去，走到哪里算哪里，然后报告——报告什么呢，我是个愚钝的人。然而，我想要野蛮却又桀骜不驯地活着。我现在不热爱世上任何一个作家，我最喜欢的是陀思妥耶夫斯基。请不要轻蔑我的平庸。就在今年，我想要写些东西了。然而，小说也好，人生也好，究竟有什么意义呢？意义是不存在的。写小说，就像吃饭一样。那样憎恶务实精神的舍斯托夫，也留下全集了。所以，用力一点也没什么吧。我还有只要从无论是什么有名的人那里收到信就莫名奇妙地厚着脸皮撰文炫耀的毛病。不，只有前阵子收到北川冬彦的总共五六行的明信片时是这样。您已经睡了吗？去读舍斯托夫吧。请您无论如何无论如何无论如何无论如何无论如何无论如何无论如何无论如何无论如何无论如何无论如何无论如何无论如何，无论如何都要给我回信啊。您不回的话，我会很无聊的。我这个撒娇

1　四代目鹤屋南北，歌舞伎脚本作家，被尊称为"大南北"，多撰写神怪剧，以人物扮相阴森可怖著称。

的臭毛病！我实在不是很喜欢写下这封信的自己。您呢？我以少年时的贫困为傲，还想让您知道，当我还是个十三四岁的少年时，非常不擅长画画，但入选过帝展的深泽省三先生（红子老师的丈夫）很喜欢我，推荐我学美术。我歌唱得不错，也擅长写诗——正因为如此才很愚蠢。我这样说，嘉成一定很讨厌，我也很反感别人吹牛，但我就这么写了。不好意思。请不要觉得不愉快。不，首先，我根本不知道这到底有什么好不愉快的。我是个低劣的少年。然而——不！果然还是低劣的。死缠烂打，请人一定要给自己写信。别了，别了，静待佳音。等等！有人在打哈欠。而且看吧，他旁若无人地把细长的双臂伸展向天花板，'啊，啊，啊'地打着愚蠢的哈欠，真是个混账。而且他嘴巴很大，牙齿很白，简直是一张马的脸。我有一策，太宰治先生。关于我自己，我想写的事有很多。如果您已经读了二三十页，那实在是幸甚至哉。因为首先，我是毫无意义的存在。即便马克思没有说商务公司、经纪人、广告业、推销员对社会有害，我也确切无疑地痛恨自己的职业。主任曾经教训我要杀死自己的个性，而个性则教训我说要杀死主任。去收账时碰上个非让我喝小罐装清酒的货车司机大爷还算有趣。可对着一个冷淡地坐在桌前、留泥鳅胡子的官吏请示：'今天有什么需求吗？'对方只会回答'没有'或者'商人在外面等着'。要么就是为了一厘的优惠，登门一百次，最后拿了个二三十元的订单……不，我不抱怨了。仔细想想，没有比先有好恶再有道理这个事实更可怕，也更可厌的事了。喜欢？讨厌？那只是一瞬间的感觉，现在是讨厌的。所以，我发现，世间的言语只是在操控人的感情，我感觉我差不多也该需要面具了。我最喜欢的是梅里美的面具。我不会再对他人说我喜欢或讨厌云云。喜欢的话我就说喜欢，但是如果变得讨厌了，我也不说我讨厌了。我曾经对某个女孩，出于这种责任感，明明已经不喜欢了，却还是说不出分手，非常困扰。而已经讨厌了再努力变喜欢是不可能的。难道我一定要一边讨厌一边爱了吗？我憎恨的人太多了。啊啊啊，您也是，你也是，你这厮也是，害得我这么苦，居然还厚颜无耻地活得挺欢实。”

“最近你的明信片没一张能看的。非常懦弱而且巧言令色。我感到相当遗憾。吉田生。”

某月某日

简短一言。（此处空一行。）我被告知我也是一只化身拜伦失败的土狐狸，于是对化身一事也失去了兴趣，给恋爱对象写了绝交书。我自己的生活全是谎言，全是虚伪，已经没有任何可信之物，落入了绝望的（银行账户都被中止了）深穴。从今以后，我不认可你的文学。再见了，请你给我一张照片。《小丑之花》是杀人的文学吗？（银行账户没有中止，不过……）不，简单热个身。太宰先生，你好像总算是上钩了，我能感觉到。如果对我有兴趣的话，就读到结尾吧。我还是个二十多岁的少年，所以蒙您抽出宝贵时间，心中感念，甚是过意不去。（如果我这倾注了诚实的话语竟然被报以哼哼冷笑的话，那我真的想捅死你。啊，说了离谱的话。）首先，我是何等程度的少年，请容我自我介绍一下。我十五六岁时，醉心于佐藤春夫老师和芥川龙之介老师。十七岁时，醉心于马克思和列宁（赌上性命）……然而到了十八岁，又重新回归到芥川，也醉心于润了。（太宰？不过是个让人觉得没劲的混蛋罢了。你听见了吗，不倒翁？寂然秋暮向我倾[1]，这怎么样？请帮帮忙，不要把我扔进废纸篓里，我会努力写得有趣一点的。）通过"芥川"，我又开始耽读阿纳托尔·法朗士（敬语可以不用了吧）、波德莱尔和埃德加·爱伦·坡。然后就抛下了文学，走进了幻灯[2]的世界，如此这般一番之后，便成了现在的我。我虽然在做文学时，感觉到了语文能力的必要性，但别说外语了，我就连日语都没有好好学。（无聊吗？还有一点，再坚持一下。）蹉跎了不少时光。我觉得我自己的生活是一种盲动，然而，人生本来就是盲动。我如此自问自答。（自问自答弱寒秋。这是二百年前某老翁的俳句。）作为二十岁的少年，这或许通达得过分了吧……什么是舍斯托夫的不安？我不知道。我读完了纪德的《窄门》，这是纯情青年的恋爱故事，我大约从中只能感到真情

1　此为松尾芭蕉的俳句。

2　用幻灯机播放幻灯片并配以解说的文艺形式，在电影放映技术成熟之前是日本非常流行的影像媒介之一。

的宝贵吧……总而言之，这就是才疏学浅的我。此致失礼。我实在是无礼到离谱的程度。此刻，我突然明白了自己的斤两。只要写候文体[1]，就可以想写什么写什么，只要穿跟别人借来的衣裳，就算是五个家纹的纹付[2]也能穿得轻巧。那个，既然这样，让我开唱吧。（别说可怜的话。）不是，让我开写吧。敬启，鄙人言，经一异性友人所荐，拜读《盲草纸》《达斯·格麦内》，即成太宰治迷矣。容禀，此乃敬表仰慕之情之‘粉丝来信’也。《新浪漫派》者，亦已自十月号起订购矣。《思考的芦苇》亦已读毕，所谓知性之极也……马场的话，鄙人……否，无想言之物也。倘为电影迷，此际当持剧照一张求在此签名也。鄙人亦甚盼可得如太宰治阁下之签名之物也。可以吗？静候答复。写出这样稿纸般的信，失礼至极也。甚为感谢也。敬具。十二月二十二日。太宰治阁下台鉴。我的名字是瞿麦，或者夕颜，或者蓟花。追申，这封信里我因说得不够，或说得过多，感觉到一种自我厌恶。用《达斯·格麦内》后面的话说，就是‘语无伦次的招牌’的感觉。（不，我说了蠢话。）太宰先生，这样是不行的。首先，我到底是什么时候有了个异性友人的呢？全都是谎言。签名也不用了。我想要你的——不，来到困难的地方了。请您一定不要回信。那种东西，实在

1 一种日语文言文体，多用于公文等正式场合。

2 “纹付”即印有家纹的男式和服正装。“五个家纹的纹付”即左右胸、左右袖和后背中心都印了家纹的纹付，是规格最高的正装。

讨厌。可笑。我们的作家出现了，这是值得高兴的事。即便觉得痛苦，也请活下去。在你的身后，乌央乌央地站立着十万个说不出话的丧失自我的亡灵。很高兴在日本文学史上能够有代表我们的选手出场。我乃对浮云一般的我们给予了表达的作家的出现感到欣喜者也。（眼泪流下来了，流下来了，没有办法。）我们，十万青年，一旦进入真实的社会，到底能不能存活，这场严肃的实验，在你一个人身上默默地进行着。根据以上写的内容，我仍然没有脱离少年的领域。你确实就像'高处的空气，强烈的空气'，我因为给你写信或见到你，就会感觉到'冻毙的危险'。我怀着无比敬畏的心情，想凭借这一封信从你那里逃离。正如一只盲蛛，祈愿着小雀能够宽待自己。当然了，你的作品我自认为比任何人都爱读。再说一句，你的黄昏开始了。你操弄闪电，你凝视太阳过久，然后无法忍受……（此处空一行。）对于《盲草纸》的作者，这种话合适不合适呢？——这是斯特林堡《通往大马士革之路》中的话。嗯，啊，我用了一种装腔作势的写法。我写不动更多了。太宰治阁下，我想飞到你身边，在暗处说话。如果你给《改造》写我就买《改造》，如果你给《中公》写我就买《中公》，并且，故意不还三元钱的赊账。顿首。我是女的。"

"敬覆。望君自重自爱，唤起高迈之精神，成就天禀之才能，须自觉，此乃天人共赋于君之天职也。万勿徒于梦中悲泣，以严肃之态度，努力完成五十枚之书稿，金五百元不日将为君囊中之物。请以八十元置新斗篷一件，二百元置上衣裙裤白袜一套，即成二百八十元之豪华版新年贺礼。吾将于清晨立门相候。深泽太郎致太宰治阁下。”

“谨启。其后久疏往来，您身体可好？此致问候。二三日前屡屡收到明信片及电报，要求交付太宰君稿费二十元，然而社里拨给我的稿酬预算仅有六元五角（两页半），在下近来囊中羞涩，今日总算向友人另行筹借十元。让您四次重写，虽然万分抱歉，但只能寄去十五元。除夕临近，但太宰仍会满不在乎地胡乱花钱。故先请由您代管，适时转交为好。本来想多寄点，但我也为生活所迫，实难如愿。长泽传六致太宰治先生及尊夫人。于曲町区内幸町武藏野新闻社文艺部。”

某月某日

“腊月寒冬夜半惊坐而起记之。一、我非低劣之辈。二、然而，我独自创作。三、有人在看。四、‘我也是一贫如洗，是吧？’五、按说不该如此。六、蛇身清姬[1]。七、‘偷偷瞥了你一眼是我不幸的开端。’八、此刻太宰是睡着还是醒着？九、‘可惜了这才华。’十、筋骨体质。十一、艰难困苦玉汝于成。（思维的行列不断不断不断不断地呈万紫千红百面亿态。）

1 即安珍与清姬的传说，被改编为歌舞伎或能剧等多种体裁。行脚僧安珍与借宿民家的女儿清姬一见钟情，私定终身，约定安珍朝圣归来后再相见，但安珍并未守约，愤怒的清姬化为蛇身，口吐烈焰，将负心的恋人烧死在天音山道成寺的大钟里。

每记录下一条，就有三十倍四十倍百千倍的言语逃逸。S。”

某月某日

“前文略去。以为兄终于静养身体，正觉安心之时，却风闻兄靠注射药品换得片刻安稳。窃以为此举甚不得体。药品注射的末路之可怖，兄台想必心知肚明，此处无须在下赘述。切望兄发如对恋人断念般的大决心，万务全力戒之。佛典有云，‘勇猛精进’，即是促人下此等决心之意。此等事体，实本当登门申述，然兄台已是一家之主，并非顽童。写信申说兄台想必亦能明鉴，故写此信。不如寻一温暖之地，或去温泉静静思索一番如何？亦可与青森的尊兄商谈，务必妥善处理，此谨上苦口婆心之言。又温泉之行或已在安排，移居温泉后务请告知，北泽君等将一同探访，本人亦将在附近旅馆短暂逗留。代问夫人好。早川俊二顿首上津岛修治先生。”

“只能凑出三十元。听到什么人命关天，着实担心，到底怎么了？原本我直到二十日前后都在等兄说明详细情状。（此处空一行。）如此山水相隔，对彼此生活的认识多有不足，想必会碰上很多困难。听你说要命，我才寄钱过去。但我的生活也绝不宽裕，只能预支薪水（而且也预支不了太多）借给你。（此处空一行。）我并不是在装模作样，也不是因为我生活奢靡。作为教师，我并不是一味在过着如普通人所想的那样的生活。曾经你我都有过燃烧年轻热血的事业。（当然不是文学。）

钱是花在那个上的，是为了那个。再加上，孩子生下来妻子就得了肺病，我也有肺病（当然是轻症），家计艰难。（此处空一行。）因此，给你三十凑合一下吧。并且，如果有可能的话记得还我。我这边也是人命关天的。（此处空一行。）根据文坛传言，你在小说之外的生活态度是什么样我大致清楚，但我不愿意相信这是你的全部。（此处空一行。）你给我精神点儿！什么要命，什么去死，你是这种人吗？！气质泽猛保。”

“恶习当除。吉田洁于本乡区千驮木町五十号。”

某月某日

“一边想着非说不可，一边觉得说不出口。放暑假时，终于做出了写信的决心。我想写信。我一边想着一定要写，一边思索到底是为什么写不出来呢？尽管您说‘人不该嘲笑别人’，但我还是写不出来。我决定写信了。我下定了写信的决心。明天开始我要画一幅画，然后进一步坚定我的决心。画个一周，差不多就能画好了。然后去茑町写信。写不出信来，我就不回东京。无论如何，我都要写信。《青鞭》创刊号已收到。我准备付诸实行。我创造不出任何东西，只是打算画这样一幅画。我对于期盼得到您的认可却不付诸实行的自己感到非常焦虑。从船桥回来的那天，我感到彻底的绝望，非常悲哀。您说的话，现在给了我特别绝对必要而令人感激的力量。毕加索也好，马蒂斯也好，都在把从不同的角度看来可能不值一哂的东西付诸实行。而我，最近画的画不是实行，而是借口。我想写长长长长的信。我曾说无懈可击的信'怎么都写不出来'，似乎千家君误解了这句话。我直到发誓写信的那天为止都在努力。从那天起对您说话不再需要努力。我想写能让人读一整晚的长信。我不是黄鼠狼。我有时候觉得自己就像苹果树一样钝重。我懒得跟别的家伙说话。唯独对您我可以什么都说。如果您不相信这封信的话，我就去死。敬四郎拜。"

某月某日

"敬启。突然提出不情之请，可否请老师收我为弟子？我读了《达斯·格麦内》，现在也还在读。我今年十九岁，去年刚从京都府立京都第一中学校毕业，明年打算去三高文丙[1]、早稻田或者大阪药专。目前正以成为小说家为目标，拼命努力学习。请老师一定要收我为徒。这需要什么手续呢？润曾经说过，只有伟大的灵魂才能发现伟大的灵魂。我有一点画讽刺画的才能，也有对文学的敏感性，家教甚好。只不过稍微有点古怪，而且是基督徒，又是施蒂纳[2]主义者的可怜人。请老师一定要回信给我。太宰主义目前正以汹涌之势在我们的圈子里

1 "三高"即第三高等学校（今京都大学综合人间学部），"文丙"即文科丙种，主修外语为法语（甲种和乙种分别主修英语和德语）。

2 原名卡斯巴·施米特的笔名，德国哲学家，被恩格斯称为"现代无政府主义的先知"。其代表作《唯一者及其所有物》日文版由辻润翻译。

蔓延，我高兴死了。再见，期待回信。气仙仁一于三重县北牟娄郡九鬼港。另外，我有刺青。是和老师小说里提到的同样的图案。整个后背上碧波荡漾，还有鲜红的大朵玫瑰，四条形似青花鱼的尖吻细身的鱼，将身体擦过玫瑰的花瓣，在波浪中嬉戏。因为是乡下的刺青师，好像没有纹过玫瑰，所以那大朵的玫瑰看起来活像个俗气的猴脸。一时间我觉得了无生趣，把房间弄得昏暗，躺在里面睡觉。好在我不费一番功夫也看不到自己的后背，并且牢记一年四季都短袖衬衫不离身，于是渐渐把这件事忘了，明年要去考三高文丙。老师，我到底该怎么办呢？请教教我。我喜欢山田和加[1]，我想她一定膂力过人。我爹妈时不时对我发脾气，啪地抽我一耳光。但是爹妈都很弱小，所以我也没想过要报仇。父亲虽然是现役的陆军中佐，但一点也不强壮，滑稽的是，他不管到什么时候都只有五尺一寸高，而且越来越消瘦。想必他觉得很不甘心吧，他会抚摸着我的头哭。说不定我是个非常不幸的孩子。因为我是和平主义者，所以昨天也独自盘腿坐在十叠的房间中央，四下观望，房间的角落都看得清清楚楚。人，没有比不会打架更头疼的事了。汽船荷一。”

“看您一副困苦的样子，可大家全都受着和您一样的苦活着。您的创作，这半年来没有一家杂志收稿。恐怕这正是作家

1　日本作家、女权主义社会活动家。

迟早要经历的谷底。这是记者间的默契，没有办法。同封寄去二十元，是我先行垫付放进去的，等您愿意的时候，写个三四页篇幅的旅行日记投给我吧。我建议您用这笔钱进行一场为期五六天的穷游。就算只剩下我一个人，我也相信您。高桥安二郎于《大阪沙龙》编辑部。春田被开除了，是我安排的。”

“据尊夫人的报告，我发现你好像把酒和烟都戒了。取而代之的是每天吃二十根香蕉，再把三十支牙签的尖头细细地咬得像棕榈叶一样再吐得到处都是。此外，没事就从床上蹦起来，在屋里踱来踱去，脑袋撞上电灯罩子，已经撞烂了三个。了解到了这些事后，充分理解了尊夫人‘一难过去一难又来’的感慨。不过这也不是太宰一人之过，而是大家拉帮结派把你当成笑柄。我因为这件事，对两三个人起了杀之亦难宽恕的愤怒。太宰，不要羞耻，请昂首挺胸地前进吧。黑。”

“太宰先生，久疏问候。听闻您文名日益隆盛，此话纵被指为无用客套，被您稍加斥责，在下亦不会见怪。近日《盲草纸》于在下的阅读中占据压倒性地位，而《思考的芦苇》亦必每月拜读，以资严格修养。目送着以稳健的步调日渐出人头地的年轻人们，在下以敬拜生于此世间的最尊贵的神光的心情，于昨天清扫了神龛，并祈祷吉田先生能够出类拔萃，鹏程万里。想来亦属奇缘，太宰先生一年间仅购入稿纸三百页，而且只是端端正正地搁在桌上当摆设，旁边放着钢笔，无论什么时候登门拜访，稿纸看起来都好像一张也没减少，不是与早川先生下将棋，就是在睡午觉。对在下而言，这是最坏的顾客。即便如此，在给住在那附近的作家送货之后的归途中，在下也必定登门拜访，叨扰清茶一杯，悄悄期待着必定现身之人。您绝不背地议论他人，即使我讲到别人的消息，您也总是一副毫无兴致的样子，只是在热心研究着小店的生意。在下眼光一向不错，昨天又在某剧作大家的面前，自吹自擂了一通，大获成功。纵使您责骂，也没别的办法。以后绝不再向您传任何闲话，下不为例，望您宽恕。方才在意想不到的地方犯了大错，您订购的稿纸，月初刚送到五百页，又再次收到您五百页的订单，在下一惊之下，昨夜送出总计千页，还请您默不作声地收货。您的第一部小说集，现在还没有出版吗？在出版纪念会上在下申请唱《鹤龟》，以传达心头欢喜之万一。然而深沼家不可能出席让在下扯着嗓子唱《鹤龟》的宴会，于是出版纪念会需办两场，深沼家全员出席的会，以及深沼家缺席、《鹤龟》出现的会。以上是关于深沼家的巷议。另，此次《英雄文学》终于由您执笔创作，窃以为在下月初的通风报信亦有少许贡献，今后在下将一无遗漏地继续报告。这把年纪了仍喜小题大做，尽管莫名其妙，还请您判读在下这自以为是的胡言乱语。十二月只剩一两天，商人急急奔走如屁股着火。田所美德致太宰治先生。应该已经深夜三点了。”

“来信拜读。您的窘境我已深刻了解。做出这种答复，我自己也深感不愉快，尤其是深知这对您会有何等影响，故下笔亦有涩滞。本月我自己也做了蠢事，焦头烂额，十分困扰。因此实在无法效微薄之力，望勿见咎。此事全然属于事实问题，绝非情感上讨价还价。我对您的诚意始终未变。如果可能的话，还希望您能相信。窗外年货市集的欢声笑语，连这里都能听见。请您保重身体。细野铁次郎致太宰治。”

“这是惩罚。杀了一个女人，还想当作家吗？你拼命挣扎钻营想得到作家的荣光，看看你的丑态吧，你这毒品成瘾的虫豸。没想到会变成这样吧？自地狱而来的女性。”

某月某日

“谨启。太宰先生，恐怕这是第一次有女人给你写信吧。因为你就是女人，所以男人总是对你很好，但女人却会嫉妒你。前几天，我从朋友那里（我是在神乐坂的小剧场卖火盆和坐垫的）读了你的信，感觉非常不愉快。那个朋友，不知道该算是远房表哥，还是叔伯祖父，总之很复杂，不过确实有血缘关系，目前他正在上日本大学的夜校，据说要当电气工程师。再过两年，我就会嫁给这位朋友。他晚上上大学，白天就以副站长的头衔拎着盒饭去京王线一个新建的小车站里上班。这位副站长，每周一次给你写信，申述一些就连对亲兄弟都不会说的大事。然后，每四周一次，收到一张字迹像丫鬟写的一般潦草且只有两三行的明信片，还把它们贴在一个相簿一样的本子里，只要有人来，就极度亢奋地拿出来给人展示。我看得都快哭了。有时候能看到他刚睡醒就在读，那个相簿就放在被窝里。有一次是周日的早晨，我叫阿谦起床，看到了那本相簿，阿谦就像被撞破了什么一样，满脸通红，玩了命地从我手里把它往回夺。我放声大哭。真是一些很无聊的明信片啊。你就不能稍微高看一点你读者的眼光吗？他说因为是你的忠实读者，所以写信给你。这对于一个男人，一个将要出人头地的男人来说，我觉得堪称舍命的壮举。作家不算人，所以不懂人的诚实。贴在相簿里的你的明信片一共十七张，像约好了似的，每次都写的是'这次将在某杂志某月号发表多少页'或者'要以某某为题写一本几百页的小说集'，你是觉得写别的他看不懂吗？你知道阿谦上小学的时候多有学问吗？而且，就连我，在学业和女红上也没比任何人差。今后不要再寄明信片来了，我觉得阿谦非常可怜。大概在某篇小说发表之前五六天，你就开始写明信片吧，是不是要写五十张？我们小剧场的师傅，要开始说新书的时候，就会给大家分发荞麦面或者寿司，行话叫'耳塞子'，先吃完寿司，再听新作品，说来也怪，就觉得听起来果然很出色了。跟你这套是一样的吧？阿谦并不是有多尊敬你，你要是那样自以为是的话就太离谱了。我觉得阿谦的心意可嘉，简直想把他对于你的小说的哪里、哪一句话说了什么的复述录成唱片寄给你。你在什么杂志发表了什么东西，或者另外还有多少其他拥趸，对于阿谦来说根本就不是问题。而且，在为人方面，阿谦比你可强太多了。连你自己都没注意到的问题，他也细心地提醒，而且还要对你加以袒护。如果你能稍微考虑一下我两年后的家庭幸福的话，以后就不要再给阿谦寄来那种肮脏的东西了，它总是成为我们吵架的原因。如果所幸你还有一点人性的话，我相信今后你会改变态度的，我做梦也不怀疑这点。明确地说吧，你和你的小说我都很不喜欢，感觉就像毛毛虫从绿叶下方经过。我只想早点跟你说声永别。平河多喜致太宰治老师。给不认识的人写信应该是我人生头一遭的经验。藏在和服腰带里的信，到底要不要寄出呢？我站在原地想了很久。”

“你就这么想要钱吗？今早偶然看报纸，在杂事广告栏看到一个大概是你的人，对大概是我的人发出了SOS求救信息，真是不敢当。可笑至极，直到昨天还活蹦乱跳的大男人，居然为了要钱发出SOS，简直是令人兴味索然、不忍卒睹哇。到底怎么了，你为什么念诵‘寿无限寿无限’和‘吃红薯吧’这些像疯子一样的咒语？念这些咒语的时候，你脸上是什么样的表情？自称拥有最高级和最低级两方面意识的思想家的你，居然为了区区一百元钱，让在下这样住址身份都不知道的人捏住你的小鸡鸡，实在是很想知道你这种时候的表情呢。之后你再写随笔在什么杂志上发表的时候，我提一条要求，别的读者看不懂也没关系，怎么也得给我个人写上几百字。X也好，Y也好，最重要的是要写上一百元的事。找乐子的有钱人致被包养的作家太宰治。太宰治君，别以为别人不知道就做些丢人现眼的事，要点脸吧。”

某月某日

“太宰先生，我再过一两天就二十五岁了。我准备从二十五岁开始写小说，三十岁畅销，然后从家里分到一笔财产，再然后跟老家早有婚约的近视眼女人结婚。以先是男孩，然后是女孩，再之后男、男、男、女的顺序生孩子。然后老四因为伤风感冒感染成肺炎，五岁夭折。然后我一下子就衰老了。即便如此，我还是会每年写两篇内容扎实的小说，然后于五十三岁逝世。我的父亲也死于五十三岁，所有人都称赞他，这是正合适去死的年纪不是吗？听说您很早以前说过的《英雄文学》约稿的小说已经完稿并交给了杂志社，我从现在就开始期待那篇作品了，心潮澎湃。一定会是杰作吧！”

“前文略去。听闻你小说完稿，可喜可贺。在震耳欲聋的喝彩声中，我也看到了你威胁同行生计的小心思。恭喜。听说你是投给了《英雄文学》，明明可以投给稿费更高一点的地方嘛。不过，算啦，大过年的，损失个一百来块钱又算什么呢。这种赚快钱的心理，对于我们这种写历史小说的作家，和你们这种纯文学作家而言都是一样的。新春大吉。萱野铁平。”

某月某日

“日前（二十三日）依令堂嘱托，寄去年糕及咸鱼一包，腌黄瓜一桶。据来信所言，黄瓜未收到，烦请到贵地火车站查询并回信。以上内容请告尊夫人知。以下还有两三句话要讲。我，一介贫寒商人，服务于津岛家到明年就二十八年了，从十六岁那年秋天开始一直干到了四十四岁。我不学无术，无礼至极，自知此刻不该喋喋不休，但仍要汗颜俯首在您耳侧开陈逆耳之忠言。万望恕罪。有传闻说，您最近四处借钱的恶习复萌，甚至对没见过面的名士，都提出借钱的请求。而且还像狗一样苦苦哀求，而且即便被拒绝也恬不知耻，声称借钱到底有什么不对，只要在约定的日子还上，既于对方无妨，自己又能得救，有何不妥？听说你日前还为此事向尊夫人投掷火盆，砸碎两块门玻璃。这种事即使只有半分为真，我也不禁暗中流泪。我知道贵族院议员、勋二等的家世，对您这种文学家来说没有任何值得自豪之处，如同腐朽的古物无异。然而，念及令尊过世后独身一人的令堂，我必须向您争几分体面。'只把我一人当成恶人，开除户籍，逐出家乡，现在还愈演愈烈对我中伤咒骂，好像这样就能万事大吉了似的'，从这样的话中，可以看出您的怨恨之心。如今您已扬名，也已成家立业，令兄令姐究竟有什么可议论中伤您的理由呢？想必这是您的曲解，毫无必要。日前，嫁到山木田家的令姐菊子还曾经对我哀叹说：'我，若用戏里人物作比，就是政冈[1]的角色。'如果是自己厌

1 歌舞伎《伽罗三代萩》中的角色，忠心耿耿的乳母，为救少主牺牲了自己的亲生儿子。

恶的人，就算是主家的人，我也懒得费心。不仅是我，令姐菊子为了照顾您，在婆家的立场想必已经十分难堪，仍然勉力支持。请您从今往后一定一定改正借钱的毛病，实在万不得已时，可以向我开口，如果有可能的话还是您自己坚持一下。此事若被令兄令姐所知，在下会十分为难，所以这次在下替您垫付欠款一事，还请千万保密。重申一遍，在下对于厌恶的人，没必要婆婆妈妈说这么多，请您记住这点。愿您健康、自爱。山形宗太致太宰治老师，于青森县金木町。末笔，祝新年诸事胜意。”

元旦

“谨贺新年。”

“献春。”

“新年快乐。”

“贺正。”

“颂春献寿。”

“献春。”

“客套免去，手稿收悉。好像出了什么误会，本社似乎并未向您约稿。手稿已别封送回，请注意查收。《英雄文学》编辑部，R。”

“谨贺新年。”

“谨贺新年。”

“谨贺新年。”

“谨贺新年。”

“贺春。”

“恭喜。”

“谨奉新年大吉之问候。”

“贺春。”

“谨贺新年。”

“颂春。”

“贺春。”

“颂春献寿。”

译后记：
太宰治的Modern Fiction（现代小说）

在译完这本书的最后一篇《虚构之春》的同时，我立即确信这本“非代表作”选集足以向读者勾画一个与以往印象完全不同的太宰治形象。这位距离我们已有将近一个世纪的日本作家，身上有太多符号性的标签：丧文化祖师、金句大王、渣男、自杀专业户和毒害青少年的颓废作家。如果某人公开宣称喜欢或讨厌（或“年轻时曾经喜欢过，但现在非常讨厌”）太宰治，那似乎不是一种文学观点，而是一种对自己人生观、世界观的重申。然而，有一个问题始终没有得到解决：现代文学一向大浪淘沙，太宰治是如何让一代代挑剔的现代读者在近百年间始终对他保持兴趣的呢？只有丧、金句、放荡的生活乃至自杀显然是不够的——这些对现代作家而言不过是家常便饭。能让太宰治立身于20世纪文学史而没有被遗忘、被淘汰的，只能是他的作品回应了某种现代性的问题意识。

日本现代主义小说先驱太宰治，这个称号听起来是否有点怪异？毕竟，最著名的代表作《人间失格》看起来无论如何都只是自白体私小说，这种文体自田山花袋的《蒲团》起到太宰治逝世时，已经在日本文学界风靡了四十年，甚至可以归于某种太宰治所极端瞧不上的“老派大作家”的文学传统。能够熟稔地使用女性口吻进行叙事的《斜阳》《女生徒》等名作又被考证出其实并不是太宰治具有某种变幻自在的文体操控魔法，而不过是有女性的日记书信等作为其创作蓝本。他甚至没法惟妙惟肖地模仿贵族女性的口语，志贺直哉和三岛由纪夫对这一点大加嘲讽。要是正如詹姆斯·伍德所说，“小说家感谢福楼拜，当如诗人感谢春天：一切从他重新开始……福楼拜一手建立了大多数读者所知的现代现实主义叙事”，那么太宰治到底有没有——或甚至可以说到底有没有资格——排进感谢这位众所周知的文体大师的队伍里？

上述问题的答案就在本书选译的五篇太宰治早期作品当中。如果不是篇幅所限，或许还应该加上《逆行》、《盲草纸》和《达斯·格麦内》。在这些光芒已经被《人间失格》《斜阳》《奔跑吧，梅勒斯》《女生徒》乃至《御伽草纸》遮蔽的早期作品中，包含了太宰治最露骨、最不加掩饰的现代主义态度。作为21世纪的读者，在出发开始探索之前，我们不妨给自己携带一只2007年生产的、结构简单而可靠的罗盘，那就是彼得·盖伊在《现代主义：从波德莱尔到贝克特之后》中给现代主义者规定了两个共同的定义属性：遭遇传统鉴赏品味时促使他们行动的异端的诱惑，以及对原则性自我审查的使命感。

在《斜阳》里试用一下，立刻就能观察到指针的剧烈跳动：当“我”尝试追忆没落贵族最后的荣光时所捕捉的瞬间，竟然是“母亲”在花园中躲在和服裙摆下站着尿尿的姿态——这异端而又自反的一笔，让志贺直哉大为光火。甚至可以合理地猜测，他在《太宰治的死》中宣布《斜阳》“难以卒读，所以在开头部分就放弃了”的那个节点就在此处。在1948年的一场座谈会上，时年65岁，已经是德高望重的老艺术家的志贺评论太宰时几乎是有些失态地称：“我厌恶他描写贵妇人在花园里小便，或许也厌恶作者居然会对那种事感兴趣吧。”在现代主义罗盘的指引下，我们很容易就能看到和太宰治处于同一个方向上的、现代艺术家杜尚那口著名的尿兜。

测试完毕，我们向太宰治文学生涯的最早期[1]出发，进行一场现代主义之旅。

《追忆》

谈论《追忆》，就不得不从它的创作背景出发。巴尔加斯-略萨在《酒吧长谈》中问他的主人公：“小萨，你是什么时候倒霉的？……秘鲁又是什么时候倒霉的？”通常被视为太宰

1 在《追忆》之前，太宰治还创作过不少学生时代的习作及参与政治运动期间的“无产阶级文学”，太宰治研究一般把《追忆》视为太宰治的“文学处女作”和“早期创作”的起点，此前的创作阶段则视为“习作期”。

治文学处女作的《追忆》就诞生于他倒霉的时刻。

出于某一种俄国文学中“多余人”式的心性，太宰治从高等学校时代开始就与青森浅虫温泉的一名艺妓红子（本名小山初代）进行着柏拉图式的恋爱。根据他在自传体小说《东京八景》中的陈述，“一起玩了三年……没有发生过一次肉体关系”，这种“纯洁”的关系，一直持续到他教唆初代离家出走前往东京、二人订婚之后。此处插入一句，旧日本艺妓并不是自由身份，某种意义上是隶属于“抱主”的、有年限的债务奴隶。世家公子拐带艺妓私奔不仅是地方小报喜闻乐见的丑闻，而且必定是要吃官司的大麻烦。已经继承了津岛家家督之位的太宰治长兄津岛文治在听闻弟弟做下这般荒唐举动后，立即赶赴东京，勒令太宰治以分家除籍为前提与初代结为夫妻，津岛家每月定期给他寄送生活费。太宰治以一种“蛮横的”态度答应下来，让文治带着初代返回青森办理赎身和结婚登记等事务。初代一去之后，音讯杳茫。与此同时独自留在东京的太宰治则从传闻中听说，文治坚决让他分家的理由，不是与艺妓私奔有辱家门，而是担心他在东京热心参与的左翼学生运动会连累自己作为青森县议员的政治前途。1930年11月，太宰治在绝望之下，与一名已是有夫之妇的银座咖啡店女招待田部西妹子在帝国饭店鬼混两天之后，奔赴镰仓小动岬海边相约投海“殉情”——警察的案件记录中称为“小动岬相约自杀事件”。田部当场身亡，太宰治则被路过的渔民救起，送进附近的“惠风园”医院捡回一条命——在“惠风园”康复的经历后来被写进了《小丑之花》，后面再加详述。但大难不死也不见得有后福，太宰治的倒霉还在继续。

因为相约自杀且对方死亡，太宰治以“协助自杀罪”被警察立案，在看守所结结实实地蹲了几天，最终还是靠着已经把他逐出家门的长兄文治的政治影响力免予起诉。1931年的2月，已经与他登记结婚的初代才从青森返回，两人过上了同居生活。然而可想而知，知道这出“殉情”闹剧的初代面对自己新婚丈夫又会是什么样的心情。在经历了一连串参与学生运动，被警察传唤，紧急更换住所，以及被长兄勒令若再不退出政治运动就要停掉生活费的颠沛流离的生活之后，1932年的晚春，太宰治“听说了一件糟心的事”——从现代读者的眼光看来，这件事无疑带有某种残酷的滑稽色彩——他的妻子小山初代，在还是艺妓红子的时候，并非如他所幻想的那般出淤泥而不染、卖艺不卖身，而是早在十四五岁就与客人发生过关系。在一次酒后的逼问下，初代不仅全盘承认了这件事，“而且更加严重”。此刻太宰治才发现自己如同《猫和老鼠》里奔跑过快的汤姆，向下看时，脚底已经是万丈悬崖：

我在这之前一直视H为掌中之玉，为她而骄傲，觉得自己是为她而活。我总认为自己救出的是一个清白之身。H说什么我都大胆地附和。在朋友面前，我也以此为荣。我觉得H的个

性如此坚强，来我这里之前是会守身如玉的。我无法形容自己的这些想法是糊涂还是什么，就是个不谙世事的少爷，不懂女人是怎么回事。我一点也不憎恨H的欺瞒，甚至怜爱对我告白的H，想去抚摸她的后背。我只是感到遗憾、窝心，想用棍棒击碎自己的生活状态。总之，我陷入了一种无以排遣的状态。我去自首了。

此处所谓的“自首”，发生在1932年7月，自首的对象是青森县警察特别高等警察课，也就是军国主义时代臭名昭著的政治警察“特高”。这一时期“特高”横行，大肆检举监禁乃至酷刑逼供日本进步知识分子，很多共产党员被杀害或瘐死狱中，也有不少人承受不住严苛的政治环境选择“转向”，宣布与左翼运动划清界限。然而太宰治走上“转向”道路，其根本原因却是家族矛盾和处女情结，实在无法不让人觉得这是一个相当荒诞的故事。

自首后不久，太宰治半是休养半是禁足地在静浦（在今静冈县沼津市）居住了一个多月，以此为契机潜心文学创作，开始执笔写作《追忆》。在《东京八景》中，太宰治称之为“百页稿纸的遗书”：

我想把自己从幼时以来的恶都不加修饰地写下来……作为一个行将灭亡的愚昧小民，我坚定了赴死的决心。我希望忠实地演好时代大潮分派给我的角色，那是一个注定失败的卑屈的悲剧性角色。

作为知晓了后事的现代读者，我们很容易就会发现这也是一种太宰式的面具——众所周知，时代大潮并不会给一个二十四岁的年轻人分配一个必须立即去死的角色。而富有“对原则性自我审查的使命感”的太宰治，在《追忆》中就对此有了充分的体认：

我对所有事情都不能满足，永远在空虚地挣扎。又因为我总戴着十层二十层的面具，所以究竟是哪里悲伤、有多么悲伤，是看不出来的。后来我终于找到了某个堪称寂寞的出口，这就是创作。这里有很多我的同类，每个人似乎都和我一样，凝视着这种原因不明的战栗。当个作家吧！当个作家吧！我悄悄地许愿。

由此，《追忆》里那些看似无序地被撷取的、没有一定规律的记忆片段，实则可以看作一个不停试图揭下自己的面具，但新的面具一层又一层浮现，永远也揭不完的噩梦。“我”三岁时就会拿天皇驾崩的事逗小姨发笑；六岁时听说撒谎的人要下拔舌地狱吓得夜不能寐；上了小学写作文净会抄袭，被同学发现了就希望他死掉；参加劳动和体育运动全都是为了改善自己疑似因手淫过度而发青的脸色……二十四岁的太宰治，丧失了人生的所有立足点，并且丧失得非常滑稽，枯坐在静浦山里“偏房的一室望着杂草丛生的大废园”，因为羞耻而让他感到刺痛的幼少时代的记忆，如原子般纷纷坠落到他的心灵上，他把它们记录下来，不论从表面上看来它是多么不连贯，多么不一致，每一个情景或细节都在他的思想意识中留下了痕迹……是的，早在《追忆》创作的十三年前，远在伦敦的弗吉尼亚·伍尔夫就已经在她那篇传世的文学批评《论现代小说》(*Modern Fiction*)中给太宰治准备好了他的辩护词。所以，此刻我们重新回到《追忆》的开头，并且不再当它是某种文艺青年的呓语，而是把青森县金木村当成《追忆似水年华》里的贡布雷，把“我”对小姨的眷恋与小马塞尔睡前离不开母亲的晚安相提并论，是否是可能的呢？

《他已非昔日之他》

1934年10月发表的《他已非昔日之他》，采用了一些不够圆熟但非常大胆的技法。故事的灵感疑似来自契诃夫的短篇小说《宝贝儿》。契诃夫的这篇小说描写了一个俄国外省普通女子奥莲卡的一生，她没有自己的个性，随着周围人的身份和喜好随时改变着自己。她受到丈夫、邻居、员工和周围一切人的喜爱，是所有人的“宝贝儿”，但代价则是彻底丧失了自己的人生。熟悉那种太宰治式讨好型人格的读者，对此想必不会陌生。《他已非昔日之他》中的核心人物木下青扇，就是这样一个奥莲卡式的人物。不过由于这个人物同时又涉及了作者的自我，所以契诃夫小说中那种温情和悲悯，被一种尖锐刺耳、令人不安的烦躁所取代。

在开头和结尾，《他已非昔日之他》叙事者直接“打破第四面墙”对读者说话。以“我来告诉您这样一种生活”开始，以“好吧，那我倒要问您，那个慢吞吞地走着，一会抬头看天，一会摇头晃脑，时不时又去揪上一把树叶的男人，跟站在这里的我，有任何一点不同吗？”结束。“我”是青扇的房东，但自始至终一分钱房租都没收到。每次去催讨时，青扇都会变幻一副样子，书法家、学者、青年作家……最后借“夫人”的口揭开了谜底：青扇不过是契诃夫笔下奥莲卡式的人：

那个人有什么自己的主见吗？都是女人的影响啊。跟文学少女在一起就搞文学，跟下町的人在一起就玩风流。我可清楚得很。

丧失个性，然后丧失自我。这一切或许已经在不知不觉中发生了。这是20世纪30年代日本文坛流行的“舍斯托夫式不安”。加缪在《西西弗神话》中对这位俄国存在主义哲学家的思想曾有过精辟的概括：

舍斯托夫的著作则总是万变不离其宗，致力于不懈地揭示同样的真相，即最为严谨、最为普遍的理性到头来也总是撞在了人类思想的非理性上。他不曾放过任何贬损理性的机会，不论是充满讽刺意味的表象，还是荒唐的自相矛盾。

在《他已非昔日之他》中，叙事者“我”一开始认定青扇是龙勃罗梭著作中所致力发掘的天才，到通过“夫人”之口明白了青扇不过是个“没有个性的人”（此处当然应该联想到罗伯特·穆齐尔的同名作品），然后怀疑起“青扇”所代表的那种人和“我”的差别来，最终，故事在“自我”边界熔化的瞬间戛然而止。从纯粹技术的角度来看，这篇小说或许有诸多不成熟之处，然而，后来获得诺贝尔奖的奥尔罕·帕慕克，在它半个世纪后的《白色城堡》中，不也对同样的主题乐此不疲吗？

《小丑之花》

《小丑之花》是本书选入的五篇中知名度相对最高的一篇，这得益于两件事。首先，太宰治在这篇小说中首次给他的主人公取名为大庭叶藏，与《人间失格》遥相呼应，让考据癖无法熟视无睹；其次，1935年首届芥川奖启动，太宰治提交了《小丑之花》作为参评作品之一，最终却败给了石川达三的《苍氓》，太宰治为此愤愤不平，在杂志上刊登了“致川端康成”的公开信，其中甚至有“我想捅死你，我认为你是大恶人”这样如同杀人预告一样的离谱语句，令文坛八卦爱好者和传记作家获得了极大的满足。

在公开信里，太宰治大量地披露了《小丑之花》的创作历程：

《小丑之花》是我在三年前，即二十四岁的夏天里写的，当时的题目是《海》。给我的朋友今官一、伊马鹈平都看过，采用了比现在的样子朴素得多的形式，完全没有作中“我”这个人物独白的声音，只是把故事情节规规矩矩地顺了一遍而已。之后，那年秋天，我从家住附近的赤松月船那里借了纪德的《陀思妥耶夫斯基》，读罢陷入了思索。我把那篇规整得堪称原始的《海》的故事打成散乱的碎片，让“我”这个人物的脸在作品中四处出没，并向朋友吹嘘说，这是日本前无古人的小说。

“三年前”是1932年，推测和《追忆》的创作大致在同一时期，也许是太宰治想用和《追忆》差不多的笔法来讲述对“小动岬相约自杀事件”的回忆。《东京八景》里对此亦有一笔带过：“首先写了镰仓事件，结果不行，好像丢了什么。”而三年后的太宰治把当时写的《海》剪成碎片，又在碎片中掺入了一个失败的小说家惶惑的自白之后，他终于满意了。不仅满意，还在读者不容易察觉的地方融进了自己的签名：

（青年们）并不说出任何真实。不过，听上一会，却能偶尔拾得一些意料之外的东西。他们那些装腔作势的话语中，有时会发出令人感到震惊的真诚的声音。

怀着这种自信，太宰治觉得自己足以傲视同侪，首届芥川奖必定是自己的囊中之物，与此同时，他也迫切地需要这个文学奖项的奖金和荣誉，以向把自己逐出家门的长兄证明他犯了巨大的错误。然而事与愿违，根据川端康成的公开答复，《小丑之花》在初选阶段就被淘汰，最终送到各位评委手中的是同年太宰治完成的另一部短篇作品《逆行》。虽然这个决定由初选评委泷井孝作做出，但川端的意见显然起到了决定性的作用。

《逆行》仍然取材于作者自己的现实生活，以微小说的篇幅截取了四个片段，按倒序排列。对于同时读过《逆行》又熟悉川端康成审美倾向的读者而言，《小丑之花》败于《逆行》的理由并不需要太多解释，站在1935年的时间点上也不算一个值得诟病的判断。然而，在拥有全知之眼的后世读者看来，这篇小说意图过于浅白，一个只有26岁的青年用四个短故事倒叙自己的“一生”这样的主题，只要作者没有立即去世，就不可能逃脱故作姿态的指摘。如果说《小丑之花》是太宰治（又一次）尝试剥去面具，更真诚、更确切地贴近作者看到的真实的努力，那么《逆行》则是个他揽镜自照，暂时满足于自己戴上面具瞬间的模样。川端康成作为众所周知的艺术保守主义者（其保守立场可参见其诺奖获奖致辞《美丽日本中的我》），这个判断自然于他无损。但如果从现代主义的眼光来看，《小丑之花》在新老两代日本“文坛总理大臣”菊池宽和川端康成的注视下落选首届芥川奖，甚至可以说是一种荣光了。

《狂言之神》

在《狂言之神》中，太宰治不再像《小丑之花》中那样彷徨不安，而是进一步举起了针对“老派大作家”的叛旗。《狂言之神》这个标题是否暗含了对志贺直哉发表于1920年的《学徒之神》的戏仿或嘲讽，我们不得而知，但作者让“笠井一”这个角色在浅草的廉价饭馆里请流浪歌手喝昂贵的威士忌，以及硬是把庸俗的商人吹捧成大文豪大教授的桥段[1]，让人觉得这种猜想似乎也不算特别离谱。

不过，在故事情节刚推进到十分之一时，曾经在《小丑之花》里躁动不安的那个彷徨的小说家“我”（当然了，我们都知道就是太宰治本人）又一次跳出来了。他宣布因为“我明天

1 《学徒之神》中有一段情节，一位议员看秤店的学徒可怜，于是请他饱餐了一顿昂贵的寿司，学徒不知道议员的真面目，一直以为是遇上了神明。

就要去死了”，所以“还是想讲一下我最初的创作意图”。此处的“我”自称，他因为患有自我丧失症，不借他人之口就没法书写自己的事。所以本想把这篇小说写成森鸥外《青年》式的“老派大作家手记”文体。然而写着写着，在一个烂醉如泥地躺在出租车后座上的时刻中突然顿悟了：

啊，这些事情已经无关紧要。文章呈现出了一种异样的节奏，我顺流而下，一帆风顺地狂奔。这正是如假包换的浪漫主义情调！前进吧，今日不知明日事的生命！

以此为节点，《狂言之神》文风突变，采取了一种极为流丽的意识流叙事，讲述了一个从一开始就决心不足的自杀者寻短见失败的故事。在这个故事中，“我”从一开始就知道自己既没下定自杀的决心，也缺乏承受痛苦的勇气，然而还是在“打算自杀”的地方流连了很久。在这个过程中，作者的“自我”化为河中央静止不动的一块石头，意识的水流，因为“想死”这个念头而变得污浊不堪，从他身边飞快地流过。“我”徘徊在江之岛时，这种手法的使用尤其鲜明：

士兵们络绎不绝地走进望富阁，因为太过拥挤，把我的桌子都挤翻了，玻璃杯和啤酒瓶都没碎，可还剩大半瓶的啤酒泛着白泡，全都洒光了。两三个女招待闻声赶来，伸着脖子看，

但脸上却是一副司空见惯的表情，一句话也没说。哐当一声的巨响很快消失，店内在一瞬间忽地寂然无声，让我生出像猫走在天鹅绒上一样的奇妙感觉。我想，这是疯癫的前兆了，心情陡然变得险恶起来。即便如此我还是假装悠闲地站起身，结了账走出店门。忽然吹起的一阵烈风卷起了我风衣的下摆，一小撮沙子抽打在我的脸颊上，发出毕毕剥剥的爆响。我猛然闭上眼，对自己说今夜一定要去死，以一种所有人都离我远去，世上只有我一个人存在的心情，久久地立在道路中央。等到我睁眼时，决心就已经全都丧失了。

这是确凿无疑的现代小说，现代以前的小说不会在一个“桌子被碰倒，但若无其事地起身结账走出门外”的场面上浪费这么多笔墨，更不可能费力去捕捉“疯癫的前兆”和“决心的丧失”这两个可能持续时间只有一秒的事象。这样的叙述，正是彼得·盖伊所谓的“不用借助治疗室沙发的文学心理分析”，如果由画家来表现的话，只能是爱德华·蒙克。

《狂言之神》在太宰治早期小说中属于难得一见的文笔洗练、结构精巧、完成度甚高的作品，说是淹没在评价不高的早期作品中的一颗遗珠也不算过分。描写自杀的文学作品甚多，但对一场一开始就决心不足但仍然硬着头皮付诸实施，然后毫不意外地以失败而告终的自杀的描写却并不常见。这是一出显而易见的荒诞喜剧，但（尤其是联想到太宰治最终的自杀）却有着令人不忍过多触碰的悲凉的内核。假如如加缪所说，自杀是唯一重要的哲学问题，《狂言之神》就是关于这个问题一篇相当精彩的论文。

《虚构之春》

花、神、春，合称为“虚构的彷徨”三部曲，后来曾以此为题结集出版。但三部小说之间并没有显著的关联。在1936年太宰治致佐藤春夫和山岸外史的书信中，分别都提到了“三部曲”的事，但《虚构之春》的标题一直没有确立下来，在给佐藤春夫的信中作《虚构之塔》，而给山岸外史的信中表示要把题目从《虚构之春》改为《架空之春》。虽然最终仍以《虚构之春》的题目发表，但曾试图以“塔”为题一事，提供了一些细节上的线索：

据说建造法隆寺宝塔的工匠，直到围挡拆除的那天都无法确认自己究竟能否建成。这就和自信一点也不沾边了。不仅如此，就算他完成了建造，随着围挡拆除，他的宝塔也就倒塌了，最终还是要发疯的。

这显然是一种小说创作谈，在漫长的工期中，小说家并不知道自己会“建造”出什么东西来，而随着作品完成，“围挡拆除”，宝塔也轰然倒塌，小说家最终还是要发疯的。细品之下，和鲁迅在《野草·墓碣文》中的“抉心自食，欲知本味，创痛酷烈，本位味何能知？痛定之后，徐徐食之，然其心已陈旧，本味又何由知？”想要表达的感情不无相似之处。

《虚构之春》的叙事结构非常怪异，如档案般罗列了80多通“太宰治收”的书信，长者超过8000字，短的则只有明信片或电报的长度。其中包括真实的来信照录，据考证包括了井伏鳟二、佐藤春夫、山岸外史、檀一雄等太宰治的师友，但同时也有大量显而易见是虚构的内容。由于没有去信的语境，这些“书信”中有些话无论是翻译还是阅读起来都相当困难。整篇作品长达四万余字，已经远超通常短篇小说的体量，对普通读者而言，大约前三分之一的阅读过程都会处于五里雾中，相当容易“劝退”。但坚持读完，就会发现这是一部隐藏在貌似凌乱的结构之下的现代主义杰作。在《东京八景》中，太宰治对这段经历似乎并不愿意多提，只写了寥寥几笔：

靠着朋友们的奔走，我放在那个纸袋中的“遗书”在不错的杂志上发表了两三篇，引起的反响既有抨击也有支持，这些话语过于强烈，导致我狼狈、不安，作为对此的逆反，我对药物越发依赖，种种痛苦之余，我觍着脸去杂志社求见编辑甚至社长，强求预支稿费……

他人的批评或赞美，给太宰治的情绪带来了极大的扰动，并部分地构成了他后来药物成瘾的原因。《虚构之春》中收录了很多对“太宰治”痛骂、嘲讽或冷眼相待的来信，但最令人悚然的反倒是那些完全自说自话的“赞美”和“支持”，正是这些来信中过于真诚的，宛如在治疗椅上向心理医生坦白病情一样的话语，揭示了一种“人类的悲欢并不相通”的、绝对的孤独。在彻底没有“我”的出场的前提下，太宰治借助他人射来的子弹，用留在白墙上的弹孔描绘出了彼时彼刻自我的形状。这既是对日本文学私小说传统的逆反，同时也是现代的、终极的私小说写作。

对于“集邮”式地阅读名家名作的读者而言，这本《小丑之花》或许显得没那么诱人。但对任何想要深入探索太宰治那幽暗深远的文学世界，而不再只是把它当成一个流行文化符号来对待的严肃的读者来说，我衷心希望它能成为一张并不总是清晰，但在关键时刻能指明方向的泛黄的地图。

韩　钊

2024年4月11日于杭州普通读者书店